观 海 听 涛

校 园 纪 实 篇

左 伟 李华昌 主编

中国海洋大学出版社
·青岛·

图书在版编目（CIP）数据

观海听涛：校园纪实篇 / 左伟, 李华昌主编. --青岛：中国海洋大学出版社, 2020.1
ISBN 978-7-5670-2450-2

Ⅰ.①观… Ⅱ.①左…②李… Ⅲ.①纪实文学－作品集－中国－当代 Ⅳ.① I25

中国版本图书馆CIP数据核字(2020)第 021322号

出版发行	中国海洋大学出版社			
社　　址	青岛市香港东路23号		邮政编码	266071
出 版 人	杨立敏			
网　　址	http://pub.ouc.edu.cn			
电子信箱	44066014@qq.com			
订购电话	0532-82032573（传真）			
责任编辑	潘克菊			
电　　话	0532-85902533			
照　　排	青岛日月星文化传媒有限公司			
印　　制	青岛国彩印刷股份有限公司			
版　　次	2020年8月第1版			
印　　次	2020年8月第1次印刷			
成品尺寸	170 mm × 230 mm			
印　　张	18.25			
印　　数	1—1000			
字　　数	310千			
定　　价	48.00元			

如发现印装质量问题，请致电0532-58700168，由印刷厂负责调换。

前 言

海洋，孕育了生命，也联通着世界。

中国海洋大学"观海听涛"网站，如同海洋一样，记载着学校事业发展的点点滴滴，也联通着校内外、海内外众多关心和支持海大的网友。一篇篇美文佳作，就如同一艘艘航船邮轮，满载着生动的故事和真挚的情感，漂洋过海，到达读者心灵的港湾。

"观海听涛"网站于2003年12月创立，是国内较早创立的高校新闻网站之一。建站以来，"观海听涛"网站始终秉承"让世界了解海大，让海大走向世界"的工作宗旨，服务学校事业发展，贴近校园生活一线，用镜头记录真实，用笔尖彰显慎思，讲好"海大故事"，传播"海大声音"，成为展示学校办学成果、展现师生良好风貌的重要窗口。

与网站同步成立的"观海听涛"学生记者团队，是"观海听涛"网站建设的重要力量，承担着新闻采写和编辑、专题策划和组稿等工作任务。团队成立以来，一代又一代"观海人"怀揣理想，风雨兼程，团结协作，开拓创新，创作了众多精彩的作品，获得教育部、省市及权威媒体平台的表彰和奖励，为"观海听涛"网站的建设和发展做出了重要贡献。

"观海听涛"网站下设"海大要闻""校园纵横""院系聚焦""记者观察""媒体海大""特别关注""回澜阁"等十余个栏目，每个栏目都有着不同的定位，也各具特色，以多种形式，从多个角度，全方位地展现了海大事业发展的成就，以及师生校园生活的面貌。

其中，"记者观察"栏目定位于真实记录校园生活、生动展现师生风采、深度挖掘学校历史、深入思考热点话题。截至目前，"记者观察"栏目共发表数百篇作品。本书从这些作品中，挑选出60余篇优秀学生作品。这些作品内容丰富、各具特色，创作时间跨度涵盖了"观海听涛"网站自建站到现在的每一年，也基本代表了每一代"观海人"的工作成果。

编者将这些学生作品按照内容特点分类，汇总为《观·校园》《品·校园》《议·校园》三章，每章20余篇。一篇篇作品，如同一朵朵浪花，闪现着海大人的身影，描画着海大园的风姿，值得细细品读。

需要说明的是，为了统一格式、方便排版，本书删去了原作中的配图，同时，编者对作品内容做了进一步的修订和完善。

限于编者的能力和水平，本书的内容及编排难免会出现遗漏、谬误之处，还请读者不吝指正。

希望本书能够成为广大读者朋友了解海大、认识海大、热爱海大的一扇窗口。

让我们透过窗口，观海听涛。

编　者

2020年4月

目 录

1 观·校园 >>

闻一多故居探访记
………………………………………………………… 姚 琼 张 帆（3）

梦想闯入现实 新生初见海大
………………………………………………………… 周晶莹 项陈媛（6）

挥手作别那些存着记忆的地方
………………………………… 杨锡畅 李 佳 崔宏亮 高 远（9）

海上奏古音 天涯荡乐思
…………………………………………………………………… 曹培蕾（15）

世界读书日 书香伴我行
…………………………………………………………………… 毕玲玲（19）

海大志愿者流年志
——不一样的志愿者 不一样的感受
………………………………………… 姜坤昊 陈书凌 覃镜谕（22）

形状物语话校运
…………………………………………………………………… 徐龙宇（25）

家乡的A面与B面
………………………………………………………… 陈思婷 康 恺（28）

盛会之彩附众生 年少之魂绕笔尖
…………………………………………………………………… 蒋清儒（32）

今朝此地与君别 愿君不负少年意
………………………………… 房以恒 吴飞颖 黄 婧 孔未玮（36）

汗与泪之后 撷英采果的兼职人
………………………………………………………… 陶征卓 刘文可（40）

给你所有我看到的世界 愿你对过往有所纪念
………………………………………………………… 樊一晨 韩 楷（45）

清歌淡影　不诉离殇
....李元翔　宋一宁（49）

足迹不停　挥别只为再相见
....王　卉（52）

毕业后的明天
——探讨大学毕业后的不同出路
....林东方　牛　莹（56）

我们为什么打辩论
....邱江忆（60）

象牙塔：幸福在似水流年中绽放
....李晓庆　辛　海（64）

采撷一分情　清酿藏于心
——记毕业生师生情
....杨　倩　周畅浩（68）

此刻一别　何处是故乡
....李晓青（71）

对话展现力量　舞台坚守梦想
....李溪宁　党沛龙（75）

愿此去繁花似锦　再相逢依旧如故
....王　阳（80）

"我们都是汶川人"
——发生在校园里的平凡感动
....赵巨鹏　杨明珠　贺　薇（84）

他们终于追到了心中的星星
....高亚楠（88）

2 品·校园 >>

我的足迹留在了南极
——访我国第一位登上南极的科学家董兆乾
....冯文波　董　真（95）

目 录

卓然于世　平凡于心
……………………………………………………郑玉冰　安　杰（98）

周继圣：汇五湖之诗　诵无韵之歌
……………………………………………………肖力天　张化行（104）

二十八载功成卸甲　老骥伏枥依旧可爱
………………………………………………………………吴天泽（108）

一位探索在治学之路上的行者
……………………………………………………安　杰　鲍治成（113）

戎马沧桑写春秋　桃李芬芳壮志酬
……………………………………………………管　萌　阎逸群（118）

平易为师　广博为学
…………………………………代　彤　赵　昕　阎逸群（121）

快乐地在大学校园里成长
………………………………………………………………王　慧（124）

那一份平易近人的生动
………………………………………………………………张子仪（127）

王秀海：不是英语老师的"英语老师"
………………………………………………………………王　怡（131）

攀思想高峰　享人生豪迈
——记王付欣老师
……………………………………………………罗亚玲　姜恒聪（134）

一次远行
——记海大人参与第31次雪龙号南极科考
………………………………………………………………郑昕怡（139）

红颜有幸着蓝甲　巾帼何见让须眉
……………………………………………………黄　婧　邵长山（145）

有一种梦想叫IGEM
………………………………………………………………张芸芊（149）

苍松劲柏　静默中的奉献
——记后勤工作者
……………………………………………………杨晓婷　矫金珊（155）

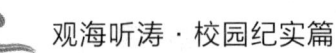

山间的三尺讲台
································· 毕艺凡（158）

铿锵玫瑰　尽显女兵风采
································· 刘　迅　金　伊　赵金秋（163）

海大自媒体：竹杖芒鞋轻胜马
································· 程子珊　徐　凯（166）

庄生晓梦　海育蓝鲸
································· 邵长山（172）

小人物之光
································· 孟　伟（177）

那些水仙般的少年
································· 姜　瑄（183）

择路终不悔　挥汗铸青春
································· 谢家欣　马　悦（187）

棒垒青春的答案
································· 谭心莹　韦彦汐　黄影飞（191）

了无遗憾的青春　如静静的山冈
································· 陈　蕾　王新艳　赵　杰（196）

从生活中改变世界
——访杰出青年志愿者得主锡复春
································· 矫馥蔚（200）

海大情缘　海之骄子
································· 孙世栋　陈符森（203）

3　议·校园 >>

经验·能力·素质·人格：你如何增加成功的筹码？
································· 王新艳　陈　蕾　赵　杰（211）

大一新生的六门"必修课"
································· 董　星　郭　萃（215）

目 录

英语试点教学：决胜口语交际
.... 黄立哲　杨跃峰（219）

曲径通幽　认识奔向科学殿堂的人
.... 陈　博　孟　霞（223）

点点成线　圈出世界
——致你我的四年青春
.... 张婉祎　杜青卓（226）

行远未远　静候君至
.... 黄影飞（231）

敢问路在何方：海大版"西游记"
.... 崔东宇　高　远（236）

用心感受高雅艺术
.... 刘智芳　崔宏亮　尚珍宇　春　苗（240）

教育路漫漫　在线修远兮
——浅谈在线教育现状
.... 卢思嫘（243）

走近校园"课桌文化"
.... 桑维涛（248）

大学是人生加油站
.... 杨　艳　王　枚（251）

青春与梦想没有国界
.... 肖葳加　杨　琳（254）

转专业，独行者的战斗
.... 王　洁　钱果立（258）

莫让浮云遮望眼
——大学生"兼职"面面观
.... 刘　斌　王　慧（264）

背起梦的行囊一路踏歌而行
——浅谈中国青年背包客
.... 张若晨（269）

- 出国留学热背后的冷思考
  ....牛　莹（274）
- 叹读书无用　不如觉自身之弊
  ....党欣宇（277）

后记
观海之"恋"
....左　伟（281）

观·校园

闻一多故居探访记

姚 琼　张 帆

闻一多故居位于青岛市市南区鱼山路5号中国海洋大学校园东北角，该建筑建于20世纪20年代，具有南欧建筑风格，砖石结构，地上两层，有地下室和阁楼，屋顶呈四面坡状，占地面积214平方米，建筑面积607平方米。闻一多住于南面一间房子，面积约20平方米。1930年深秋，他应聘来到青岛担任国立青岛大学(中国海洋大学前身)文学院院长兼国文系主任，一直到1932年夏，就住在此楼内，故此楼又称"一多楼"。1984年，山东海洋学院(中国海洋大学前身)将此楼辟为闻一多旧居展室，楼前立有闻一多雕像，碑文由臧克家撰写。

朝着一多楼的方向走去，远远就望见大片蔓延的深绿色。如今的一多楼，常年被青藤覆盖，似乎将记忆凝固在20世纪30年代闻一多在海大的时候。时至深秋，也渐渐有了些凉意，风吹过，那些叶子便扬起一角，满墙似荡起涟漪。它是安静的，连同楼前矗立的闻一多雕像，都只是默默沉寂在历史的书卷中。在战乱中饱受颠沛流离之苦的一多先生，如今，该安静地休息了。

在青岛的这段日子，对先生来说，是怎样的一段岁月呢？从他在《青岛》这篇散文中的描述我们似乎能窥见一二。"公园里先是迎春花和连翘，成篱的雪柳，还有好像白亮灯的玉兰，软风一吹来就憩了。四月中旬，绮丽的日本樱花开得像天河，十里长的两行樱花，蜿蜒在山道上，你在树下走，一举首只见樱花绣成的云天。"这是闻一多眼中的青岛，浓墨重彩地描绘着一幅绝美的风景图。他说，往山后深林里走去，每天你会寻见一条新路，每一条小路中不知是谁创制的天地。他在青岛的生活，想来是充满了诗情画意的。初来青岛时，闻一多住在汇泉浴场附近的小房子里，海水涨潮时离门口不到两丈，他对这种生活是感到十分惬意的。蓬莱仙境的梦在青岛逐渐展开。

中国海洋大学鱼山校区位于小鱼山上，校园依山而建，走在校园中就能看见群山环绕。当年的闻一多，怡然自得地享受这种环境。每次上课时，他总是邀上当时同为国立青岛大学教授的梁实秋，沿着漫长的山道策杖而行。闻一多是一个诗人、一个文人，对生活所抱的态度，始终是浪漫的。先生曾经住过的一多楼披着那绿色的外套，也算是罩上了一层浪漫的面纱。

这座楼是如此安静，以至记者不敢惊扰。小心地踏入一侧的青石板路，只觉得陷入了一片沉寂。阳光此刻还无法照到这里，空气有些潮湿。楼的一面新安装了一扇铁门，可惜大门紧闭着，无从探访里面的世界。再往里走，忽然闪出明亮的灯光，像是有人在这办公的样子。拐过一个小弯，就进入了一个小小的庭院。刚一步入，便惊起两三只鸟儿。它们原本在一棵树下悠闲憩着，大约久未见人来，一看见我，大受惊吓似地扑棱棱飞到附近的院墙上，警惕地打量着我。小院子里看起来也是久未经人整理，一根葡萄藤沿着墙边的架子勉强爬到半人高的地方，几颗小小的葡萄挂在不起眼的地方，让人感叹它们生命力的顽强。院子中间是一棵不知名的树，开了一树浅浅的花朵，俯身下去细看，有莫名的感动。还有一株小灌木，缀着累累的小红果，枝干纤细，可是并不觉得脆弱。院子深处的一棵老树上缠绕着深灰色的藤蔓植物。四周的院墙痕迹斑驳，有着年代久远的气息，已是80多年前的建筑了，禁不住显露疲态。

再走几步，就走出了小院子，感觉像是刚从一个时空隧道中走出。无人的旧庭院，爬满藤蔓的树，还有那无尽的覆了满楼的叶子，恍然是另一个年代。似乎四周的景物慢慢褪去颜色，一切变成黑白胶片般的老电影里的情景，渐渐蒙尘，仿佛在故纸堆中看见了先生伏案的情景。被突如其来的阳光刺痛了眼睛，一抬眼便看到了闻一多的雕像，思绪又转回到先生在国立青岛大学的日子。1930年6月，闻一多在上海遇见了老朋友杨振声和梁实秋，正在负责筹建国立青岛大学的杨振声力邀闻一多来青。梁实秋回忆此事时说："青岛的天气冬暖夏凉，风光旖旎，而人情尤为淳厚……就一言而决，决定在青岛大学（国立青岛大学）任教。"入秋后，闻一多开设了"中国文学史""唐诗""名著选读""英诗入门"等课程，一边授课，一边进行学术研究。同样是在他的散文《青岛》中，他说："等秋风吹起，满岛又恢复了它的沉默，少有人行走，只在雾天里听见一种怪木牛的叫声，人说木牛躲在海角下，谁都不知道在哪儿。"意蕴悠长的一句话，让人想象到先生策杖在青岛的山路上静静地行走的身影。

对先生故居的探访，其实也是安静的，如果先生还在，我的进入和离开，应该都没有惊动他吧。

（2005 年 11 月 12 日）

梦想闯入现实　新生初见海大

周晶莹　　项陈媛

象牙塔，圆梦地，自由场。每个人心中对大学都有自己的定义，也许是能让我们领略知识的瀚海，也许是即将展开一段幻梦奇遇记之地，也许是我们整装待发的另一理想起步点。在这样一个蝉鸣烈日的季节，新一届海大学子怀着满心的憧憬来到美丽的海大校园开始一段全新的人生征程。

海大　我们在路上

收起行囊，怀着虔诚和憧憬向远方的圣地出发，这也许是每个刚冲破高考禁锢的学子在收到录取通知书后的期待吧。即使曾经会短暂地迷失，会在人潮汹涌的街头看不见未来，但这一切，因为坚毅，因为梦想的力量，未来才变得清晰而明亮起来。公共事业管理2012级多吉，来自西藏拉萨。她的记忆里保存了一段从拉萨到青岛长达58小时的火车旅程："从拉萨到成都再转车到青岛，长路颠簸，确实有点累，不过因为是第一次有这么长的旅程，路途上的风景人情都给我很多不同的感受，感觉还是见识到了很多的。看见了和我们高原上很不同的一个世界，我也希望可以在这里也有一个好的开始。"

相比之下，工商管理2012级王玉娇的来校路程又是另一番风景——全家人开车赶赴青岛。新生报到之余还有一个难得的家庭假期，"潍坊到青岛路程并不远，但是和爸妈一起的自驾旅程是难得而有趣的。在路上，我跟爸妈分享了我对大学生活的期待或是规划，爸爸妈妈也给我一些适当的建议，在这样轻松的状态下和爸爸妈妈聊大学是件有趣的事情"。

海大 我们初相见

新生们风尘仆仆地赶到海大校园,眼前堤上繁花如锦幛,嫩柳折枝芬芳似幻境,像是梦想闯入现实。连带旅途中那些尘埃都发出绵长而舒缓的呼吸声,让人心情不由变得轻松愉悦。"之前就了解到鱼山校区是被评为全国最美十大校园之一,没想到崂山校区也是这么美,具有欧洲风情的建筑加上绿树红花,简直就是一个风景名胜区。"物理专业2012级的欧阳天奇兴奋地对记者描述他初到乍来的感受。绿意繁茂的樱花树,水杉虚掩的八二林,依桥傍湖的图书馆,海大独特的风景给众多家长和新生留下深刻印象。欧阳天奇的家长认为海大的地理环境十分优越,"海大远离市区,环境幽静,在这样的校园里读书能让孩子更好地投入学习,我们很是放心!"海大为新生们提供了一个学习生活的优良环境,而新生们,一双双充满求知的眼睛,一张张疲惫却满心期待的脸庞,这一股股新生的力量,涓涓注入,成为海大的新生命。

休息区的志愿者们为家长提供各种生活服务,在这驻足小憩的家长们向志愿者询问,内容小到在海大的学习、工作、生活等问题,大到就业、出国等方面,志愿者都细心解答并为远道而来的新生父母提出合理化建议。家长们不禁发出这样的期许:"海大的教学质量的确不错,希望我们的孩子也能在大学四年得到好的培养与锻炼。"

海大 我们同相伴

八月的青岛,渐次繁复的花儿怯懦地低了头。八月里轰隆隆滚过高阔天空的雷与乌云为之摇鼓呐喊,海大迎新就在这样的夏日里如火如荼地开展着。去年初入校园被学长学姐带着逛校园的2011级同学,现在摇身成为新一届的学长学姐,扛起负责带领新生工作。曾经在他们脸上的稚嫩与青涩,好奇与期待如今映现在学弟学妹脸上。"我觉得当我帮助新生及家长时,有一种油然而生的成就感与愉悦感。"环境科学2011级的迎新负责人于鸣媛这样说。而另一名负责人是环境工程2011级的李三鹏,他却有另一番感受。去年,他未按时报到,没能享受到学长学姐们的热情服务;今年,他扮演着那个他未曾体验到的角色,"累并快乐着,去年没'享到的福',今年我送给2012级的新生们"。这或许是另一种温柔,似流水宛清风,长久以来一点一滴融聚起来,漫漫长路上常相伴,逐渐成为相亲相爱的海大一家人。

  与往年不同,法政学院在其迎新点开设"少数民族服务点"。为的是排除语言上沟通的障碍与陌生感,让他们能尽快更好地融入海大亲如一家的氛围。这个绿色通道面向全校的少数民族新生,为他们提供别样温情的服务。来自2011级的少数民族学长学姐,领着同乡的学弟学妹,为他们搬行李、引导至新生注册报名处、逛校园、找宿舍,不仅让家长们放心安心,也使远道而来的少数民族新生积极地去适应新生活。藏族学生多吉是一人独自来报到的,他说:"学长学姐们十分热情、亲切,一直帮我们打理。有了这样的特殊服务,我们能更好地和老乡交流从而增进对学校、专业的了解。"除此以外,创设微博墙、主动为新生及家长合照也是"少数民族服务点"的一大亮点,法政学院学生会秘书长赵菲菲向记者介绍道。

  山风盈袖,秋阳展颜。鸟鸣,花开,大地醒转。海大迎来的三千多名新生将在此展开他们人生的新篇章。十年铸一剑,书山有路勤为径。脱下高考沉重的枷锁,他们渴望有一个地方能归属他们需要舒展的心。而大学,正是他们走向社会迈出的第一步。他们将在大学,在他们未来的日子里,去考验自己,锤砺梦想。仰望星空,脚踏实地,祝愿他们能在海大梦想成真,同时我们也相信新的2012级会给海大带来新生的血液与力量!

(2012年8月26日)

观·校园

挥手作别那些存着记忆的地方

杨锡畅　　李 佳　　崔宏亮　　高 远

还记得那一年，第一次来到青岛，透过飞机的窗，阳光很耀眼，第一次看到大海。

还记得那时坐在驶往学校的大巴里，怀着激动而又紧张的心情，看窗外风景明媚。

还记得刚走进海大的校门，看那些忙碌的学长学姐，那些和自己一样面露羞涩的脸。

时间总是在一眨眼之间就悄悄从我们指缝中溜走。不记得当时的天空有多蓝，只依稀想起那个军训的操场，和那条我们一直在追赶时间的不知走过多少次的路。不记得当时有没有下雨，只记得自己开始在宿舍悄悄装扮，寻找家的味道。不记得当时的路上有什么树，只记得第一次上课时那间大大的教室和桌上不知被谁涂鸦的几句话。

四年就这样过去了。难忘图书馆的埋首奋斗，难忘自习室的疯狂占座，难忘空旷操场上洒下的汗水，难忘大学生活动中心舞台上独舞的她……

拖着行李箱，走出宿舍，走出校门，回头最后看一眼，暗自感叹光阴荏苒、岁月如梭。曾经新奇过学校颇具特色的校门，曾经陌生过校园里交错纵横的路，当最初的陌生历经四年的生活都成了熟识，默默融入习惯之中，这些地点也融进了生活。会不会还有一天，可以待到一个阳光明媚或者落着小雨的日子，再去走一遍，那些四年来常出没的地点，再去温习一遍四年来点点滴滴的回忆。

在那里，我们用心追梦

也许早已习惯了在每个周末的早晨，一个人走上去图书馆的路。找一个靠窗的座位，静静坐在那里，翻过的书不知道有多少本，做过的题算不清多少道，只是很享受那样奋斗的感觉。

也许在秋日的黄昏，会在静谧的小河边悄悄拾起一片枫叶，夹入看了一下午的书本中，然后听着歌惬意地离去。

也许在夜幕降临的时候，依旧会在堆满书本的自习室，在草稿纸上画满各种符号，纠结于微分积分各种"分"、无机有机各种"机"，只有在得出最终结果后紧锁的眉头才会稍稍舒展。

我渴望着你，不论是白日还是在梦中。那是一种对理想执着的信念，只有认真追梦的人才能体会到。

教室、图书馆，抑或是教学区的屋顶……那些或小或大的地点，静静地陪伴了他们四载春秋。

人工湖边的小亭子，不过几丈见方，但是记忆却在这里蔓延成几十亿光年的时间长河。或许你还记得，在那里看过的书籍：有史铁生的，有村上春树的，有张爱玲的，或许你自己也数不清在这里看了多少书。四季的轮回中，你看过盛开在湖边的花，柳树也抽出嫩绿的芽；你看过满池追逐睡莲的游鱼，湖面的阳光像闪烁于你心间的梦想；你看过无边落木簌簌飘落，风也萧萧，雨也萧萧；你看过冬日里被冻住的湖面，谁和谁手拉着手轻轻走过。

有时候，也会为了那个自己习惯的地方收起矜持疯狂一下。女生也可以翻过窗户，占一个自己喜欢的座位；男生也可以起得很早，冲到图书馆的最前列，看着后边长长的队伍露出满意的笑。

各个教学楼的翠绿房顶、沐浴着晨光的五子顶，那些越发接近天空的朗朗读书声从那些细小的缝隙中传出，配着虫鸣蛙叫，似乎是人与自然的协奏。

"舍不得那里，是因为一种感觉，随着时间流逝历久弥新的感觉。"或许会有这样的感叹，在那些熟悉的地点奋斗的点滴不是一个深刻的片段能够表达的，那是一种长久奋斗下弥足珍贵的宝藏。

在那里，他们于那个小小房间相遇相知，共同体验工作之乐

大学如茶，慢慢地在水中析出香气，慢慢地沉入水中，沉积在他和她记得的和不记得的记忆中。品尝它，每一个人都有自己的体会，或浓，或香，或辛，或甜，或苦，或酸。只是在大学的生活中学习绝对不是全部，无论是他还是她，都有一份想要坚守的"事业"，都有一个为着"事业"携手奋进的领地。

在毕业之前，再回到曾经小小的办公室，再去那个熟悉的场景找找当年和"战友"的峥嵘岁月。

广播站办公室：还记得第一次录声带，第一次录新闻，第一次受到肯定……小小的广播站总是容不下所有人，但是紧紧相依的心和大家共同的梦想总是让小小的房间拥有大大的温暖。好想回去，在离开之前再录完最后一集有自己声音、有自己情感、有自己梦想的一盒录声带，然后永久保存这份记忆。

视频海大办公室：总是会想起当年在办公室大家围着苹果机剪片子的那些日子。回首，彼此脸上那些专注的神情转变为怀念与不舍，那些曾经纠结的各种事在这个时候也仿佛成了春天里盛开的一朵朵可爱花朵。

观海听涛办公室：离开前忍不住再次敲开那扇门，熟悉的场景，陌生的面孔，有种物是人非的感觉。但不变的是那种味道，共同为自己喜欢的"事业"奋斗的味道，共同相依相偎营造温馨家的味道。拿起置放于窗台的一张张合照，看看那时的我们，常常彼此捉弄，开一个小小的玩笑。

书法协会办公室：很怀念和其他成员每周去练字的那些日子，很享受和大家一起交流书法艺术的氛围，当这些美好的时光在岁月中悄悄逝去，那些墙上挂着的一幅幅字画亦成为心中一份特别的回忆。

不同的事业，却都有一种感动和收获；忙碌在这里不再是累赘，更多的是一种满足。四年的春华秋实，那些都将会印在脑海的回忆里，他们即将走完这段路，回忆永不泯灭，信念长青不老，终生纪念。如你所说："也许，有人会没有特别的故事，但回头想想大学本身就是一种事业，是一种淡淡的美好，像冬天里的一杯温酒，品下去就是暖到骨子的温馨。"

在那里，他们或挥洒汗水，或传递情谊

四年灼热的青春年华总离不开那一圈一圈的跑道，那抒写英雄之战的绿茵场，那承载"无兄弟不篮球"的炙热情怀的篮球场。汗水挥洒的瞬间定格成一幕幕青春飞扬的画面,梦想起航,带着他们一同奔跑过春夏秋冬的四季轮回,海风无法吹散的,是他们坚毅的容颜和紧握的双手。

也曾在篮球场找到志同道合的兄弟。"大一的时候代表班里还有辽宁老乡打比赛,很激烈,大家配合得很默契,认识很多朋友,虽然最后输了,但是也有成就感。现在回想起来,还是大一纯粹一些。"材料化学2007级杜允揆回忆时面露幸福的笑容,眼神里却多了几分离别的愁绪。

也曾在篮球场找到纯美的爱情。"大一下学期和女朋友第一次在篮球场约会,两个人牵着手坐在一起聊天,初步确立了关系,然后两个人一起走过大学的四年时光。"环境科学2007级赵龙露出甜蜜的微笑。

也曾在田径场学会坚持与忍耐。"从大一到大三,我一直坚持跑步。因为我体育不好,跑步对我来说是件很痛苦的事儿,所以我想通过跑步,通过感受痛苦的感觉来让自己学习忍耐、学会坚持。"法学2007级仇程如是说道。

还记得那年的运动会,长跑运动员的我身边,有你一直陪伴,声声"加油!"让我拥有了坚持的勇气。

还有一次运动会,我一直跟着参加长跑的你,看着忍耐着痛苦一直坚持的你,我突然觉得你是我心中最勇敢的英雄。

有时候,有时候,相聚、离开都有时候。最后一个夏天,和你们再奔跑一次,再打一场球赛,再去绿茵场潇洒一回,再去和那些充满我们回忆的地方,和你们道一声珍重。

在那里,记录他们生活点滴

四年转瞬即逝,他们即将走上新的旅程,直到坐上那辆带着他们各奔东西的列车,蓦然怀念他们一起走过的路、一起吃饭的食堂、一起聊天的咖啡店、一起等公交车的站台。

那间睡了四年的宿舍,9月份的新生有谁会住里边?她们会和我们一样在阳台种上各种小巧可爱的盆栽吗?

记得那时宿舍楼下点燃的心形蜡烛,谁对谁说了一句埋藏很久的"我爱你"。

等明年,那条我们常走的路上,樱花依旧会绽放,梦想却永远不会遗落。

观·校园

一餐厅二楼是否还是那么拥挤？二餐厅二楼的瓦罐汤还在做吗？"康惠达"的小吃有没有增添新的种类？北区的同学还会去南区四餐吃饭吗？

后山的车水马龙还开着吧？那个老板人真的很好。还有海岸咖啡，经常和同学去那聊天，想回去再点一杯我们最爱的芒果奶昔。

公交382路还是要等那么久吗？125路还是那么拥挤吗？每次坐公交车回来南区的同学总是还要走15分钟才能回到宿舍吗？

浮山那个跳舞的小角落，会不会有人也跟我一样迷恋？

青大一路，那个卖馄饨的还在吗？会不会也有人经常下午三点去吃东西，喝咖啡。

太多的生活点滴，此刻只能在脑中一遍一遍回放。这个冗长的最后的夏天，不想再去海边，只想躲在房间翻旧照片。

汽车上了高速，海大越来越远，最后成为一个点。追梦之路不止，这个点却幻化为心中的永恒。只能塞着耳机听着来时的歌，泪水滴落也不用擦拭，静静看窗外的风景。

> 昨夜星辰带来一滴露水，
> 滴在即将枯萎的花朵心口。
>
> 今晚微风用手，托起，
> 下一个盛开的希望，
> 把它埋在，天空的路边。
>
> 在最沉寂的黑暗，
> 我听见来自耳边温柔的呢喃。
> 太阳即使在忧愁的时候，
> 也要披上光明的衣裳。
>
> 云朵即使离开翅膀，
> 也要融进最蔚蓝的海洋。
>
> 是的，只要你愿意等候，

> 明年春暖花开,
> 这里依旧是永远的芳香。

这里依旧是永远的芳香。再见,海大,再见,那些充满回忆的地方。

(2011 年 6 月 7 日)

观·校园

海上奏古音　天涯荡乐思

曹培蕾

音乐，是山涧叮咚的泉水，是天幕上闪烁的星光，是驱走黑暗带来光明的阳光……它无影无踪，说不言之言，达意外之意。

奇妙如斯，让冬季的严寒难掩激情与梦想，聚光灯下的舞台依旧绚丽多彩。七彩的音符在琴键上翻飞，美妙的旋律随节奏流淌。

——序言

聆听音乐会，于很多人而言，可望而不可即。提及校园音乐会，更多的人匪夷所思。然而对于鱼山校区的同学们，却并不陌生，一年两度的音乐表演专业实践音乐会使之成为现实。每年的音乐会演绎着岁月的更迭，见证这一代代音乐表演人的成长，已流成一种文化。让我们生活处处充满音乐，我们的校园亦是欢歌笑语。

象牙塔的青春宣言　鱼山秋之韵实践音乐会

静谧十月，初秋的天空飘逸蓝梦。琴音如诗，激扬流淌，一场学生实践音乐会唯美上演。灵动的音符演绎悠扬旋律，青春的剪影诠释音乐梦想。《天空之城》《龙猫》《小路》等作品被同学们搬上舞台，柔和的灯光下，伴随轻快的节奏，宛如天籁的琴声飘逸入耳，琴键上跳跃的手指，安静的脸上微闭的双眼，厚重的琴座、神秘的黑白键……熟悉的演奏厅上演经典之作，舞动的弓弦奏响浪漫之歌。音乐表演专业的学生用精彩的演出博得了老师的认可，赢取了观众的掌声。

诗意地栖息在世间，音乐的魅力溢动花香。随意漫步于校园中，不时听到悦耳的歌声，于平凡生活中多添一份惬意，多品一种幸福。校园音乐会，一本青春的纪念册，记载着曾经的风花树，聆听我们的故事；承载着曾经的幸福，梦想随歌声飞扬。

每年春之声、秋之韵等实践音乐会总会如期而至，仿佛在演唱季节的更迭。去听音乐会，已然成为这个时节的流行语。对于生活在八关山下的同学，它们见证着那些与我们青春有关的日子。

曾在这里激情洋溢的演奏者，请饱含你们的创作激情，带上即将起飞的梦想，在音乐的旅途上越走越远。

园丁风采 青年教师汇报演出

初冬的夜幕中，丝竹之声响彻你我心扉，青年教师汇报音乐会华丽上演。音乐的海洋广袤无垠，耕耘于绚丽音符中的老师们，今天，以演奏者的角色站在舞台上，用曾经教授学生的知识，为自己而唱。钢琴诗人的优雅，《夜曲》哀婉动人，一片澄静之水映入眼帘。平日的良师，如今更像是益友，仿佛我们同是音乐的旅行者，在这一路上且歌且行，一路春光。

三尺讲台，记录着平日的孜孜不倦；金银奖牌，回报日复一日地悉心教导；临别寄语，吟唱晨曦黑夜的师生情长。学生们一睹园丁风采，于是，更加崇敬，纷纷表示要学好专业，刻苦练习。也许，教师音乐会的目的正在于此，激励学生，教学相长。

在掌声之中，灯影之中，敲动梦想的琴键，像师者一样演绎是很多音乐表演专业同学的愿望。"或许，于更多的同学，那只是音乐会。但对于我们那是梦想的舞台。"一位音乐表演专业的同学如是说。

红幕徐徐而落，华丽不在，绕梁的余音与残留的记忆却温暖着每一个听众。

青年教师汇报音乐会的落幕迎来了鱼山周围几场名家音乐会，让整个季节肆意徜徉在音乐的洗礼中。

观·校园

古典与流行 构筑音乐的七彩桥

校园里的空气缀满音符,校外的音乐会更像是听觉盛宴。青岛人民会堂离鱼山校区仅百米之遥,这为同学们带来了惠泽。课余间,他们结队成群,乘着歌声的翅膀,共同欣赏音乐盛典。古朴的校园里,刮起一股爱乐之风。

思念之情缥缈无岸,《思乡曲》略带哀伤的旋律娓娓道来,小提琴清丽婉转的音色,演奏家撩人心弦的倾情演绎,让琴弦奏响的旋律飘向苍穹,将乐思寄给那位和蔼的长者,慈祥的老人——林耀基。东曦未见沉酣,夜空依旧伏案。他把一生都献给了小提琴教学事业,从来没有懈怠。如今,他的学生用真情的演绎来纪念挚爱的老师,表达一份真意,寄托一份哀思。李传韵、陈怡、李心草等优秀的演奏家与指挥家亲临青岛,共同为昔日的恩师与好友献上最深的思念。

青岛,与林耀基先生密不可分。在这里,有他四处奔走辛苦举办的中国国际小提琴比赛,有他那支卓越的青岛交响乐团。已过花甲之年的林先生从来没有一丝抱怨,总是笑着说,他喜欢青岛。海风、白昼连绵沉醉的轻唱与小提琴完美契合,流觞的曲水宛若天成。捧一手海沙,愿林先生的精神永存。

听过这场音乐会,不少同学谈及,听到的不光是音乐会,更听到了林耀基的人生赞曲。

古典的西欧音乐,流行的自然元素,加之华彩炫技的表演方式,缔造了一位举世瞩目的跨界钢琴家。马克西姆不同于理查德·克莱德曼,高超的演奏技巧足以使他称得上是杰出的钢琴家。坐在钢琴前,他要冥想很久,然后落下第一个音符。从克罗地亚偏僻的小镇,到万众瞩目的绚烂舞台,马克西姆用自己独特的音乐征服了全世界的听众,用充满激情的演奏打动无数音乐爱好者。他的作品更能给我们启迪。

《出埃及记》是马克西姆的经典作品,他挥洒自如地演奏一泻万里的下行双音,淋漓尽致地表现疾风骤雨的连续八度,配合着乐队那恢宏的音响效果,震撼人心。《野蜂飞舞》急速下行的半音阶,形象地刻画出群蜂嗡嗡作响,由远及近的画面。

青岛,马克西姆中国巡演首次踏足之地,承载了人们对音乐的热爱,对追求的执着,对幸福的向往。

两色并蒂莲 音乐桥接人与社会

也许，你是第一次迈进音乐会的礼堂，心中充满好奇；也许，你是慕名而来，只为一睹名家风采；抑或是，不满足于电子音源，追求身临其境之感。但你无法否认，指挥棒腾空的瞬间，你的心将随旋律悸动，诗情画意在此刻停留。遨游于音乐的世界，让曾经的梦境再次浮现，去回味昔日的似水年华。

校园内的音乐会无法媲美名家风采，但却激励选择艺术之路的孩子们更加勤奋练习。在校园音乐会中，尚显稚嫩的学生用日夜苦练的技巧展现青春风采。在校外音乐会的熏陶下，他们从懵懂的少年，走向艺术的践行者。在他们心中，用音符铺就的小径，定是花开万里，梦生三蝶。

当越来越多的音乐会在我们身边上演，身背乐器的琴童与日俱增之时，我们不得不承认，大众的审美趋向已由单一转向多元，文化欣赏能力倏然提高。在音乐会的现场，你会发现，这里不仅有天真无邪的小孩，更有耄耋之年的老者。音乐会，在不知不觉中已成为一个载体，让音乐走入平凡。

尾声

太阳隐没群岚，白色的栀子花瓣撒落一地，静听远处传来的风琴声，默默冥想，音乐会所包孕的含义。

夜幕微合，蓝色天鹅绒的星空缀满晶莹，明月洗空，悠远的钟鸣走进午夜，也许你会渐渐明白，音乐会是爱与善的表达。

（2009 年 12 月 17 日）

观·校园

世界读书日　书香伴我行

毕玲玲

4月23日是作家塞万提斯和莎士比亚辞世纪念日,为了纪念塞万提斯、莎士比亚,更为了宣扬全民阅读精神、开展阅读活动、创建学习型社会,1995年联合国教科文组织把4月23日定为"世界读书日"。

"知"和"行"历来是人类活动的两大主题。在知识经济到来的今天,读书在我们的工作和生活中起着越来越大的作用,阅读应当成为我们的生活习惯。今年全国两会期间就有代表提出,为了挽救阅读危机,推动全民阅读,建议设立"全国读书节",大力倡导全民读书。

在学术氛围浓厚的海大校园里,由中国海洋大学大学生邓小平理论和"三个代表"重要思想学习研究会与青岛市书城联合举办,以"海上生明月,读书共此时"为主题的读书日展阅活动在崂山校区图书馆一楼大厅举行。

在窗明几净的一楼展览室里,我们找到了合作方青岛市书城的工作人员刘晓群和张健。作为活动的负责人,他们很热情地接受了记者的采访。

观海听涛:请问你们认为今天的活动有什么价值?

张健:今天的活动很好,对于我们书城和海大学子都是很有意义的。它不仅能够为同学们服务,满足大家的需要,还宣传了我们书城。

观海听涛:您能介绍一下今天的书展情况吗?

张健:今天所展示的书籍分三类,即文学类、社科类和科技类,各有41、42、36本。诸如《品三国》《人生如若只初见》《我的千岁寒》等文学作品,社科类的《全本周易》和科技类的《万物简史》等书籍,都是我们推荐给同学们的书。

观海听涛:你们今后会继续与海大合作举行这类活动吗?

张健:这次活动,我们是配合贵校的工作,为同学们展开服务。这是我们第一次与高校合作进行此类活动。今年只是试点，明年我们会正式举办第一届。

观海听涛：那么今天的活动举行之后，你们会有什么相关的举措吗？

刘晓群：我们将会在贵校图书馆开一间书吧，面向同学们售书，并且学生可以享受一定的优惠。

就在交谈中，书城工作人员还告诉我们，他们刚刚上楼参观了崂山校区图书馆，并深有体会。"海大有这么便利的条件，这么多的书，都是免费向学生开放的资源，如果能好好利用，多读多看，肯定会受益匪浅。"

在校研会的工作台前，我们见到了图书馆参考咨询部梁红老师，她主持了今天这场"海上生明月，读书共此时"主题读书日的开幕式。

观海听涛：您能介绍一下今天这项活动的目的吗？

梁红：今天举办这次活动，就是为了鼓励同学们多走进图书馆，最大限度地利用我们的图书馆资源。同时，也是为了让图书馆的工作更加完善，能更好地为同学们服务。

观海听涛：对于同学们提出的关于图书馆建设方面的意见，你们将怎么处理呢？

梁红：这些意见很宝贵。我们会慎重考虑，然后做出相应的调整，拉近学生与图书馆的距离，让同学们可以更好地利用图书馆。我们的心是向着读者的，无论什么情况下，我们都会设身处地地为同学们着想，提供更好的服务。

观海听涛：那么您对如今电子书籍的行情比纸质书籍更为流行的现状是怎么看待的？

梁红：这属于个人的习惯。大部分年轻人是偏向于电子书籍，而有相当多的人还是习惯于我们的传统读书方式。同时，由于我们的电脑普及情况不是很理想，最关键的是看电子书籍对眼睛有害，所以纸质书籍还是占据主导地位。但为了照顾大家对电子书籍的需求，我们最近对图书馆的电子阅览室开放时间进行了调整。比如说，我们把本科生允许上机时间由原来的每天1小时调整为2小时，这都是为了让每位同学在这里都能够各取所需，真正受益。

观海听涛：针对读书日，图书馆还将采取什么措施，方便同学们的需求？

梁红：我们除了现在正在实行的图书搜索，让同学们可以更快更好地找到自己所需要的资源，还准备实行新书好书推荐栏，把新引进的书、比较受

观·校园

欢迎的书都挂到网上。让找书更便捷，也让读书真正成为一种享受。

观海听涛：关于读书，您对海大学子有什么期望？

梁红：多读书，读好书。好好利用图书馆现有资源，丰富自己的知识，成就自己的未来。同时，也希望你们能多提意见，帮助我们把图书馆建设得更好。此外，还希望每位同学都能珍惜图书，因为这些都是我们最宝贵的资源。

在整个采访过程中一直给我们提供指导、介绍情况的校研会的同学们，是这场活动的另外一个主角。在上午的所有环节中，他们就一直默默地奉献着。从组织同学填写"我最喜爱的图书、你对图书馆的建议、你最想向人推荐的图书"的 300 多份表格，到维持读书活动日的开幕式，再到给现场的同学介绍相关情况，他们就这样一丝不苟地做着自己的工作。

为此记者采访了校研会的冯磊同学。

观海听涛：你们组织今天的这项活动的初衷是什么？

冯磊：其实这项活动的牵线人是团委老师，而我们只是承办了这次活动。虽然说很忙，但我们也会尽自己的责任，为同学们更好地服务，提高大家的读书兴趣。

观海听涛：我注意到今天你一直都在活动现场，你觉得同学们对这次活动的反映怎么样？

冯磊：今天来的人很多，这让我们很欣慰。其实，我们今天的活动主要是唤起大家对阅读书籍的兴趣，让读书成为一种习惯。这不仅是为海大，为别人，也是为我们自己。书是最好的朋友，永远都不能丢开书。

世界著名文学家高尔基曾经说过：书籍是人类进步的阶梯。正是因为有了书籍，解决了口口相传中对文明的遗失问题；正是因为有了书籍，人类的知识和文化才得以传承和发扬，人类社会才会不断进步、不断发展。书籍是我们的朋友，帮助我们获取前人经验、丰富自我、提升自我。一本书可以改变一个人的命运，也可以改变一个国家的命运。在校的大学生作为 21 世纪的接班人有责任也有义务将阅读书籍的精神火炬传递下去。

（2007 年 4 月 23 日）

海大志愿者流年志
——不一样的志愿者 不一样的感受

姜坤昊 陈书凌 覃镜谕

岁月如梭，声声催人老，青春绚烂，终抵不过似水流年，虚度年华者无奈的悲叹总是惹人唏嘘，但有一群人，把汗水封存在时光中酿造，终得岁月如酒，往事透明。他们顶烈日，淋雨雪，迎着冷眼和嘲笑；他们献爱心，送温暖，闪烁人性的光芒。他们叫作志愿者。听，三种声音带你走进志愿者的世界……

三小时：似一幕情景剧，映世态炎凉

细雨，微凉，步行街头，卖报募款。

"身患白血病的小海正挣扎在死亡边缘，我们义工队今天集结于此，为其义卖报纸募集捐款，帮助他战胜病魔！"洪亮的动员讲话声还回荡在耳边，我擦掉脸上的雨滴，咬咬牙抱紧手中的报纸，转身走向匆匆而过的路人。"先生，您好……"我凑到一个大叔面前，说明来意后，他不屑地看了我一眼："这不会是假的吧。"数不清已经被人这样怀疑过多少次，我挤出一丝笑容："这是真的，我们的同学真的需要帮助。"大叔冷漠的表情渐渐缓和，掏出钱来接过报纸："现在的社会，骗子太多。你是大学生吧，也真不容易，放下身段低声下气地哀求别人买一份报纸。"身为志愿者，怎可言委屈。我拍了拍旁边还在缩手缩脚的新义工的肩膀："社会上还是好人多，勇敢去做吧。"回头瞥见一个几岁大的小朋友站在募款箱旁，用稚嫩的小手笨拙地把钱塞进箱内，原来，在行动的不只是我们。

晴空,渐暖,无名社区,畅谈交心。

我们进屋时,老人正坐在床上,见我们来了,慌忙做出下跪姿势,嘴里还含糊地喊着"感谢政府,感谢党",那一刻,我深深感受到老人溢于言表的孤独寂寞。我们有说有笑地跟老人一起包饺子,老人似乎很健谈,从生活现状聊到她的童年,从国家大事聊到日常琐屑,笑得合不拢嘴。

饭桌上,老人拿着筷子迟迟不肯下手,"好久都没有人陪我这么聊天了,"老人说这句话时眼里满是失落,"你们走了还会回来吗?"腾腾的热气湿润了我的双眼,强忍住泪水,我们毫不犹豫地说:"会的!"

也许,短短的三小时不能做什么大事情,甚至换来人们"面子工程、走形式"的辛辣嘲讽,但是无数的三小时积累起来也是一股足以改变社会的力量。看着塞得满满的募款箱,看着老人脸上荡漾的笑容,我想说,为了这看似短暂的三小时,我愿意。

22天:放弃的话,我不会说

十多年前,为了保护滇西北的一片原始森林和林中生活的滇金丝猴,一群热爱自然的年轻人在环保作家唐锡阳、沈孝辉的带领下,踏上了远赴云南的路,这便是饱受环保界、科学界和舆论界赞誉的第一届"绿色营"。十多年后,同样是怀着一份憧憬和热爱,另一群年轻人踏着前辈留下的环保足迹,聚集在兰州,许下宣传普及牧场生态保护相关知识的诺言,这便是兰州交通大学第二届"绿色营"。

艰苦,是此行最大的感受。困难似乎比想象的更多,经常吃不饱饭却要负重登山,经常睡眠不足却要时刻保持精力充沛,经常面对别人不解甚至略带敌意的目光却要忍住心中委屈不厌其烦地向当地人宣传解释。普及生态保护知识本非易事,面对当地几代人守护了上百年的古老文化而试图改变之更是难上加难。环保真的不是一个人或者一群人的事情,这不是彰显个人英雄主义就能实现的,它需要千千万万人共同努力。环保也不是刻板地循规蹈矩,每个地区都有自己的风土人情,以前的经验在这里作用甚微。但是,环保精神已然化为我们的不屈信念,就算实现营期目标困难重重,我们也要拼尽全力披荆斩棘走完这段路途,放弃,我真的不会说。

坚持，是此行最大的成功。走过这22天后，再去回味这苦中带甜的时光，一种重新活过的感觉油然而生。在这里，我们找到了一群志同道合的朋友，虽然我们来自五湖四海，但是在营地留下保护环境传承文化印记的信念将我们紧紧连在一起。我们学到的不仅是环保，更是学会在各种各样的困难面前证明自己的强大，学会明明知道结果可能是失败仍然去勇敢尝试，学会就算再无助再不知所措也不说出那句放弃的话。其实，艰苦就是快乐。为宣传环保奉献自己，我愿意。

12个月：因为爱，所以坚守

用语言真的是难以形容这触目惊心的贫困，几块破木头搭起的房子耸立在陡峭的山坡上，两个孩子每天几乎是手脚并用地爬着回家。床铺是烂的，铁锅是破的，没有墙壁，只是用几块塑料布粗略地围了一圈。这种以前只出现在电视里的场景现在就在我的面前，那一刻，我目瞪口呆。

8月20日，我们从前辈手中接过研究生支教团的旗帜，踏上前往贵州德江支教的旅途，为期一年。一番风尘仆仆后的短暂休息显得那么宝贵，但我们没有选择休息，而是马上投入到当地教学之中。当地的老教师只是分配给我们一些次要课程的教学任务，理由很简单：学生不适应。

这正是人们所诟病的地方，短期支教不能让孩子们的学习实现实质性飞跃，他们反而会因我们这些"外来人"的到来分心，甚至厌恶当前生活。旁观者永远只会说这种不痛不痒的话，但当你真正来到这里成为一名支教教师时，那种奉献后的快乐和内心的满足无法用语言表达。而从孩子们的角度来说，时间再短，也会给他们的世界带来光亮，也会让他们觉得外面还有人在关心着他们。支教是一种桥梁，给山外人以了解，给山里人以信念。

也许有人会说，虽然我不去支教，但我也能通过捐助钱物的方式帮助那里的孩子。我想说，钱不能解决问题，钱再多也只能改变一代人的命运，扶贫先扶智，治穷先治愚。做了这么多年学生，的确需要时间去沉淀一下。大学不是工厂，没必要去羡慕别人，要做最好的自己。成为支教老师，便是我做自己的方式，三尺讲台，用粉笔描绘青春，我愿意。

三小时也好，一年也罢，志愿者在用他们辛勤的双手、不屈的信念书写着自己无悔的青春。天空不留下鸟的痕迹，但我已飞过。

（2012年12月3日）

观·校园

形状物语话校运

徐龙宇

万里晴空，四月海大还带着春的嫩绿，夏又迫不及待酝酿着燥热。主席台上折射的光影诉说着激情与荣耀，跑道角落散落的水杯独自回味着欢笑和泪水。

阳光撕扯着影子，光影形状不断变化，斑斑驳驳，如梦似幻，将运动场上的精神一一阐述。

圆形——团结共心

红绿不同色的绸带是它受力所在，直径差异是由于品质不同。

每一次红色剪影轻微上下起伏，十几个人必须同心同力才能做到。绸带所系的中心是战鼓，从主席台往下看，起伏的战鼓与人在烈日下宛若两个同心圆，两者互相融合成为一个整体。要想达到这种效果，团队精神显得尤为重要。

生物工程2014级刘进宝说道："练团队战鼓最注重的应该是'团结'二字，如果每个人都按自己的想法去拉绸带，战鼓肯定就会不稳，项目也就失败了。""要想做到团结，有强烈的荣誉感极为重要。大家都秉承为学院争光的想法，战鼓是圆的，大家的心也连成圆。"

透明中反着光晕，有时墨黑，有时明亮。"咔嚓"声是它的心情写照，记录或轻快或沉闷的瞬间。镜头记录真实，而在镜头之外则是团结同心、认真工作的记者们。镜头的圆形正对应了他们"团"的含义，"我为自己能拥有如此高效团结的团队感到庆幸。"一位记者骄傲地说。媒体工作者们愈加如同一个圆，紧密团结，每一张令众人惊叹的照片是对他们最好的表彰。

三角形——规则公正

黄黑两色的条纹是它的表层，红色是它的衍生扩展。

跑道两侧是它的领地范围，每次黄线随风而动，它却岿然不动，保证赛事的正常进行。红色小旗被裁判拿在手上，随着哨声划出优美的弧度。三角锥和三角旗代表规则和公正，是运动员的标杆和行为准则。每一次潇洒的挥动，都预示比赛正式开始。若无规则，则不成方圆；若无公正，比赛将无意义。

"能让运动员顺利完成比赛项目是我们的责任，是一个裁判必须做的！"一位裁判如是说，三角旗在他手中紧握。三角形，在裁判的手中以自己独特的棱角划出规则、阐释公正。

长方形——贴心鼓励

运动场上红底白字的条幅、播音员手中白纸黑字的鼓舞是它的经典形象。

每届运动会少不了的必定是大红条幅，这些条幅或短或长，条幅上的字或豪情满怀，或幽默风趣，激励同学奋发向上，勇夺佳绩，格外醒目。看台上的同学被条幅包围，形成整齐划一的长方形。

大红条幅愈加成为一种醒目的符号，而信纸上书写的加油稿则是适时送上的春风化雨般的鼓励。小小的一张长方形纸条上承载的是对运动员的宽慰和期许，每一笔每一划浸润着满腔热血。

椭圆形——激情汗水

条条白线是它的发丝，红色橡胶是它的热忱。

白线平行延伸、弯曲，运动员沿着白线向着终点疾驰，汗水随发际滴落。跑道上的执着与坚持何尝不是激情！恰同学少年，风华正茂，面对来自竞技场上的挑战，他们用百分之百的激情去回应。

汗水被阳光蒸发，影子被步伐搅乱，T恤上的汗渍与绷紧的肌肉书写青春的旋律，激情和汗水成为跑道的精神承载。

"我一直盯着终点跑，不会轻易服输！这是一个展示自己风采的机会。"

观·校园

食品科学与工程 2014 级许书静用坚毅的神情将这种拼搏精神诠释。椭圆焦点便是精神所在，运动员滴落的汗水将橡胶染得更红，滴滴相连便是准线。

多边形——人文多元

它是五角星，它是六边形；它像船，像跳舞的孩子；它是你，是我。点和线的结合组成各种形状，看台上鲜红醒目的"工"，独具特色的"LIFE"纵身一跃的瞬间定格在沙坑。迎着烈日维持秩序，手持相机弯腰拍摄，扶着玩偶帽子向众人挥手……你是运动员、工作人员、吉祥物，我是看台人员、是玩耍的孩子……你我抽象为多边形，在运动会的熔炉下逐渐融合，形成独特的多元人文氛围。

广播里回响的成绩，逐渐低沉。斜阳下的光影不再变幻，运动会接近尾声，但它带给我们的感动与精神依旧还在。圆，首尾相接，合围之势，圆满团结共心；三角形，棱角分明又稳固坚韧，是规则之所代，公正之所存；长方形，方正的信笺，飘扬的院旗，长长的条幅，贴心鼓励；椭圆，直曲相交，竞争拼斗，激情澎湃。多边形，各具特色，多元但相通。

（2015 年 4 月 26 日）

家乡的A面与B面

陈思婷　　康　恺

A面：到不了的都叫作远方

  我叫陈思婷，财务管理2012级，来自福州。

  记得小时候听齐秦唱："外面的世界很精彩，外面的世界很无奈。"只是真正出来了才领悟到。就像高中朋友给我留言中所说："亲爱的，我想，到外地上大学的某一种意义就是让你发现故乡的种种美好，以此来填补前十八年的无知和虚妄。"

  曾经无限向往临海的青岛、下雪的北京、灯红酒绿的上海、悠闲自在的成都……唯独就是不爱留在生我养我的家乡。曾经决心一定要出来闯一闯，即便只能坐井观天，也不想永远在一口井里。

  高考结束那个月，长辈们都说连十八岁都不到的女孩子不要跑太远，可我看着昔日学长学姐从远处发来的照片，听着他们诉说平日的乐事，我在想，难道我的生活就局限在这里了吗？每天重复的练习，两点一线的生活，熟悉到不能再熟悉的游乐场所。如果以前的十八年是这样度过的，那么未来的十八年呢，真的就甘于这样的平淡之中么？

  是的，我一次又一次地问自己，难道，就真的甘于这样的平淡之中？

  8月23号，长乐机场的候机厅里，我心里满是憧憬，因为我将在一个全新的地方开始人生第一次不完全意义上的独立。但这一个多月，每天早上醒来，我仍会觉得还在福州。过去总想快点脱离父母的手心，不喜欢他们千篇一律的唠叨；但现在，少了唠叨，晚上睡觉毫无规律，白天吃饭随便应付，身体已经处于亚健康状态。过去总希望自己能独当一面，不喜欢依赖朋友；可现在，当我需要一个肩膀依靠时，才发现身边的位置只有冰冷的空气。过去那么多的希望，但等我真正站在这片土地上，才明白，想象中的独立又谈何容易。

B面：孩子，想家不只是你的秘密

我叫永吉卓玛，环境科学2009级，来自青海。

我的家乡很好，只是还没有其他地方那么好，走出来一直是埋藏在我心底不愿说出来的愿景。

记得当时懵懵懂懂地来到这里，从我叫别人学长学姐，到已成为学姐三年有余，别人以为对于家乡的思念会随着时间的推移而逐渐暗淡，但或许只有自己才能真真切切感到每天那短短20秒钟电话的意义。虽然今天的我早已转身离开，但家乡，它却始终在那里。

现在的我，坐在出海实习的船上，坐在准备托福的书桌前，回望自己当年的青涩，不免嘲笑从前的幼稚，却更明白这是大多数人成长的必经之路。不走出来哪知道家乡的美好，走出来之后更懂得视野开阔的重要。集体生活的历练，独立生活的安排，面对挫折、压力，一切的一切，让我慢慢地沉淀，静静地成长……三年多来，每一次回家都能愈感父母的苍老，或许当下的点滴心愿就是可以让岁月走得比父母慢一点。每一次回家都会在不经意间看见父母双鬓长出的白发，随着年龄的增大，有时也懊悔当年自己的不懂事，而现在即使仍有些许摩擦，但有些话到嘴边，却慢慢咽了回去。

有些记忆逗留在时光里，可有些我却偷偷藏进心底。其实三年没有那么长，长到让我把什么都忘记。

A面：回不去的名字叫家乡

现在的我，我们，不能哭，不能让父母在电话那头着急；不能软弱，不能让同学觉得南方的女生矫情。原来外面的世界真的很无奈，要努力适应巨大的昼夜温差，努力习惯这里的食物口味，努力学习一个人面对问题。现在的每一步，不管多艰难，都得靠自己走。我想之所以会常常怀念家乡的种种美好，其实是因为，那里有家，有依靠。

9月30日，第一次在离家1116千米的地方过中秋。那晚青岛的月亮很圆很亮，我问外婆福州的月亮圆吗，外婆说傻孩儿啊，全国的月亮都一样。

中秋节的老乡会上，大家都说喜欢看着月亮想家。而我，喜欢看云，像外婆的白发。

怎么忘记，小时候外婆送我坐上校车，我靠着车窗看她的背影，一日又一日，她的白发由鬓角爬上了头顶。在我逐渐模糊的记忆里，白发的影像虚化成了云，伴随着我整个童年。

怎么忘记，小时候外婆带表妹和我去爬山，我们总说外婆的白发像山顶的云。每天出发时才五点多，天上的云厚厚的，一圈一圈，像块状的棉花糖，空气里也有特殊的甜味，是外婆天未亮就做好的南瓜饼香。一路上，外婆常常停下来要我们喝水，抓着我们两个小淘气，用小毛巾给我们擦汗，毛巾上有她的味道，至今我都难以忘怀。到了山顶，天上的云淡了，一丝丝的，我转身，又看见外婆的白发。

怎么忘记，上初中时，午饭在外婆家吃，老人家总是记性不太好，喜欢一遍遍地说："小时候你才这么大点，就爱在我腿上乱滚，突然就这么大了，都管不住了。"国庆节和外婆视频时，她一看到我便说："你眼圈怎么这么黑，要好好睡觉啊！"最后还不忘加一句从小到大我都听烂了的"身体是革命的本钱啊"。而我，久久看着外婆的头发，花白的头发。

B面：孩子，你慢慢来

走出来或许是当时头脑发热的冲动，但我却从不后悔这样的选择。即使吃不上鲜美的羊肉，即使需要忍受国庆节单独留在寝室的落寞，即使每个月煲电话粥和高中同学哭诉，我也从未后悔。

鱼和熊掌不可兼得的道理我们都懂，破茧成蝶的故事也早就耳熟能详。如果当年的青蛙要从井底跳出，去看一看外面的样子，也定会像我们一样忍受其中的艰难与痛苦。我们是小树，朝向参天，想要在静谧的秋天收获丰富的果实，那就要懂得，在每一个长大的日子里，都要准备剪断不必要的枝丫——成长没有那么简单，但也真没有从前以为的那么痛苦。

独自在外的生活，教会我们的，不仅是生活上的自理，更是情感上的成熟。

慢慢地，我们知道什么时候排队洗澡合适，知道哪个餐厅的饭菜便宜，逐渐学会控制情绪、学会与人相处。当父母迈入50岁的关卡，当自己踏上奔三的步伐，或许像小孩子一样去生活、去处理问题已不再是一个可以逗留太久的模式。牙牙学语总要留给过去，就像五岁妹妹的现在，但我知道，有一天，她也会像我一样。

  如果说成长是一个华丽的转身，或许三年前的自己早已是定格在相框里微笑的自己。

  钱钟书先生说："城外的人想进来，城内的人想出去。"就像我们羡慕山东考生的方便，即使他们的点点痛苦也会被我们解读成幸福的密码。但同样，在我们口中不经意的流露，外面的五彩斑斓也足以打开他们憧憬世界的窗口。转身离开，抑或坚持留守，本身都是错，但其实又都没错。

后记：

  眼前是青岛六点钟刚刚亮的天，外面寂静却又夹杂着车辆发动机的轰鸣与行人的步履。我走进时光的老版图，伸手抚摸那些被深深刻在记忆里的场景，有一句话，一直被我存在心里："一个人要好好照顾自己。"

  现在，我要大声告诉你们：我一个人在这，不会再迷茫，不会再放弃，会好好照顾自己，认真学习和工作，努力地爱这里，爱自己。而家乡，一直会在我心里。

（2012年10月28日）

盛会之彩附众生　年少之魂绕笔尖

蒋清儒

四月，春和暖阳如约而至，如同生命慢慢绽放出它本质的绚烂。又是一年运动会，在你我如流水般分秒必争，静静流淌的青春中，又吹响了它高昂的号角。

或许你是披盔带甲奔赴挑战的运动员，或许你是保驾护航默默守护的后勤，抑或你只是看台上大声呐喊的加油者，不论你是哪个，你我都一同构成这场上的所有坚持与荣耀。

是时候了，我们一同去看这青春赛场上的风云变幻，众生之相。

盛

青春之盛，绽于步伐，怒放于心。

方队整齐划一，彩旗缤纷飞扬，呼声高昂冲天，鼓点紧密震响，一场激情澎湃的运动会正在进行时。

一群人的盛大，更像自然而然形成的奇幻。如同高能电子碰撞大气成为极光，沉淀着的数以万计的盐分造就死海，阳光穿透雨的颗粒变成彩虹，看台同学手上的彩球与翻花不断舞动翻转，穿透云天的呼喊不曾止息，点燃运动员心中熄不灭的火焰。

经过几个周的努力，即使声音早已沙哑，来自2015级文化产业管理的陈立豪仍带领着文新学子一遍遍地练习，只为展现出文新最好之精神面貌，他说："我们希望继承文新朝气蓬勃的传统面貌，为所有运动员加油打气。"

鼓舞与激情，是盛会的基底。有人在赛场上迈开双腿争夺荣耀，有些人在背后用浓墨重彩的激情，构筑一条充满热情的风景线，他们虽在看台，也

观·校园

在赛场的中心,在每个运动员心中。来自2017级高分子材料与工程的刘立烨穿戴厚重的玩偶装,朝着赛场上的奔跑者们不断挥动着双手。头顶是炙热难耐的阳光,衣衫早已被汗水浸湿,可他仍旧扬起微笑对记者坦言:"这场面这么壮观,是每个人的努力付出换来的,这付出能够让我们感到快乐,这就够了。"好一个青春欢畅的时辰,每个生活里的细枝末节,都能被最简单的快乐满填;一场与年少相关的狂欢,每双挥舞的双手,都成为这场上最震撼的激情。

水珠汇成汪洋,石砾聚为山川,渺小凝成伟大,这一场盛会,只属于我们的青春。

扬

  青春飞扬,热血既洒,奔去无畏。

  证明自己的方式有很多,奔跑于赛场,蓄力于背后,突破在无形之中,超越在耻辱之后。你所能坚持的每个时刻,都是力量的源泉,尽管通往赛场的路铺满汗水泪水,运动员们仍旧用尽全力飞。正如2016级船舶与海洋工程的马景涛所言:"在最难受的时候再坚持一下,比别人再坚持一点,不知不觉就发现,跑道也没有那么长,困难也没有那么大。"落实到每天的奔跑在激荡,努力变成习惯,习惯凝成在赛场上比别人多一点的坚持,而坚持,就是这个男孩成为小组第一好名次的独一秘诀。脱颖而出向来不在意轻放者的失败,它只为勇而坚者降临。

  "一根筷子易折断,十根筷子抱一团。"一个人的比赛最考验心志是否坚强,而团队比赛,最考验众人之默契度,如同一个贴紧承接的物器,缺少了一个螺丝钉都无法运行。在团队赛场上,交付给伙伴的是信任,是关于一同登顶的嘱托。

  参加能量传输线的2017级地质学的杨致远和他的伙伴们每人一段渠带,相互交接,运输一颗彩球,前面的人不断地向后补充搭桥,球在每个人手中不断传递,最终才能成功。杨致远本人叹道:"一个人是不可能跑起来的,只有大家同心协力才可以。很庆幸我们没有执于输赢,只管尽力。"

  青春或许是一道任意门,在门的背后,我们从宠爱中脱离,从保护里走开，走向门的另一边，我们穿越人海，我们从低谷挑战高峰，从稚嫩脱换成熟。这一路上我们孑然一身，拼尽全力奔跑着。偶尔遇见同道的伙伴，知道自己艰难困苦中也能有依靠，于是紧握彼此的双手，互相交互，能更坚定地向前。

共

见证艰辛，铭刻激情，共迎荣光。

号令声响，指令箭在弦上的运动员冲刺而出；红旗一挥，终结整场的你争我夺，胜者弱者即刻产生；烈日之下，一双双眼睛严谨地记录了赛场上的成败萧何，而掌握着这些判决权利的，便是裁判。裁判初奕剑老师负责起点的发令，和运动员们一起奋斗在赛场的第一线，"我们最希望同学们能够享受比赛，尽情释放自己。成绩只是一个符号，重要的是通过比赛对身体心理有一个历练。"而为了让同学们能够在赛场上尽情释放自己，让荣耀不负同学们的坚持，对于裁判的作用，他笑道："裁判，判的是比赛，心怀的是怎么秉持公正。"

慎思流露于笔尖，真实被镜头记录，他们捕捉最精彩最迷人的瞬间，将一个个时光的碎片拼凑，重组。镜头是他们的眼睛，笔触是他们灵魂迸发之地。2017级工程管理的张静怡已经在赛场上坚持连续拍摄两天，机器不停人不停，她说："校媒某种意义上来说就是在做新闻，及时性的需要促使我们坚持，而且能记录这些美丽的瞬间我们也同样能感到快乐。"一笔下手，记刻波澜，快门一闪，瞬间永恒。

每个重要时刻都需要见证者。为奔跑者按下计时器，给予到达终点的他鼓掌赞叹；为飞翔者端起相机，永恒的定格高飞那瞬间；为挑战者小心翼翼，给予他最值得的公正和光芒。有些人在赛场边缘，却不只是单纯的旁观，他们在用自己的方式与运动员共同奔跑，只为不负同样清澈明亮的初心。

伴

本该孑然，阑珊回眸，你在伴我。

他们的工作很简单，不过就是每天准时准点，踏着稀薄的晨光，在运动场搭起一个庇护的帐篷来，嘱咐同学们有事就找后勤帮忙；他们的工作很复杂，他们是给整个运动会提供物质保障的团队，哪里缺了什么，哪里安排的物资不合理，他们总是操碎了心。

当然会累，但他们总是因为和同学们同在而幸运，"年轻人的热情也同样感染着我们，让我们也开始怀念，那些青春的无忧无虑的时光。"后勤的工作人员说。热情促就热情，对青春最诚挚的渴望使人们陪伴前行，也许不是并肩，但能够在你身后作羽翼的相伴，也弥足珍贵。

比赛场上常常能看见这样的景象，跑道上的运动员的喘息加重，脚步在越来越困难地移动之时，身边就会有一个一直陪着跑的身影用坚定而有力的声音大喊："再坚持一下！就快到了！"2016级地球信息科学与技术的谢家欣4500米的陪跑下来，自己也似洗澡般被汗水浸湿，大口地喘着粗气。提起为什么要陪跑的原因，他语气很平常："也没什么。就想着他们看到学长陪他们跑，会感到有激励到自己吧，毕竟长跑项目除了自身坚持，他人的支持也是很重要的。"陪伴或许就是这样，在你的身后或旁边，铭记你的奔跑和飞跃，见证你的身姿摇曳，灵魂飞舞，在所有你能看见的瞬间，为你点亮温暖的"陪伴牌"。

青春之路，你尽管前行，我在背后做你最坚实的羽翼。

再见，运动会。

（2018年4月25日）

今朝此地与君别　愿君不负少年意

房以恒　　吴飞颖　　黄　婧　　孔未玮

六月的气息带有着浓郁的夏天的味道，是空气里潮湿的雾水，是雨过天晴后泥土的芬芳，还伴有着阵阵欢笑与远方的鸟鸣。不知不觉中，海大又迎来了新一年的毕业季。

有人欢笑，有人哭泣，有人相拥着畅述着分离的情绪，有人默默地收拾行李离开校园。多样的情感在人们的心中五味杂陈，为这座校园添上独属于他们的道道色彩。也许只有当他们迈出校门的那一刻，他们才能完整地明白作为一名海大人的责任与骄傲。

而青春的旅途，还不止于此。

人生何处不相逢

生命是一条奔流不息的长河，如同从青藏高原上发源的长江，奔腾汹涌着流向远方的大海。青春，对于这条长河来说，不过只是奇险处的一抹亮影，虽然跌宕起伏，但却转瞬即逝。可正是这激流湍急的一时，便跃过了奔流路途的光彩。

四年青春，在转角处的余光中，清晰明见。

对于2014级行政管理的吕康来说，青岛是一个令人不舍的城市，而更令他不舍的，则是他身边的人。"很舍不得我的这些舍友，大家一起吃饭一起生活，在一起睡了四年，感情还是很深的。"很多人在大学时才第一次离开家庭，而舍友，无意间充当了家人的角色。不仅仅是在平时的生活中包容生活习惯的差异，还在彼此的青春画册中留下了浓墨重彩的一笔。"心情挺开心也挺难过的，开心的是可以离开学校能够自己出去闯一闯了，难过的是

观·校园

挺舍不得青岛,也挺舍不得身边这些人。"

除了舍友,法政篮球队也令吕康感到十分不舍。"我们拿过冠军,我们也失败过,什么样的时候都经历过了。"提到篮球队,吕康的脸上露出隐隐的自豪来。作为校庆杯冠军队伍的主力,吕康对这支球队的感情不可谓不深。在他看来,法政篮球队强大的凝聚力和超乎常人的努力,是他们能够战胜多支强队取得胜利的关键。正是这份热情和团结,点燃了法政篮球队的熊熊烈焰,更让吕康拥有了一股积极向前的锐气。最后的别离或许令人伤感,但这又何尝不是一种蜕变。

而对于 Dmore 的前队长 2014 级行政管理的王家琪来说,毕业典礼上的熙攘和授位仪式,则令原本还没有感受到毕业氛围的她,顿时有了即将离别的伤感。所幸,对于她来讲,与海大并不是从此分别,而是一年之后以新的方式再次相逢,"毕业之后我会去西藏支教一年,再回来海大攻读法律硕士。"无论是到毕业这一天一个班的同学聚在一起,还是同学之间互填毕业留言册,都让王家琪觉得幸福不已。对她而言,她的大学四年已经圆满,画上了一个完美的句号,等待她的,将是更加崭新的青春和重逢。

人生路长,何必纠结于朝暮之间?心怀祝福,勇敢地面向未来,终有一日会再相逢,共续这场青春的华章。

前程路远莫蹉跎

如果把大学的四年比作中转站,那么毕业就会是见证你成长和前进的通行证。多少奋笔疾书的午后,多少灯火不熄的夜晚,多少含辛茹苦的历练,都将化作力量流淌在你的血管之间。一砖一石,一瓦一垒,修建于人生道路上的这座里程碑,需要的便是不懈的努力与积累。

2014 级法学的黄燕玲在大一时,加入了"观海听涛"学生记者团里。这份在校媒工作的经历,不但使她积累了许多工作经验,更教会了她如何去为了一个目标而尽心尽力。"我觉得,你要想做好一件事,就必须要全力以赴,竭尽全力去做。"在校运会时,为了能够保质保量地推出图片专题,黄燕玲与她的同伴一起在办公室里通宵工作,最终专题十分出色。即便在校媒工作了不到两年的时间,但是她和同伴一起为了一个目标共同努力的时光,成了她记忆画册里最值得怀念的一页。

谈到在法学课程上的学习，黄燕玲分享了她大二时李湛老师曾经告诉过他们的教诲："你们想想两年前的自己，你们再也没有当时的那种对学习的冲劲，你们再想一想，你们还是不是两年前正在努力的自己。"正是这份鞭策和警醒，使得黄燕玲对待学习丝毫不敢马虎。在校媒的两年工作结束之后，她将所有的精力都投入学习之中。积土而为山，积水而为海，正是这不断的进取和努力，使得黄燕玲拿到了武汉大学的保研资格。

"肯定会有不舍得，我会对过往的一切都情深义重，但是生活还是要继续，我们要向往新的生活，这一切我们都可以把它留在记忆的最深处。"谈及毕业时的心情，黄燕玲笑道。对于保研到武汉大学的她来讲，毕业并没有那么多令人难过的感触。或许是因为对未来的执着，或许是仍能够待在校园里读书，当别人大多把目光放置在一时的分别时，她已经看向了更远的路。

前程路远，切莫蹉跎，不可浑浑噩噩忧虑于现实，也无须洋洋洒洒挥墨三千文。从这座校园里迈出的海大学子，将会向着更远的地方前进。

又是一年春来时

"我现在心情非常坦然吧。"

作为曾经校媒的负责人，又参与过多个大型活动的举办，2014级政治学与行政学的韩楷大学四年的经历，要比很多同龄人丰富得多。这些经历使他练达而成熟，在面对即将到来的分别时，也多有着一份平静："未来还有更多的事情要做，有更丰富的生活要去面对。"

在问及毕业后的计划时，韩楷说："我最近这一周的计划便是先好好准备期末考试，能够顺利毕业。然后一个月打算出国旅游，看一看国外的生活，学习一下自己的英语，以便更好地在职场历练。"四年的忙碌与充实使他能更好地规划自己的生活，也令他更快找到了自己的目标。

而2014级生物技术的陈晓辉对于毕业的感受，则和韩楷有些不同："毕业的时候是开心激动，但还是会有一点伤感。"作为青岛本地人的她，仍然可以站在这片与海大校园毗邻的土地上，等待与分别人们的再次重逢。在海大的四年学习生活里，陈晓辉收获良多："这四年不仅仅是收获了许多知识，更是交到了特别多的朋友,还收获了爱情。"

在采访的最后,陈晓辉表达了她对学弟学妹们的嘱咐:"毕业是每个人都要经历的一个阶段,要想哭就哭,想笑就笑,把自己真实的情感宣泄出来。"青春的终途是一场离别的宴席,有人欢笑,有人哭泣,但当相熟的人相拥,这场旅途便没有遗憾。

春来冬去,归雁北行,后会无期的不仅是共同欢笑洒泪的人们,更是这一段难得欢聚的青春时光。只有迈出校门的这一刻,方知过往不回,前程依旧。

(2018 年 7 月 15 日)

汗与泪之后　撷英采果的兼职人

陶征卓　　刘文可

有这么一些人，舍弃了自己的闲暇时光，在兼职里，找寻着充实自己的意义。兼职对于他们，是宛如生活味道一般的酸甜苦辣咸。他们携伴着自己曾流下的汗与泪，在兼职路的终点，微笑着赴约属于自我的成长与收获。

遇见——最真挚别样的情谊

"那一刻我的心仿佛被触动，这是一个孩子对你完整的信任。"2015级电子商务张婧嫄捧着学生送给她的日记本如是说。

炎炎夏日，一间不大不小的教室里，一位年轻的女教师正站在讲台，细心地为台下的孩子们讲解着黑板上的汉字。

站在讲台上的教师就是张婧嫄，她暑假期间在一家培训机构做着教师兼职，教导孩子们的语文与数学。小孩子的顽皮是无须说的，捣乱、打架、哭闹，几乎每天都会在教室中上演，更不用说有八个小学生了。而当被问及是什么力量在背后支持着自己时，张婧嫄笑着说："一开始带八个小学生的确挺让人头疼的，但自己接触久了也会习惯，另外，孩子们也有可爱的一面，这是令人十分心暖的。"与孩子们相互熟稔之后，每次下课，张婧嫄都会被可爱的孩子们拉着一起做游戏，不大不小的教室里，总会响过一片片清脆的欢声笑语……

很快，不长不短的兼职时光无声地流逝。在最后一堂课结课之际，张婧嫄拿出了自己送给孩子们的一份特殊的小礼物，每一名孩子都收到了一本书。结果出乎意料，一个小男孩将他自己的日记本作为礼物送给了张婧嫄。"这份工作的工资很低,给他们买了书之后我根本没剩下多少钱。但我真的觉得很开心,他们的假期因为我,至少多了一点点快乐。"张婧嫄回忆起这段兼职经历说道。

二十天的工作日,每天四小时的工作时。大孩子与小孩子之间的情谊在加减乘除、玩耍嬉戏中渐渐生长。在张婧嫄眼里,这份情谊便是对她在兼职中付出的汗水与努力的最令她满足的回礼。

恋上——最简单朴素的音乐

2015级化学专业魏逾杰在青岛市某琴行找到了一项古筝教师兼职。"我的兼职让我很幸福很满足,与我最爱的音乐打交道,还有工资拿。"她这样评价这段兼职经历。

作为一个音乐老师,魏逾杰接触的学生年纪跨度大。"我的学生中,年龄最小的才五岁,年龄最大的都已经五十多岁了,但音乐却使不同年龄的人走到了一起。"她回忆道。在这段经历中,最困难的就是怎样去把自己知道的音乐知识详尽清晰地传授给自己的学生。当被问及自己最大的收获时,魏逾杰说道:"学会和不同年龄段的人沟通,去有条不紊地阐述一件事情,这或许就是做音乐教师给我最大的收获吧。"

在多次教学实践中,魏逾杰摸索出了一套切实可行的教学方法。有些小孩子学习乐器,一开始只是好奇与兴趣,家长也很支持自己孩子的决定。可是,伴随着热情的逐渐减淡,孩子们便觉得学习乐器枯燥无聊,甚至会想要退出。每每遇到这种情况,魏逾杰就会放慢进度,上课的时候尽可能多地给这些孩子们鼓励,并且和家长做好沟通,让孩子们坚持下去。与此同时,魏逾杰会带着孩子们回顾他们的学习成果,并给予他们适当的表扬。孩子们有了成就感和荣誉感,再次学习也就变得更感兴趣。

"与热爱音乐的人接触多了,就更加容易被音乐打动。"在魏逾杰的学生里,有一位显得格外特殊,她是一个年过半百的癌症患者。虽然病痛时刻折磨着她的身体,但是音乐却给了她的精神极大的支撑。她花了大量的时间在古筝上,每周的进步让魏逾杰也感到十分惊讶。"这份对音乐的热爱令我惊讶，她给我带来了一种震撼。这是我第一次真正感受到音乐的力量，音乐是真的可以给一个人的生命注入活力的。"

如今，为了更好地适应海洋化学基地班的学习生活，魏逾杰选择了放弃这份兼职。追忆起过往兼职的种种，最先涌上魏逾杰心头的，是那时自己所接触的人们，因为他们都和自己一样，有着对音乐最朴素的依恋。

感触——玫瑰花株上的锐刺

"需要付押金的工作百分之百是骗人的，无一例外。"小陶（化名）感慨地说道。有些兼职虽然薪资诱人，但诱惑的背后，潜藏的是未知的陷阱和风险。

暑期的灼热，撞上了清凉的青岛啤酒节，在斗米兼职网上，小陶点击了某某啤酒厂的兼职选项，很快，小陶与其他兼职人来到了工作地点。啤酒商家摆出了十分优厚的待遇，随后提出了押金和连续工作的要求。在诱惑之下，兼职人们陆续签下了合同。

签下合同后不久，啤酒厂便以办理居住证为由，收取了小陶等人的协议和押金条作为给组委会的证明。啤酒厂的真面目，此后也伴随着工作进行逐渐露出。手上拿着众人协议的啤酒厂，事后竟矢口否认自己曾收过众人的合同。小陶等人也一直遭受着啤酒厂无理的克扣与刁难。

工作伊始，小陶一行人就感受到了住宿条件的恶劣，啤酒厂提供的伙食也让小陶十分不适。倘若小陶他们想要更好的住宿条件，便需要向啤酒厂交上另一份押金，而这份押金，同样是有去无回。

"从没有想到兼职也会如此，之前自己对兼职从未有什么特别的防范意识，现在想想，当时的自己还真是天真的可怕。"小陶事后说道。

奉献——校园里的汗水努力

2014级汉语言文学马鹏今年申请到了新闻中心四助的兼职工作，他的工作是协助新闻中心的老师做一些日常工作，如打扫卫生、整理报纸。

观·校园

早晨八点，轮到马鹏值班。将办公室卫生打扫干净后，他拿上袋子，去往行远楼的收发室取回《光明日报》《人民日报》等报纸。整理以后，他开始翻阅浏览。他的工作是要把这些报纸上和海大有关的信息筛选出来，裁剪后贴在一张纸上存档。"这些存稿叠起来有好高的一大摞，但是看到自己的工作成果还是很有成就感。"

四助同学们工作中接触最多的便是海大的老师，长期的四助工作也让马鹏收获了师生间别样的情谊。

国庆节的前一周，学校要把一些老旧的设备搬到与办公室有一定距离的行远楼。"这些东西可沉了，我们几个做四助的同学就和老师一起，把东西从五楼搬到一楼，再用校车把东西带走。来来回回跑了好几趟，搬了两个多小时才搬完。"回忆起那段经历，马鹏说道："那天真的很累，搬完东西后，整个人腰酸背痛的。可是自始至终，老师都在和我们在一起搬着这么重的东西。"马鹏在工作中收获了一份感动。

马鹏也在校外进行过兼职，比起校外的工作，他还是更喜欢校内四助工作——"校内四助的排班都是按照我们的课表来排的，所以不会影响我们的学习。最重要的一点是，校内四助比校外兼职方便安全。"

另一边，2013级政治与行政学专业孙高龙谈起了他2014年在图书馆3楼的中文自然书库做四助的经历。"同学们可以方便地按照索书号和书籍类别找到想要的书，都有我们四助同学的功劳。"孙高龙自豪地说道。

孙高龙十分享受图书馆的氛围，他觉得在这种书香馥郁的气氛中，内心会特别平静。"图书馆的工作其实挺好的，四助的同学将活忙完，就会一起到值班的书库里看书学习了。"

图书馆需要一个安静的环境，所以四助同学工作中也不会有太多语言上的交流。同学之间往往一个眼神，一个微笑，就可以让人心里很暖。"我们之间很有默契。每一次看到这么多书都是靠自己和伙伴们一起归类整理好的，一股暖暖的满足和欣慰会溢上心头。"

夜渐深，学生们陆续地从图书馆中走出，孙高龙作为四助人员留到了最后。一日的奉献，仿佛是向内心交上的一份答卷。望着偌大的图书馆渐渐归于静谧，孙高龙的心灵，平和而满足。

兼职人的故事还有许多，其中冗杂，不可细说。但于汗水中收获成长的意义，大抵上便是如此。兼职给予兼职人的百般滋味，苦甜相杂，成长与收获的果实，终将成熟在兼职路上，静待着平凡而又不平凡的兼职路人采摘，俯拾。

（2016年10月28日）

观·校园

给你所有我看到的世界　愿你对过往有所纪念

樊一晨　　韩　楷

我的惶恐是，如果一个媒体，如果拥有的都是不必寻找就主动提供的线索，不必掘地三尺撬开他嘴巴，而是可以耐心等着你布好光的新闻当事人，有不用费力就可以问到的问题，有不用求证就可以主动提供的数字。那么，也就会有随之而来的，可以策划出来的现实吧。

——柴静《林毅夫的脸》

有这么一群人，在所有人都在为运动会做准备时，看台、操场的队伍里没有他们的身影；在所有人都在欢呼呐喊，为胜利开心不已，为失败懊恼沮丧时，他们却扛着相机，带着纸笔在赛场中奔波。他们显得那么与众不同，甚至，略有些格格不入。

他们是校媒，是运动会上最虔诚的记录者，运动会后最忙碌的纪念者。

同样的目标，不同的准备

天蒙蒙亮，太阳还慵懒地待在山的背后不肯露面，而那边，月亮还恋恋不舍不肯离开，四周似乎很寂静。但是若你足够细心，便能听到操场上传来整齐的口号声；日落时分，主席台上方扬起绚烂的晚霞，伴着星星点点的灯光，耳畔再次传来整齐的步伐声和洪亮的口号声——那是学生在进行方队训练和观众席。看着指挥训练的同学录制的视频，仿佛看到了运动会时最精彩有序的一支队伍。

每天 18:30 开始到 22:00，啦啦操和健美操队员们的训练差不多都是在这个时候，常常是糊弄一口晚饭就跑到训练室，一直练到路上没有行人，影子被路灯拉得老长，甚至宿舍已经门禁。日复一日高强度训练，膝盖的淤青和肌肉的酸痛并不算什么，跌倒和受伤也不算什么。训练室里有一面大镜子，望向里面的自己，跃起、落地、抬腿、旋转，似乎望见了舞台上最美丽的一位选手。

在训练的队伍旁常常窜出一个形状奇怪的人影，佝偻着身体，手里似乎拿着什么，再仔细辨认一下，原来是一个人端着相机在寻找合适的角度拍照。可是那姿势滑稽得让人忍俊不禁，队伍里有人没憋住笑出了声，"咔嚓"，他变成了镜头里最美的一处风景。训练室里常常有人端着相机好像在四处查看，又好像一无所获，当训练的同学对这人的行为不再好奇，继续训练时，"咔嚓"，他们绷直的脚尖、舒展的手臂、额上渗出的汗珠和脸上专注的表情就被记录了下来。

不久后，朋友圈开始疯转同学们训练和两操训练的文章、照片，惊异的同时，运动会活跃的气氛逐渐感染了每一个人。

在这之后的运动会上，同学们看到了几批身着统一服装，或拿相机，或拿纸笔，或驻足不前，或匆匆跑开的人……不过，这些都是后话。

一群人的狂欢，另一群人的奋战

4月23日早7:00，不管是老师、同学还是校媒，都差不多在操场上了。视线可及之处，有一些背着大大背包，手里还拿着三脚架和相机的人，他们用肉眼可见的速度消失在看台上。过了一会，开幕式要开始了，又发现他们出现在了主席台上和主席台下，而且模样滑稽，或蹲或坐，身上的T恤被汗水浸透。开幕式开始后，有队伍从主席台前经过，他们争先恐后地探出脑袋，快速按动着快门。两小时后，开幕式精彩的照片就出现在了同学们的手机里。

"致百米运动员，你是赛场上最靓丽的风景线……"走近海大之声的工作地点，看到一男一女拿着话筒在诵读面前的稿件，后面还有一排人手里在翻动着什么。这时，徐一旸拿着一叠刚收到的加油稿走了过来，给后排的同学每人分了一点，转过头又对身边的人说："告诉后台把声音调大一点。"面对记者采访，虽然同为校媒工作者，徐一旸还是略显羞涩，扶正了脸上的粗框眼镜，他说："我们的工作包括来稿接纳、审稿、后台控制、播音、杂务等,每一个部分都有专人负责。"说着,他看了一眼正在播音的同学,"我们除了念加油稿、比赛结果外还会播报失物招领,这才开始不久,就已经有好多丢东西的了,不过也有好多在这里找到自己东西的同学。看到物归原主我们真的很开心,能服务大家是一种幸福,因为这样,我们的存在才有意义。"过了一会,前面播音的同学被换了下来,他拿起一瓶矿泉水喝了一大口,然后含在嘴里一会才慢慢咽下去,似乎这样干涸的喉咙才能获得足够的水分。

走进一间校媒工作室,它位于主席台的正上方,狭小的空间里堆满了东西,两台桌子拼在一起,上面摆放着六七台电脑、单反、摄像机,还有地上堆得乱七八糟的插排、充电线以及毫无层次可分的"书包山",一些人坐在电脑前修修改改,还有一些人干脆坐在地上抱着电脑,手指在键盘上飞速敲打,并不时地停下来思索。叶徐彤忙完对摄影小记者的指导后,走出工作室来到楼梯口,抱歉地笑笑说:"就在这里聊吧,还安静一点。"是的,出了工作室后那种快节奏的压迫感才消失一点,呼吸也顺畅了许多。"辛苦的话,还可以吧,倒是很兴奋的。虽然一直在屋子里,喧闹被隔在了室外,但是也能感受到热闹的气氛;虽然很多人都出去玩了,我要留守在这里,但是能做自己喜欢的事情就很幸福。"叶徐彤淡淡一笑,从她清秀的脸庞能看出她对制作视频的热爱。

又在工作室里停留了一会儿,发现每隔一会就有人气喘吁吁地跑进来,把相机里的内存卡插到电脑上,接着就是目不转睛地盯着电脑,修片到自己满意后微微一笑,拿着相机又跑向各个赛事地点开始工作。

感谢一路同行,送给你所有的美好

"对一个记者来说,通往人心之处,也许是最艰难的一种历险。"

"我觉得校媒很好呀,他们真的很辛苦的,每一处赛点都堆满了人。"一个在热身的运动员一边压腿一边微笑着回答。问她面对这么多镜头会不会紧张,会不会发挥不好,她调笑说:"怎么会啦,开心还来不及,只是希望把我拍得美一点啦。"

"校媒成员可能比其他同学多一点点特殊性,但只是那么一点点也让我们诚惶诚恐,很怕被人误解,怕好心办了坏事。"好在这世界还是充满了善意的目光以及宽容的胸怀。"校媒做的并不比别人少,他们很努力,之前两操的时候,多机位拍摄,每个人都有分工。少了校媒,这个运动会还真办不下去。"汉语言文学2013级吴潇说道。确实如此,他们就是学生,最能代表学生说话,即使偶有误会,也不是解不开的死结。就像海之子成员魏来说的那样:"同学们和校媒之间肯定会存在误会,但也不深,毕竟我们平时做了什么大家都有目共睹。"

　　流光容易把人抛,红了樱桃,绿了芭蕉。承载着数十年风雨,一代代校媒人用自己的热情默默做好手里的工作。正是同学们的宽容理解才让校媒人有做下去的勇气,用照片和文章记录风华正茂的大学时代。

　　"如果有机会,我也想坐在观众席中为运动员欢呼呐喊;如果有机会,我也想认认真真地看完一场比赛;如果有机会……我还是愿意给你所有我看到的世界,愿你对过往有所纪念。"

(2015年4月28日)

清歌淡影 不诉离殇

李元翔 宋一宁

让我再看一眼，即将走出的象牙塔；让我再看一眼，掌心彼岸的你。繁花落尽的五月，多少，不忍离别。

站在毕业的路口，任凭心中有千言万语，说出的却总是，莫名的担忧与虚空的寒暄。

时间的洪流，推着爱向前走，终于，公正的，残酷的，不可避免的，将它推向，面临抉择的十字路口。

一首美丽的歌曲 两部悲伤的电影

"毕业，不说再见"，这曾是多少毕业生的追求。彼时相识，就像一首动人旋律；此时分别，化作两部悲伤电影，恐再无交集。而当选择降临，爱情的城堡能否抵挡住现实的猛烈冲击？

"如果我不清楚毕业的时候拉着箱子能去哪里，那么将来什么都不能给对方，何必现在一拖再拖。有的人可以与别的女孩做任何事，但唯独自己喜欢的人不可以。我没有在大城市站住脚之前，我不会再去找她。"他的话坚定决绝。

诚然，无可厚非地，对于两个人来说，这也许是最理想的结果。没有山盟海誓，没有花前月下，有的仅是为彼此共同明天努力拼搏的身影。然而功成名就时，那个人是否还会在你转过头的地方等待？养尊处优惯了，身处优越的她，还能否具有当初那般抉择的勇气？一切未知，谨听记忆的钟声回荡心房。也许只有时间，能够告诉我们答案。

脱下长日的假面　奔向梦幻的疆界

一个是正值享受风华岁月的新新人类，一个是行将走出梦幻象牙塔的毕业生。二人的世界本无交集，横亘数年。尽管困难重重，他们还是一步步靠近，互相取暖，彼此依靠。毕业面临的不仅仅是自己前进方向的抉择，还有两个人的将来。夜以继日，他曾为留学道路默默耕耘，托福、GRE，他曾为此拼搏，不俗的成绩是其辛勤汗水的回报。而当他将准备考研的消息宣布之时，周围每个人都惊异于其思想上的巨大转变。"做决定的关键在于，什么对你来说更重要。于我而言，我更加重视彼此的关系，况且留校读研对于将来申请更好的大学也是一个帮助。"当理想照进现实，坚持自己的梦想已是难能可贵，而为了两个人更好的未来，他愿意等待。

雨打杨花终不悔　约来不忘相逢幸

那是经历过欢笑才能体味的离别之痛，那是承受过苦痛才会珍惜的相识之幸。不能够确保将来，就不给予承诺；想要把握现在，就真心彼此相待。当美好的爱情理想遭遇现实，没有人能够逃得过棱角的打磨。"我们并没有决定将来谁一定要做什么，在彼此都不能保证明天的情况下，承诺反而是束缚。"毕业，各自走在既定的道路上，无可厚非，自己的将来都不能够保证，又有什么能力带给对方幸福呢？也许不承诺，反而更加负责。对于生活，对于爱情，不能够改变其限制的长度，则增加相互的宽度。也许将来，我们之中有人会碰到更好、更合适的人，两个人不能够永远在一起。但至少在彼此最灿烂的岁月里，我们曾互相陪伴。

朝朝夜夜知我音　冉冉念念离别意

一直明白，相逢不是偶然，而是恩赐。也一直明白，离别不是噩梦，而是现实。但当预告着炎夏的光芒照进象牙塔，手边的你，还能否一如既往地，轻扬嘴角，淡定地微笑？牵手走过的旅程，你我不会忘记。时光静静流转，月亮变圆又变缺，相逢的絮影开出花朵，结出的果抑

观·校园

或酸涩，春老了。人会老，心会老，记忆也会老。但我们年轻的时光，刻在青青的鱼山上，百年的欧韵见证，见或不见，记得或忘记，我们在这里，我们的足迹。终于来到的，最初的地方，最后的地方，看着斑驳的公交站牌，那是岁月的遗迹啊，它孤零零指向，来的方向，去的方向，未来的方向。车辆奔流，离别的脚步染上夕露。夜冷了，露凝成霜。

我爱你，我爱你的羞涩，你的美好，爱你风拂过柳梢般浅浅的笑靥，爱你五月阳光般温暖的怀抱。我爱你离别路口伤怀的泪水，因为我知道，那是属于我的，人生路上最美最晶莹的财宝。我爱你流落风中淡淡的微笑，我不说话，是因为风在说啊，不想你走，但更不想你哭。我在最重要的时光中遇到的最重要的人啊，如若我不能够约定给你永远的幸福，那么请收下我永远的祝愿。"快乐一辈子"，如我夜夜，梦中所见。

> 朝逢汝，清歌带芷蘅生香
> 兰水斜舟，共诉苍夜茫茫
> 观碧海，万顷千波旋云浪
> 听涛涌，风卷潮汐送鸥翔
> 如风静柳，如血千阳
> 淡影随轻舞，归来此间花满堂
> 路漫漫，路遥知彼方
> 相逢凭一日，相去莫沧桑
> 知子者，携子之手
> 来日风凭，烟云荡荡
> 清歌一曲，陌路斓琅
> 花静好，此季离别，不诉离殇

（2011年6月7日）

足迹不停　挥别只为再相见

王　卉

> 那是美好的年代，那是糟糕的年代；那是智慧的年头，那是愚蠢的年头；那是信仰的时期，那是怀疑的时期；那是光明的季节，那是黑暗的季节；那是希望的春天，那是失望的冬天；我们全都在直奔天堂，我们全都在直奔相反的方向。
>
> ——狄更斯《双城记》

美好智慧的年华，糟糕愚蠢的不懂珍惜；信仰光明的希望，怀疑黑暗的失望透顶。大学或许也是这样一个矛盾的存在。最后，从它的年头被放逐，四年悄然已过。那年收拾行李，开往青岛的列车摇摇晃晃，难掩兴奋之情。向往着在红瓦绿树碧海蓝天的地方，去触碰自己四年甚至更长的梦。而今离开，饭堂、教室、宿舍、图书馆……俯首皆是带不走的回忆。这一天总会到来，这一天总会离去。只是这人、这物、这片土地让人无法忘怀，虽没有烈日灼烧的刺痛，但也不是和煦阳光沐浴下的温存。介于其间的情，简单却深刻，此去经年涓涓流淌，梦醒时分昨日重现。

6:30—7:20　早安海大

"喔"的一声，窗帘被拉开，晨光漫洒在宿舍地板上，勤快的舍友端着洗脸盆喊着"起床啦，起床啦"。挣扎着应声而起，睡眼惺忪，梦境残留的记忆让人恍惚。羡慕舍友的好精神，每天能够伴着晨阳早起去操场锻炼。羡慕之余，想起昨夜自己趴在电脑前久久不愿离去的身影，特别悔恨。高中毕业，运动也跟着结业。大学几年，偶尔看到操场、篮球场上激情四射的男生

观·校园

突然变得兴致高昂,去体育馆健身两小时。想来坚持最久,运动热情最高涨的时候,就是加入减肥大军的那几天吧。

这样想着,惊觉上课时间已逼近。慌乱中叠好被子,跳下床,冲向早已人满为患的盥洗室。

7:20—8:00　早餐时间

饭点高峰期的康惠达小吃档人头攒动,突破重围"攻坚"包子或粥。提着早饭,走向教学区。初来海大是黄秃秃的五子顶,此时植被郁郁葱葱,伴着山脚樱花"落英缤纷",芳草鲜美不过如此。

年年岁岁花相似,岁岁年年人不同。他们用绽放凋零见证一批又一批人的成长。无论奔跑还是行走,在路上,步调是彼刻的心情。当我们离开这里,踏入社会,肩膀担上责任,或许会让脚步不再如此轻盈。

8:00—12:10　学习时间

依稀记得第一次怀揣激动心情上课的情景。教室布置似与高中相同,只是不再是单人课桌,不用按位就座。那时候,因为找不到教室在各个连通教学区乱撞,几年的历练也变得轻车熟路不再迷茫。而今,坐在占据许久的考研专座上,头顶上的吊扇一圈一圈不知疲倦地转着,考研、考公务员、出国,每个人的选择都埋进面前厚厚的参考书上。

对大多数人来说,也许人生似乎就是这样一个圈,外面的世界总是被围墙挡住,只能在自己的圈子里面打转,没有终点,没有起点。就像现在的自己,在本科生的圈子里转悠四年,欲跳向那个叫作研究生的圈。

十点半,翻看几页书后,起身去图书馆。脚下,依旧喜欢在石板铺的桥上跳跃;眼前,晴空高照下湖面波光粼粼,昨夜细雨下的水晕历历在目;耳边,踩在沿湖而建的木质走廊上,声音清脆响亮。图书馆及其周边想来应是崂山校区最美之景。晨钟暮鼓,求知是这里永恒的话题。还记得每逢期末考前为抢座的排队盛景;还记得发现想读的书时欢呼雀跃的心情;还记得木亭里伴着晨光刻苦的背影。

梅贻琦道大学说——所谓大学,非大楼之谓也,乃大师之谓也。也许即使有一天学校没有了各院楼，没有了行政楼，甚至没有了任课老师，但是只要图书馆依旧屹立不倒，大学四年何枉此行？

"图书馆地上背书的情景，四楼看推理杂志的生活一去不复返了啊。"身旁的同学这么说着，我也开始对图书馆怀有眷恋。离开学校后，何时还能找到一僻隅角，沉淀下来，静读思考？

12：10—16：30　下午时光

中午的食堂总是熙熙攘攘，看着师傅们潇洒流利的打饭动作，迅速计算出饭菜价格的能力，让人啧啧称奇。吃饭闲聊，谈资成为消息传播的重要渠道。南方同学在这里开始慢慢接受并习惯北方的口味。

曾经第二餐厅三楼的小吃搬到现在叫"夜宵厅"的地方，犹记得红火的锅勺间喷香而出的炒面炒米，流水线式煮方便面的方式也叫人难以忘怀。忘了有多少次，为避开饭堂高峰，去北门"下馆子"，兰州面馆、车水马龙、红辣椒、山水饭庄……每一处都载着满满的关于聚会的回忆。老乡、社团、同学，觥筹交错间感情的交流在其间升华。

北门左侧那方小小的火车票预售窗口，未到假期显得有些冷清。过去一票难求的景象记忆犹新——队伍"曲折十八弯"，甚至会有人边排队边背书。归家的心情彼时一览无余，我们在这里生活，但那成长的地方依旧让人眷恋。

16：30—22：00　活动时分

一直觉得，日落时是海大最静谧、最美好的时刻，倒不是因为一天学习的结束。相比较来说，夕阳西下，天际披满余晖的景象，伴着海大之声播送的美妙音乐，回宿舍的路途总是愉悦。总能在这个时候在三区顶楼看到依偎的情侣，大学爱情的单纯美妙或如是之。

操场绿茵地不乏热爱足球的人在上面挥洒汗水，篮球场到九点也会是人声鼎沸。对于男生来说，也许与其在宿舍电子竞技，不如在运动场上挥洒淋漓。每年5月的操场是另一番景象，为运动会筹备各项工作，方队、运动员训练不亦乐乎。一年当中，想必只有那时候"全民健身"不只是口号而已。

六点半的大学生活动中心总是热闹非凡。记得自己大一大二社团活跃期

观·校园

间，或忙碌于参与活动，或执着于组织活动，晚餐后是这另一种生活的开始——操场上舞刀弄剑耍双节棍，办公室里写稿裁片剪辑视频，排练室中舞蹈歌唱演话剧，教室里学外语练书法……不可否认，大学的生活，只要乐于参与，总会是丰富多彩的。

22:00—6:30 晚安世界

十点钟，即将锁门的宿舍楼前情侣难舍难分；十点半，一群人急急忙忙赶在最后时刻奔回宿舍；十一点，宿舍熄灯，整个校园陷入宁静。

此时，宿舍卧谈会正式开始。或是分享一天见闻，或是谈论明星八卦时政要闻，话题永远不嫌多。夜魅深处，窗外声控路灯不再亮起，宿舍睡意渐起，世界悄声入眠。

四年里，每天也许就是一次轮回，终点在宿舍，起点仍是宿舍，重复多遍这样的日子。或许厌倦，或许迷茫，或许怨恨这平淡无奇波澜不惊。然而，矛盾的情绪湮没不了青春的热情与活力。未曾放弃梦想，路将一直都在，我们都愿直奔天堂，偶尔走错方向又有何妨。遗憾悔恨无法磨灭回忆，镌刻在心田的是不知所起一往而深的情。

"终于还是走到这一天，要奔向各自的世界，拿欢笑荣耀换一句誓言，夜夜在梦里相约。放心去飞，勇敢地去追，追一切我们未完成的梦，放心去飞，勇敢地挥别，说好了这一次不掉眼泪。"离歌渐起。

怀念的气息太过浓厚，梦想的脚步从未停歇。离开，为更好的开始。成熟起来的自己，倒不如再次收拾行囊，踏上开往前方的火车，在一个风景美如青岛的地方，去继续追寻自我和梦想。也许你不知道明天是什么样子，但明天的日子终将启程。挥别，只为未来今日，你我更好的相见，我们的足迹不会停歇。

（2012年6月9日）

毕业后的明天
——探讨大学毕业后的不同出路

林东方　牛　莹

锦瑟无端两三言，一言一语思华年。又到一年毕业季，毕业生告别曾经单纯、充满遐想也是即将逝去的日子，迎来一个未知的、多变的又充满挑战的未来，朋友们挥手各奔东西，恋人们或将相隔万里，工作？考研？出国？创业？毕业后的去路早已选择好，毕业后的明天，每一天都从更加努力开始。

出国　异域求学的别样生活

随着"留学热"日渐高涨的趋势，一些毕业生即将踏上去异国求学的征程，在完全陌生的环境下，他们将面临如何适应国外的学习节奏，如何展开自己的社交生活等很多问题。

记者采访到食品科学与工程学院的应届毕业生李旭，她表示毕业后准备用两年时间去法国攻读硕士研究生。语言、饮食、文化、风俗等方面的差异是对每一个留学生的考验，李旭表示自己从大三便开始为出国留学做准备，法语学习、申请学校等准备工作都顺利完成后，她马上就要迎来在遥远异域求学两年的别样生活，她说："很多欧洲的公立学校是不需要学费的，只需要准备好自己的生活费用即可。"随后她介绍了将要开始研读的食品安全专业及其就业方向，她希望未来自己能从事安全管理生产方面的工作，并鼓励有出国梦的同学早做准备，为自己的理想努力奋斗。

"资金"是有留学梦的学生必须考虑的重要问题。在留学的过程中，需要准备好学校申请费、签证费等小额费用以及学费与生活费。出国时携带生

观·校园

活费以"少量现金"为原则,可维持两个月生活的现金已是绰绰有余,到校后通过汇票、信用卡等方式汇款是较好的选择。

读研 求学之路永无止境

在残酷的就业形势前,本科生早已不再具有竞争优势,只有在学业上进一步提高,才有可能获得更好的就业机会,因此,很多毕业生走上保研或考研的道路。

有时你会在校园里看到这样的景象:清晨,曙光微现,一条长长的队伍从图书馆门前延伸出去。这些上自习的人中,有很多是为考研做准备,考研之辛苦可见一斑,因而保研成为众多学子的更优选择。一般情况下,获得保研资格的方式有三种。成绩保研是最常见的保研方式,即按成绩在本专业学生中的排名确定,成绩优秀者优先保送。第二种是活动保研,在某些社团活动中表现优秀可能获取保研资格,但机会极少。第三种是竞赛保研,如果能在数学建模大赛、机器人大赛等中取得突出成绩,那么保研离你也不遥远。除传统的保研方式外,现今还有一些新途径,各高校研究生招生竞争异常激烈,特别是著名高校为了招到优秀毕业生,纷纷发起名为"学术夏令营"的活动,这就是传说中的"保研夏令营"。考入北京协和医学院的陈俞材向笔者介绍招生夏令营的经验。学生在申请参与夏令营资格时,学校自身的因素影响不大,机遇只留给有准备的人,关键是个人在本科学习阶段的积累。优异的成绩、曾经发表过论文、参与学术竞赛等经历会成为申请书中闪亮的一笔。

不是所有人都会幸运地获得保研的机会,考研则成为许多准毕业生关注的焦点。准备考研的复习过程是痛苦漫长的,且读研究生的同时可能会错失一些难得的就业机会,很多人生出"读研无价值论"的想法,而支持考研的人则能找到很多方法激励自己。不论这些在考研路上奋斗者最终成为勇士或烈士,一次奋斗经历都将成为以后的学业和工作中的宝贵财富,这也是随着社会形势不断改变中,考研唯一不会变质的价值所在。

就业　期望与现实的矛盾冲击

对于很大一部分毕业生来说，离开校门，就意味着成为失业一族。不能将这一切完全归咎于社会竞争的激烈与残酷，最根本的原因还要从大学生自身说起。社会是现实的，有多少能力才可能有多少机会，有多少努力才可能有多少回报，但很多大学生"自命不凡"，对就业后工作条件期望值太高，导致真正要走上社会时，期望与现实带来的矛盾冲击让他们不知所措。

水产学院本专业就业的周瞳燊在访谈中回忆面试的情形，公司老总提问："你希望的薪金是多少？"他答道："这要看公司对我的重视程度，公司要是重视的话管吃住就行，要是不重视我，一个月一万块都留不住我，单凭一个数字买断不了我的梦想。"

相比一个人的文凭与荣誉经历，招聘者更看重的是个人能力的表现，是金子总会发光，但好高骛远的人只会一事无成，唯有一点一滴地不断丰富自己的人生、积累自己的能力，才能在就业过程中找到适合自己的明天。

创业　初生牛犊不怕虎

由于人才供给量远远大于岗位需求，2009年2月15日，国务院办公厅发出通知，高校毕业生创业可享受四项政策，包括免收行政事业性收费、提供小额担保贷款、享受职业培训补贴、享受更多公共服务等。在如此优惠的政策条件下，自主创业成为让很多毕业生学以致用的一条途径。

年薪170万元、"小管家"保洁服务有限公司总经理、新理念家政服务，这些看似遥不可及的关键词却是一位北京联合大学毕业生的成就。张松江，择业时发现一张大专文凭毫无作用，毅然决定与三个朋友走上创业之路，即使出师不利也从未放弃，他颠覆传统家政行业，打造全新保洁服务项目，出人意料获得巨大成功。他怀揣创新精神，挑战传统观念和传统行业挑战，积累社会经验，树立坚定信心，勇敢踏出第一步。如此看来，俞敏洪、李彦宏的故事不再是传奇，不再是梦想。

大学生怀有满腔热血和勇气，这是一个创业者必备的基本素质之一，而其在创业中最大的收获在于能增长社会实战经验并学以致用。最终若能创业成功，更是可以实现人生理想，证明自身价值。

此时的离别只为下一次更美丽的重逢，走出校园，迈进社会，总有一方净土来安放满腔热血，总有一寸空间去施展无尽才华，和大学说再见，却不跟青春道别。

只愿青春不朽。

（2013年6月8日）

我们为什么打辩论

邱江忆

锻炼表达能力、训练逻辑思维、认识有趣的朋友……这些耳熟能详的理由总会是答案。好奇的人不满足于这些客套话，而在三尺辩台滔滔不绝的辩手们面对他们的追问却往往沉默。

"校庆杯"热度刚过，犹记决赛两队鏖战至最后一刻，至胜负明了之时，全场沸腾。校辩赛决赛也惊心动魄，夺冠之队亦在赛后激动地为胜利洒下热泪。然而，辩论不像球赛，一个进球就能引发欢呼和呐喊，比赛过后是大汗淋漓的酣畅。辩论是小众的竞技比赛。"一个辩题，若无意外，通常持平。乍一看两边都对，而正是两边皆误——却非要分胜负，才有精彩处。就像下棋，将士象车马炮，棋子势均力敌，比的就是如何在持平中创造胜机。"其过程千变万化，耐人寻味，"用滥"的辩题又总有新的角度和打法攻破。此外，辩论给辩手特定的立场，让辩手为此说话。这不是无聊的分不清胜负的争论，或许高不至为真理辩护，但双方通过搜索资料、建立论点、寻找论据，来理解对方观点的合理性，并探索一种完美的说话方式。

好奇者的追问

为什么爱它？

　　一开始总是不得要领，没什么机会比赛，好不容易赛一场又总输得垂头丧气。于是上网看遍所有文章视频，对着镜子不断练习。镜子里时而照出路人迷惑不解的眼神，好在只是一闪而过。一遍一遍念稿子，录音、纠正，不厌其烦，只专注镜子里的自己哪里做得不到位，哪里可以更好。"对自身技艺的辛苦打磨，技艺提高带来的欣喜成就感，并肩作战的信任感和默契，全场瞩目单独发言的快感,手掌出汗心跳加速的紧张刺激,这些都是我爱它的理由。"每次站起来说话,拿着稿子的手一直抖,也只会模仿那些优秀辩手笨拙地加快语速,还并不能完全理解对方辩友的论证,发言完毕懊悔不已,但仍然期待下一次站起来说话的机会,这就是爱它的理由。

当然,对辩论的热爱不止辩论本身,就如三井寿跪在地板上恳求安西"教练,我想打篮球"的缘由一定不止篮球。"我打辩论,惭愧地说,可能谈不上非常热爱吧,更多的是因为能和队友们待在一起,辩论队给我家的感觉。"没多少功利心,也没有恼人的上下级关系,大家基于对彼此的友爱和对这个活动一起奋斗的热情聚在一起。一支队伍为了一场校赛朝九晚十地准备,在这里,面红耳赤地争论反而让信任更加牢固,激烈的交锋背后是赏识和佩服。不仅共同分享胜利,而且一起承担失败,爱这里的人,爱屋及乌。

为什么偏偏是它?

小学至大学,辩论或多或少走进过课堂里。最初的记忆已经非常久远:两个小朋友大眼瞪小眼,说一些一本正经的话;整个班被分成两组,发言机会少得可怜,每个人都红着脸,竭力要在混乱的场面中争个是非对错;后来比赛逐渐有模有样,少年人虽仍然不谙技巧,但凭书生意气,指点江山……对于辩论,一个模糊的概念已然植下,或褒或贬,它要么被不断印证而逐渐清晰,要么被彻底颠覆再被重新构建。至于缺乏契机使这概念变得清晰的人,也就慢慢地把它忘记了。

这所谓"契机",也来得偶然。

"那年新生赛特别火爆,我只是对辩论好奇,所以报名参加了比赛。"

"当时只是室友的队伍里缺一个人,所以拉着我去了。"

"示范赛的那个学姐很漂亮,而且我觉得辩论队里的氛围很好,非常吸引我。"

这是一个有趣的巧合,美妙的机缘。一念之差走进去,之后的千丝万缕又令他们留下来。

辩手的独白

留下来

"两年前的校赛我们院一步一步打到了决赛。我不是很厉害,在决赛之前只打了两场小组赛,也没能上决赛。我坐在台下盘算着如果这次拿到冠军,就差不多可以退队了。可是后来,没能夺冠。看队友输掉比赛的感觉糟透了,我冲上台抱着队友大哭,下决心要留下来,第二年一定要带着学弟学妹回到这里。"这是他大二时的校赛。

"去年校赛我们院一步一步打到了决赛,四个人配合得特别好,有惊无险地赢了比赛。按理说得到这个冠军,我也可以功成身退,但对我来说,'功成'不仅只是一个冠军那么粗浅,辩论队还需要我,我得带着学弟学妹再来一次。"这也是他大二时的校赛。

类似的历程,不同的结果,一样的选择。不甘心接受"无法参与"的失败,所以留下来;还负有责任,院队还需要传承,所以留下来。很多抉择,冲动的、理所应当的、艰难的,从现在看来,都不是偶然,从误打误撞走进来的偶然到坚定不移留下来的必然,辩论于是成为"偏偏是"的那一个。

不止结局

"第二年真的夺冠了。"去年他终于从台下来到台上,驳论清晰,干净漂亮。他是决赛最佳辩手,圆满地告别了校赛。

"后来没能如愿。"今年校赛,他的结辩屡屡出奇制胜,可惜在半决赛遗憾告负。冠军易主。

旁观者最想知道的结局,也就一句话而已。竞技比赛,输是失败,赢是成功,天经地义。但输不是结局,赢也不是结局。就像他们"一个在大二夺冠,一个在大三夺冠"是同一场胜利——他们是冠军队伍里的二辩和四辩,和另外两个队友,配合默契——这场决赛,是圆满和未圆满,告别和继续。一年年的比赛,不管是胜利的狂喜还是告负的遗憾,五味杂陈的情绪夹杂上之前酸甜苦辣的经历,是结束还是开始,说不清道不明。

你为什么打辩论?

冗长的沉默,认真地回忆

"人喔,如果会爱上什么事情,其成因必定是源自某些琐碎而私密性的偶然。在那样的偶然里,有着属于你的、吝于分享的故事;有着你青春或未必青春的热情与哀愁;有着矛盾、在乎、却麻木的各种接触……正因为这一切只属于你,所以无可表述。"

每个人都有自己的阅历。

（2014年12月22日）

象牙塔：幸福在似水流年中绽放

李晓庆　　辛　海

有人说幸福像吹过的风，可以感受，却看不见摸不到；也有人说幸福像流过的水，凉凉地从手心潺潺而过，剔透无瑕却稍纵即逝。幸福是怎样的，自己是不是幸福，他们——象牙塔的骄子，有着自己的感知。

大一：我要的幸福没有束缚

刚刚迈入大学校园，大一新生对崭新的生活充满了新鲜与好奇，虽然也有空虚、困惑、不安，但对于幸福，他们有自己的期待与憧憬……

李佳宁是新闻与传播学专业2008级的学生，她告诉记者，如果幸福的满分是10分，她会给5分。"因为现在的生活不是自己想要的，现实离自己梦想中的生活还很远。"她解释道。当提及理想中的幸福生活时，李佳宁打开了话匣子："我理想中的幸福生活就是能够在一座僻静的山，有一个自己的小草房，里面有一张床，一架钢琴，而我只要有几张乐谱，一杯咖啡就好。"或许自己也觉得这种田园生活不太可能实现吧，她又补充道："其实不一定一辈子都过那种生活，就算我忙碌了一辈子，只是在生命中的最后几天拥有那种生活，那我也会觉得很幸福。"

工商管理专业2008级的侯同学也描绘了自己理想中的幸福生活："希望自己以后可以在欧洲的某个国家，比如说瑞士或是奥地利的一个小村庄买一栋小别墅，跟自己的家人生活在一起，有时间可以去滑滑雪，不用非常有钱，那样我就会觉得很幸福。"但是侯同学也只给自己的幸福打了5分，他说："自己来到大学以后，觉得学不到什么实际的东西，挺没节奏感，感到有点空虚，离自己理想中的幸福生活太远了。"但侯同学表示自己还是会努

观·校园

力追求自己想要的生活，干自己想干的事。就像歌里唱的那样：

梦想理想

幻想狂想妄想

我只想坚持每一步

该走的方向

就算一路上

偶尔会沮丧

生活是自己选择的衣裳

幸福

我要的幸福没有束缚

大一新生，踏上一段新的征程，面对全新的环境，幸福在他们眼中就像是天边的云，缥缈虚幻但又似乎触手可及，向着远方，向着梦的方向自由地追逐，因为他们要的幸福没有束缚。

大二：幸福就是装满我的行囊

经过了大一一年的适应期，大二的同学似乎更明确使自己幸福的因素是什么，亲情、友情、爱情、学业……拥有了这些，才会撑起"幸福"二字。

市场营销专业 2007 级的王永波同学给自己的幸福打了 9 分。或许是看到记者惊讶的表情，他又解释道："主要是因为现在有了女朋友，两个人很甜蜜，自己的社团活动也是丰富多彩，课余生活比较充实，而且平时可以看很多书，不断地学习，生活的各个方面都挺不错，这才算是幸福嘛。"

同样是市场营销专业 2007 级的罗树英同学，他觉得自己的幸福应该是生活的各个方面都能让自己满意。"首先是家人跟朋友吧，跟最亲的家人和最好的朋友在一起就会觉得很幸福；其次是有一个比较好的成绩，努力让自己的能力再提升一点才好，至于恋爱，有一个相爱的人才算幸福，不然宁可没有。"对于自己幸福度的打分，罗树英同学给自己打了 8.3 分，"其实现在各方面都挺好的，但自己还没有事业，所以自己的幸福还不完美，不能给太高的分。"他这样解释。

通过对大二同学的采访，记者发现经过一年的适应期，他们少了大一时的青涩懵懂，多了更现实、更明确的目标。他们正用亲情、友情、爱情、学业装满自己幸福的行囊，使自己的幸福更加充实完美。

大三：幸福不用那么"重"

与大二的同学不同，大三的同学并不显得那么"贪心"，在采访中记者发现，他们比较中意自己的"小世界"，认为自己的"幸福大厦"只需稍加修饰，就会熠熠生辉。

国际贸易专业2006级的杨同学给自己的幸福打8分，她说："我觉得很幸福啊，现在的生活还可以，因为家人和朋友都挺好的。"说到需要改善的方面，杨同学觉得没有太多需要改变的地方。"生活总有不如意的地方，不能去强求，但真的可以改善的话，现在我只希望可以找一个适合的人谈恋爱吧，这样我就会更加幸福。"她又补充道。

在采访中，汉语言文学专业2006级的李同学也告诉记者，自己现在过得挺好的，可以给自己的幸福打6分。"如果需要改善的话，就是希望自己的自制力、心理承受力再强一点，其他的都还好，毕竟生活不会十全十美嘛。"她说道。

没有太多的苛求，不要太重的行囊，大三的学生轻装上阵，在幸福的战场上，他们尽力搏击，赢取简单却真实的幸福。也许那幸福不像大二学生追求的那么让人眼花缭乱，但依然让人感到一种由宁逸沉淀出的"厚重"。

大四： 幸福其实很简单

一提到大四的同学，人们可能首先会想到他们面对的就业或考研的压力，但也就是因为这些压力，使他们更容易从一些细微的事情中感知幸福，他们的幸福虽然更加简单，却更加耐得品味。

记者在采访的过程中遇到了刚打工回来的物流管理专业2005级的魏同学。"幸福啊？比如现在挺累的，回宿舍休息一下就觉得挺幸福的。"他笑

观·校园

道。谈到找工作的问题,魏同学说:"压力肯定会有的,但没有人们想象中那么大。其实我生活挺幸福的,现在我有一个关心自己的人,我们彼此照顾,这就很好,我不会奢求太多。"

通过与一些大四同学的交谈,记者发现对他们而言,压力大并未消减他们的幸福感,虽然他们即将走上社会,即将去面对新的、更严酷的挑战,但是大四的他们对幸福却有着更深刻的理解,幸福不再是天马行空的奇思妙想,不只在于忙忙碌碌的工作或考研,经过四年光阴的打磨,他们对幸福不再苛刻,哪怕是疲惫时短暂的小憩,抑郁时亲友的蓦然一笑,都是一种甜蜜的幸福。因为在他们眼中,幸福已慢慢凝成触手可及的平淡生活,而不再是举目遥望的海市蜃楼。

编者记

从美好的懵懂到平淡的期待,从懵懂的想象到简单的真实,尚身处校园的大学生用自己的经历诉说他们的幸福在成长。幸福不仅可以是"面朝大海,春暖花开"那般的浪漫唯美,也可以是风起雨覆时的一句温柔叮咛……不同的人对幸福有着不同的想象,随着年龄的增长,我们对幸福的认识也在不断变化。但无论是妙想,抑或是现实,只要知道,幸福是一种心灵的感受,是对生活的满足,那我们就会听到幸福天使拍翼而过的声音。

(2008年9月30日)

采撷一分情　清酿藏于心
——记毕业生师生情

杨　倩　　　周畅浩

构成学校的主体不外乎学生和老师。

大学之前，老师与学生这两个元素结合得十分密切，乃至每一位学生的性格老师都了然于心。每逢教师节，学生们会送给老师礼物；老师生日时，也会举办聚会庆祝。重不在于礼物、庆祝，这份感情与羁绊，将伴随他们，走过一生的旅程。而进入大学后，自主选课这种截然不同的上课方式，使得学生老师间的"邂逅"变得尤为珍贵。

然而，拨开现实中掩盖师生情谊的种种迷雾，你是否发觉，在我们成长的画卷上，老师总是在用他们最有力的笔触勾画下深深浅浅的痕迹。

或许，初入大学时，老师依旧是那个让我们望而生畏、满怀敬意的长者，而对于即将踏出校门的毕业学子，四年的磨合与熟悉，老师早已成为与他们同呼吸、共感受的朋友。

回首间 喜乐丛生 生命因你而动听

有人说："人生有三大幸运——上学时遇到好老师，工作时遇到好师傅，成家时遇到好伴侣。"如今，毕业的风铃在耳边作响，毕业学子们站在大学路途的尽头，回首苦乐交织的四年旅程，是谁让曾经年少迷茫的自己找到坚定的方向？是谁让过往青春颓败的自己收获前行的力量？

是陪伴他们四年风雨兼程，"蜡炬成灰泪始干"的恩师们。他们用自己的兢兢业业，用自己的严谨认真，用自己赤诚的责任心，为学子们呈现一堂堂无形的素质教育课，使学子们深受其教，影响颇深。

作为优秀毕业生之一的董喆（食品科学与工程2008级）忆及几位对她影响很深的恩师，脸上不禁露出满足、幸福的笑容。从SRDP研究项目开始，直到走进研究生实验室，王玉明教授不仅仅是她研究项目的导师，更成为带领她不断前进的人生导师。他曾在日本留学多年，主攻食品营养学和分子营养学，荣获多项荣誉称号。"他知识涉猎面很广，我们向他请教各方面的知识，他都能娓娓道来。尤其是在营养学方面，王老师懂得很多，同时也具有一定深度。总之，我们是十分佩服他。"

遇上导师王玉明是董喆的幸运。因为一位学术渊博的老师带给学生的往往不仅仅是他精深的学术思想，更是潜藏在他身上的各种优秀因素。而这些优秀因素足以让学生受益终生。

的确，"跟着王老师做实验，总有种很有前途的感觉。"董喆乐呵呵地说道，"与老师交流久了，会慢慢感受到他们于平淡中对学生无微不至的关怀。"有时他们一个甜美的笑容，一句温馨的问候，一声鼓励的话语，便会在不经意间成就一份意想不到的优秀。

身为班长的董喆与学院团委书记王渊的交流沟通很是频繁。"王渊是一位很为学生着想的老师。"她称叹道。同时，这也让她渐渐学会从细微之处感受老师带给他们的感动。在为学生安排工作的时候，王渊会考虑到各方面的问题，学生的利益被最先顾及。而经常与她同行的郭鸣也深受其感染，怀念起班主任关怀学生的点点滴滴。忘不了在班级聚会中，班主任意外送上一份蛋糕的惊喜；忘不了每年班主任于百忙之中找来优秀毕业生与班里学生进行经验交流；忘不了班主任在大三暑假时期，主动为学生找寻实习公司的忙碌身影；更忘不了在自己迷茫困顿期，班主任的悉心开解与鼓舞，与平日里体贴至极的关怀与问候。

倾谈中　余味深长　此程因你而精彩

不只是学生，对老师们而言，学生的四年学习生活同样带给他们难忘的经历。情感的付出并不是单向的，你的每一份付出，都将或浅或深地印入旁人以及你所在乎之人的心中。或许他们并不曾向你表述，但心中那一份温暖与感动，却始终萦绕身旁。

欧婷（基础教学中心计算机基础部讲师）在教授大学计算机基础与网页制作时，便时常提起一位在计算机方面并不十分出众的女生。起初这位女生，对于课堂上的一切，皆是一脸茫然。作业不会做，她便毫不犹豫地询问欧婷，那些问题可能那对于他人来说只是很基础的问题。因此，"挨骂"在所难免。泪水盈眶时，她总是抬起头颅，不让眼泪掉下，坚定地一步一步向上攀爬，如同一只蜗牛，尽管缓慢，依旧执着。从粘在树枝上的毛毛虫，蜕变为翩翩起舞的蝴蝶，她付出很多。而这，艰辛旅程中的每一步，都烙印在欧婷心中。欧婷总是以她的方式默默陪伴着这位女生，无论什么时间，总会尽快解答她的疑难。或许，在她心中，老师的批评如同一种鼓舞，让她学习上有所进步。

我们身边总是有着各种关怀，只不过有时因为太多人共同分享，从而略感稀薄。然而，当我们真心去体会，便一定能感受到那一缕缕的温情。可能只是如欧婷般，当你有所困惑时，她寄予电子邮件一封，带给你些许指引；又或许类似团委老师，一直坐在办公室，等待对你我的困惑做出解答。大学里的师生深度交流，那一份浓浓的关怀与希冀，一直在。

时至今日，她们仍然时有交流，老师给学生出点子，学生向老师晒生活，教师节学生不远万里寄给老师一束鲜花。即使相隔万里，心却是那么近，身边总有一丝温暖，一份记挂，她们的情谊，平淡，却又温馨。

大一初次相识，还陌生，还疏离；

大二渐渐熟悉，或浅析，或深知；

大三亲密相知，也感动，也欣喜；

大四离别在即，且留恋，且珍惜。

大学四年漫长也短暂，是辛勤的园丁们始终在装点我们的人生梦，为我们的大学生活留下值得回味的一笔。而如今，趁这最后的时光，采撷一份浓浓的情谊，许以一汪清水，一根麻绳紧缚，将其藏于心间，待日后闲情之时，开启尘封，便可体会那一抹经岁月酝酿过后的醇香。

（2012年6月12日）

观·校园

此刻一别　何处是故乡

李晓青

六月，青岛的初夏，20℃左右的宜人气温，空气里弥漫着细雨和尘土交汇的芬芳，初夏的燥热被静静埋葬，离别却如剪不断的愁思沁入你的心上。即将毕业，匆匆行走于校园的你放慢了脚步，开始留心校园的一草一木，泛黄的杏子，透红的毛桃，茂盛到可以避雨的樱树，一切都如故乡一般亲切。你第一次觉得生活了四年的校园如此美丽，她已然是你的第二个家乡，回忆长长短短，是剪不断的海大情思。

海大——你的第二故乡

你生活在南方，距离青岛数千千米的城市。来到青岛之前，你对它满是期待，啤酒之城、帆船之都，四季分明、气候宜人。

踏往大学的前夜，你兴奋得彻夜未眠。大学、梦想、自由……一个个只在梦中出现的字眼被你念了一遍又一遍。你说大学我终于要来了，现实却与你想得不一样。热情的海大人使你感受到了这个校园的温度，温暖之下，却是种种不适应：盛夏酷热的气候、难以适应的公共浴室、口味偏重的饭菜。开学的兴奋夹杂着酷热，还没享受到新生的特权，浩荡的军训场上，连最后的期待也被阳光晒得发咸。你曾以为年轻是犯错的资本，不服从训导，检讨书上认真的笔迹不是向规则低头，而是暂时的服从，后来才发现这是大学的第一课。那时你还不懂，军训教给你的，是从一个稚嫩的少年成长为大人。

刚进大学，那条宿舍到教学楼的路总是特别远，走也走不完。后来你开始探索这个美丽的校园，樱花开，梅花落，紫藤开，蔷薇落。在离开之前，你终于了解了这群可爱的植物。樱花盛开的季节，校园吸引了慕名前来赏花的游客，你站在樱花大道，用自己的力量制止着不文明的行为，你说这是你的校园，不允许他人践踏。

大学的第一年，你适应了这座城市的温度。你的城市，虽没有金色的沙滩与湛蓝的海浪，却也没有冬日的狂风肆虐和寒冷刺骨。后来，你可以接受这里偏咸偏油的饭菜，可以习惯拥挤的公共浴室，可以习惯身边不是乡音——你终于融入了这个校园。

如今，你不舍曾经走过无数次的大路，那条记下自己三年多来走过的风风雨雨、那条留下了自己三年多来成长足迹的路；不舍曾经坐过无数次的教室，那里有太多的回忆，太多的感慨，太多的思念；不舍得班上五十多位同学的友情，那里有老师留下的教诲，那里有你奋斗的影子；不舍曾经进去过无数次的图书馆，那里承载着你的梦想，缩影着你的生活。那个你曾不喜的校园在这一刻竟是如此可爱，意识到时，它却即将成为过去。

她们——你的家人

从小在父母身边长大的你没有住校经验，不知如何在宿舍与人相处，然而你在脑海里曾无数次幻想过群居生活，电影里时常出现的宿舍四姐妹，会不会是你将来的舍友模样。

8月底，你在父母的陪同下开始了人生的第一场远行。初入校园时，你见到了即将陪伴你四年的舍友。或许每个寝室都会有一个老大，大姐姐般的温柔体贴；会有一个老王，有点假小子，帅气幽默特立独行；也会有一个颜值担当，文艺的女神。你的寝室就是这样，老大在开学时帮大家整理行李，女神在陌生人面前高冷不说话，老王一见面就特别风趣，你不知道自己的标签是什么，你坚定地以为青春就该与众不同，每个人都该有自己的特色。

女生间的友谊总是在吃喝、八卦、逛街之间建立，四个性格不同的女孩出入校园总是形影不离。从一开始宿舍夜晚的早睡寂静无声，到后来习惯了宿舍的生活，习惯了晚上的卧谈会，习惯了下雨时有人把衣服一起收进来，习惯了偶尔逃课的时候会有人代答"到"，习惯了吃饭时尝两口别人的菜，习惯了几个人用同样的钥匙，打开同一扇门。

如今别宴将至，离歌渐起，考研、工作，不同的选择考验着你们的友情。

在这情感模糊的年代,大学的交情,特别是胜似姐妹的舍友情,可以不带利益,不求目的,不拘形式,肆意享受青春最后的张扬。

有人说友谊如酒,越久愈香醇;有人说,时间会冲淡一切,那些渐行渐远的终是陌客天涯。你说你忘不了,曾经的寒暄嬉闹,翘课贪眠,一起背包客山戏水的日子,曾经的矛盾与默契,都是今日抛飞思绪的快乐与幸福。你说不管未来淅沥如雨,抑或明媚如春,思君如常。

社团——又一个归属

如果给大学生活加上几个代名词,那么社团就是其中最毋庸置疑的一个了。从念书起你就开始幻想大学生活的美好,高考过后兴奋地开始规划。

开学的百团大战令你眼花缭乱,你火急火燎地报名,在不知如何选择的情况下,你选择了自己并不了解的社团。面试的时候,将自我介绍背了几十遍的你在严肃的学长学姐面前仍然紧张得发抖,自己都记不得回答了什么,后来面试通过,你说感谢不够优秀的你能被前辈认可。在社团里,小伙伴们一起开会讨论新方案,一起熬夜赶策划,一起聚餐,友情在慢慢地成长。

年轻的你总以为自己能一直能如王小波在《黄金时代》里说的那样——想爱、想吃、充满奢望、永远生猛下去,后来发现生活只是个缓慢受锤的过程,你的一天取决于每天早上起床的心情。大二的你开始反思自己对待社团与学习的态度,终于发现自己不适合眼前的社团。你对学长学姐说我要退社了,寻找自己的兴趣所在,但离开不代表不喜欢。

你和很多同龄女孩一样,爱音乐舞蹈,爱文艺幻想,没有音乐舞蹈基础的你坚信兴趣就是一切,没有人能阻止你变得更好。你笑侃自己没有基础,却在课余比别人多出一份付出。若说其他的季节坚持不算累,那么冷到不敢伸出手指的冬天你也没有放弃,你说既然喜欢就要从一而终,惰性不是阻碍前进的理由。

大三、大四你在考研与工作的十字路口上摇摆不定,卸下了所有社团的工作,然而那些曾喝过一杯酒的伙伴却成为你的知己。张爱玲说,与万水千山之中遇见你所要遇见的人,于千万年之中,时间的无涯的荒野里,没有早一步也没有晚一步,刚巧赶上了,你说你的每一次相遇是一种缘——因为兴趣结识在一起，相知相伴，社团这个大家庭，是所有人的归属。你笑谈离别不要伤感，友情不说再见。

　　此刻一别，何处是故乡。

（2016 年 6 月 24 日）

观·校园

对话展现力量　舞台坚守梦想

李溪宁　　党沛龙

有那么一种表演形式,在广播、电影、电视、互联网出现之前,作为满足人们精神生活需要的方式,曾一度占据传媒的统治地位。在更强大,更先进的表演形式出现之后,有人曾预言他将从世界上消失,但起码现在,话剧仍存在于生活的缝隙中。他是《哈姆雷特》,是《雷雨》,是莎士比亚树立人之权威的丰碑,又是曹禺抨击旧势力的一把利剑。他——是话剧,一位上个时代的遗民。时至今日,他的生存状态如何,又如何适应一个看似与他格格不入的时代?问题与答案,以及答案背后的故事,都包含了太多的无奈。

校园中的切·格瓦拉——预报暴风雨的海鸥

还未敲响海鸥剧社的门,演员们抑扬顿挫的诵读声就远远地传来。当导演被问起本次采访是否会打扰到他们时,他笑着说:"没关系,他们轻易不会被打扰。"走进海鸥剧社,简单的一间排练室散发着文艺气息——角落里堆满了演出道具,整面墙贴着切·格瓦拉的画像——他依旧戴着贝雷帽,眼光坚毅地凝视着远方。两面照片墙叙述着海鸥剧社的种种辉煌……

"话剧是什么?是通过戏剧性的表演、夸张的肢体动作来揭示一个主题。"行政管理专业2012级的蒲慧玲说。话剧在众多表演形式中,既存在优势,也有它的局限性。话剧用它独特的感染力来吸引观众,当然,它明显的弱点就是很单一:话剧没有电影中的特写镜头,没有真实的演出背景,没有逼真的特技效果,但是话剧仍然以它特有的魅力吸引着一批又一批青年。"我六岁第一次登台演出,话剧让我体验不同的人生,每当我表演一个角色,就仿佛走进了另一个世界。我演的是自己的生活,话剧是人一生精华的提炼,表演话剧让我体会到了人生一种高潮迭起的感觉。"新闻专业2011级的峦月娇同学说。

当被问及海鸥剧社的历史时，峦月娇说："在高中时对于海鸥剧社我便有所耳闻，作为一个大学社团竟拥有接近80年的历史，仅此一点便吸引我去了解它。"作为海大历史最悠久的社团，海鸥剧社成立于1932年，如同墙上贴着的切·格瓦拉一样，最初的海鸥剧社是革命精神的践行者，它以表演红色话剧的形式呼吁人们抗日救国。残酷的战争催生出艺术的萌芽，爱国主义的盛行使青岛绽放出海鸥剧社这朵惊艳的文艺之花。海鸥剧社曾被当时中共左翼作家联盟的机关刊物《文艺新闻》称为"预报暴风雨的海鸥"。随着中国文化事业不断发展，海鸥的理念也在不断改变。

大学校园丰富的文化环境与轻松的氛围为话剧发展提供了养分，在2011年金刺猬大学生戏剧中，海鸥凭借话剧《评选戈多》获得了优秀剧目第一名。正如乘风翱翔的海鸥一样，海鸥剧社从始至终都是海大社团中一颗闪亮的明星。

然而，在话剧苦遇瓶颈的今天，它在校园中处于一个怎样的境地？面对愈加复杂的文化环境，面对高速化的时代，校园话剧该何去何从？海鸥光芒的背后隐藏了太多不为人知的苦衷。

海鸥导演——寒风中的韩风

"我觉得海鸥的理念就是反抗，建立之初是反抗侵略反抗旧社会，现在是与浮躁的社会斗争,这是一片安静的地方,这是嘈杂世界之中的一方净土。"

韩风，海鸥剧社一名导演，一位稍稍偏向于精神世界的大学生，一个内心安静的人。他继续说道："上了大学就已经开始慢慢学着为人处世，有时我们需要虚伪，但话剧是一门干净的艺术，我们通过这种纯粹的表演形式在讽刺，在矫正某些缺陷、某些社会怪象。"

"无奈的是，话剧又成了受众很少的一门艺术，毕竟他有局限性，只能通过话语和肢体语言来表达，而且很多舞台上的细节观众容易忽视。其实我觉得话剧比电影更接近真正的艺术，如果艺术是一片天空，更靠近天空的一定是话剧。如果有可能，我会从事关于话剧的工作。这是我热爱的地方。"

同韩风一样，海鸥剧社的成员们将自己美好的青春献给舞台，献给艺术这片天空。校园与话剧美丽的邂逅让这群少男少女聚在一起，他们坚守着自己的信仰，他们执着于话剧。他们都有一颗安静的心，用艺术的真善美，对抗着社会的假恶丑。

而话剧能带给表演者自己什么？韩风似乎已经用自己作为例证，给人们了答案。这是追求艺术的人的故事，一个令人为之动容的故事，一个值得当下中国大学生们深深思考的故事。话剧所代表的艺术之纯，是在浮躁的大海上少有露出水面的礁石，而在水面之下，是沉默的大多数。

同样存在于这个世界，我们大多数可能已经忘了话剧，甚至忘了艺术，单单记得怎么活着，怎么比别人在物质上更富有。美好的艺术，却在轰轰隆隆的社会发展中湮没，不禁使人想到现在大学生的生活，也许阅读专著、进行额外学习已经是奢望，可认真上课、热爱自己当初选择的专业、甚至是静下心来看看书在一部分学生身上也变成了陌生的事情。当然，也许当初选择专业之时便没想过以后会如此热爱它，学金融未必喜欢数学，学计算机未必把编程当作自己毕生要攀登的高峰看待，学管理未必喜欢与人打交道。一切也许从开始就因为所谓"前途"而改变，又也许在一个渐进的过程中被慢慢改变，总之一切都能与浮躁挂上钩。话剧作为一门艺术，也在生存的压力下变成一种奢侈品。

尴尬着前行

"我们多数演出的话剧属于先锋剧，而平时排练的话剧各种类型都有，并不止是喜剧。"环境科学专业的陈文达如是说。通过随机调查的方式，记者获得以下数据：共54人接受调查，其中没有一人经常观看话剧，看过话剧的人数也只有30人，而没看过话剧的人数超过了五分之二。

韩风也坦言，校内真正喜欢话剧的人并不多，观看他们演出的学生更多的是本着看热闹的心态，喜剧会引来全场爆满，但有些时候剧社演出时又会有冷场。调查的数据清晰地将韩风的话以实例方式摆在了众人面前。

地质专业2009级的王柯雯曾经是海鸥剧社的导演，"我觉得话剧是用来教育人的，希望同学们并不单单关注话剧的娱乐性，而是看到它深层的东

西，一种精神。"

话剧的艺术性可能在大多数大学生心目中一文不值，虽然强求太多的人懂一门艺术不大现实，但看热闹之心态无疑是出现在话剧身上不和谐的元素。

"现在商业剧盛行，话剧的发展处于低谷。究其原因，我觉得现在中国的话剧中缺少一种启发人、感动人的东西。"峦月娇的话从一定程度上阐明了话剧的尴尬。话剧的初衷已然被改变了，然而正如韩风、陈文达等剧社成员说的一样，海鸥剧社不会放弃前行。也许路上同行者不多，却一个个都值得珍重。"我热爱话剧，热爱这个自由的地方。"韩风说。

这些年轻的导演、演员们，传递着话剧的火种，尽管话剧当下显得很尴尬——话剧演员常常转行去演电视剧或电影——然而只要有这么一批内心充满热情的青年，话剧就有存在下去的理由。正如海鸥剧社的另一位导演刘岚芷所说："我敢肯定话剧回不到那个鼎盛时期了，但是它将继续存在下去，这门艺术，有它特殊的魅力。"

荆棘之路　求生之路

海鸥剧社是大学生社团，然而生于斯长于斯的海鸥却令人觉得与大学生群体相离较远，毕竟话剧在一般人看来，只是早前若干个时代的宠儿。西欧中世纪的上流人群成群结队地进出剧院，三三两两坐在包厢里看戏，于此时，戏剧更是社交工具，无论高低贵贱，只要有机会人们都愿去剧院打发时光，结交新的友人。而这种主流的文化现象，早已在当下变得小众。在这个电话都显得过时的时代，社交工具都有什么？人人网、微博、微信等等，不一而足。这是个足不出户的社交时代，正因为这是个追求效率与速度的时代，谁又会花费半天甚至是一天的时间，泡在"催人入眠"的剧院里呢？

这是个像极了高速列车的社会，愈加高速，便离地面愈远，便也更浮躁。安静的艺术、慢节奏的艺术，就像安静的、慢节奏的人一样，在这个社会既无处立足，又举步维艰。

当人们不再经常去剧院，话剧便失却了社交功能，而娱乐功能也在更多类型的媒体出现之后劣势尽显。单单剩下维持文化生存的传播功能，但话剧有其独特的艺术表现方式，能在刻画人物心理上做足文章，更可以通过犀利

观·校园

的台词对社会病象进行批判。

另外,海鸥剧社也通过综合更先进的艺术手段,如视频、音频、电子屏幕展示等,进行话剧的"现代化",韩风、刘岚芷等导演表示这些突破性的艺术手段既为同学们接受,又为话剧创造了新的表现渠道。

"想要中国话剧振兴起来,应该要从大学生抓起吧,如果有一天大学生们都来关注话剧,那么话剧自然会越来越好。"这是王珂雯说的,也是很多很多人的愿景。希望未来话剧将不再徘徊,话剧的春天来得越早越好。

偌大社会,有一方舞台的位置,或许会显得更美好。

(2012 年 11 月 3 日)

愿此去繁花似锦　再相逢依旧如故

王　阳

　　每年的盛夏，随着知了开始没完没了地叫，空气中夹杂着汗水与灰尘，而有一些人，比任何人都多了一份烦躁，这份烦躁不仅来自夏天的闷热和难以喘息，更来自一场关于离别的暗殇。像诗中所讲："让我与你握别，再轻轻抽出我的手。浮云白日，山川庄严温柔。"

　　一幕幕的场景就像一张张绚烂的剪贴画，串连成一部即将谢幕的电影，播放着这样一群人的快乐和忧伤，记录着所有的青春和过往。

年年岁岁花相似　岁岁年年人不同

　　青春拔节生长，旺盛得像正在生长的树，梦想也一点点接近现实，慢慢在海大遇见一个社团。

　　海洋生命学院生物科技协会学院极具特色的社团，不仅面向校内同学举办生物相关的活动，比如叶脉标本制作、海洋生物博物馆讲解、校园植物挂牌，还面向社区、中小学举办海洋生物科普讲座，比如去中山公园、大学路小学。在这里，有一群把社团当作家的人。

　　大一进入生科协的张天琦（2014级生物技术），上学期主要是跟着学长学姐走进生科协，下学期开始负责办活动，谈到印象中最深刻的活动，他想了想说："制作叶脉吧。"每年9到10月，生科协都会举办面向鱼山全校区的叶脉制作活动。2014年的时候他还是个参与者，作为成员参与活动，那时候做了一个标本，写着"在最美的年纪遇见你"，用短短几个字向生科协表白。"生科协的学长学姐在我懵懂的时候给了我信心，在这里学会了好多技能，获得了更多自信，对生物更加热爱，有了家一样的归属感。"

观・校园

　　大二的时候他选择了留下，于是，能够与生科协有更多的故事发生。"一开始的时候最忙。"刚刚换届的时候，因为没有干事，很多事情都要自己做，工作任务上的忙碌，与伙伴磨合上的不到位，压力带来的无助感席卷了他全身。

　　"当然也想过放弃。"

　　"'不要放弃真正想要的东西，等待虽难，但后悔更甚'这句话是我的老会长跟我说的。"因为这句话，他重新鼓起勇气，打起精神，决定带着整个协会一起往前走，内部磨合磨合就渐渐地适应了、顺手了，后来人心很齐。打造社团文化，举办校内外活动，组织三下乡，各种活动大小细节都要操心，在叶脉活动中，一度忙到没空自己做个叶脉标本，就把别人用来吸染料的卫生纸塑封起来，写个日期，简单写下"生科协"三个字。此时，很多话其实已经不用再说。

　　已经保研的他接下来会在海大以另一种身份学习生活。"外部的工作承担下来就得做好，也不能耍小脾气，那就牺牲点自己的时间，多付出点精力就解决了。所有付出都是值得的。"

君子淡如水　岁久情愈真

　　入校报到的日子仿佛仍在昨天，拉杆箱轮子的响声往来交错。"Hey,你好！"记得吗？这是当初相见，羞涩而又真诚的开场白。慢慢在海大遇见一些知心的人。

　　那些当我们对自己失去信心的时候依然信任我们的人，那些一微笑就能驱散我们一脸阴云的人，那些用自己由衷的喜悦卸下我们满身重荷而又从不奢望回报的人。

　　　嗯，他们叫朋友。

　　"现在想来，特别的事情很多，都是很多好朋友陪我度过的。印象深刻的是，去年志愿服务赶上主席团答辩前夕，四个同甘共苦的人窝在宾馆里熬夜改 PPT，一直到凌晨 5 点。"2014 级生态学赵蕴琛在回忆大学生活时说道。"回头来看，很多都是我们四个人一起努力的时光。心里实际上埋怨过，自己也确实把抱怨表达了出来，但是最后三个伙伴还是没有放弃我，努力地拯救无可救药的自己。他们每一次的劝解，每一次的耐心，每一次的宽容，让我觉得无比感动。换届之后，每次再有机会一起工作，自己都会很开心的。"

人生旅途中，大家都在忙着认识各种各样的人，以为这是在丰富生命，给自己找些未来的机会。可最有价值的遇见，是在某一瞬间，遇见了真正知心的朋友，那一刻你才会懂：走遍世界，也不过是为了找到一些知心的人。

2014年水产养殖学李墨竹是从大一进入大艺团的，机缘巧合下认识很多很多的朋友。平时学习较忙，还有学生会的一堆事情，但在大三举办迎新晚会的时候，需要安排很多事情，节目嘉宾所有的事情都要她自己慢慢去做。在节目不够的情况下是大艺团的朋友帮的忙。节目排练了一遍又一遍，他们牺牲了自己的时间，只为了帮她完成更好的舞台。

生与死像是一条线段的两端，从出生的那一刻起每个人都是朝着死亡前进，在这场生与死的博弈中我们会遇到很多人，有的人只是在某个特定的时段与你相遇，之后便挥手告别；有的人就算你再不舍，你也要学会在新环境中重新开始；而有的人在没有预兆的情况下与你相遇，相伴一生。

成长就像是在一瞬间从一个满心计较的小孩变成一个坦然的大人，你没有选择的余地，只能被时间的洪流推着向前走，褪去稚气留下成熟，回首过去也只能与过去的自己挥手再见，无论发生过什么，有什么遗憾，无法改变已是既定的事实，我们只能向前走，去体验未知的人生。最后的结局是怎样，我们都无法预料。在这一过程中，我们互相成为某一段时光的某一段回忆点。然后，继续下一段旅程，拥有新的朋友。好朋友，无意中遇见，点头微笑，在多年之后见面，依然谈天说地。

尚未配好剑　转眼即江湖

慢慢在海大，遇见一个更好的自己。

大四的生活，像有一层薄薄的灰色。在各种选择里彷徨，每一个人都忙忙碌碌，一切仿佛一首没写完的诗，匆匆开始就要匆匆告别。当与这里的每一条路，每一棵树，每一天太阳的起落熟悉后，毕业了。从此，这里的一切都与未来无关。

"大学最遗憾的就是觉得自己还不够自信。有很多很好的锻炼自己的机会都被自己放弃掉了，像前段时间的超级演说家，即使自己内心一直在纠结，最后还是放弃了。"赵蕴琛说道。在能做好的时候，放弃了很多提升自己，向身边人学习的机会。同样,张天琦表示:"遗憾是有的事情没有做深入做彻底,浅尝辄止,尝试了、接触了很多,有很多想法,但是最后做成的没有几件。"

时间就是如此残忍,一转眼,就要说再见了。毕业前的这些日子,时间过得好像流沙,看起来漫长,却无时无刻不在逝去;想挽留,一伸手,有限的时光却在指间悄然溜走,毕业答辩,散伙筵席,举手话别,各奔东西,一切似乎都能预想到,一切又走得太过无奈。长亭外,古道边,芳草碧连天。唱到一半,就已泪流满面。曾经抱怨,曾经感慨,如今只剩满腔留恋。

"就感觉很多很多东西都是在不经意的时候就可能收获到了。但是我觉得可能这个前提就是你必须要去做。"大学四年里,学着去长大,学着慢慢成熟。李墨竹说:"现在觉得之前很多很多忙到爆炸的时候都是我最成长的时候。" 因为本身是一个淡然的人,所以在问到"如果大学重来一次,你会怎么度过"的问题时,她沉默了好久,之后坚定地说:"真心觉得自己在大学里太多太多的美好的偶然,所以觉得就这样吧,哪怕再重来一回那也就让它都顺其自然,觉得每一个美好都会是惊喜。"对于未来,虽然并没有什么样的人生计划,但先一步一步地做好现在的事情。喜欢并且期待着未来的事情,在一切不确定的未来到来之前就先做好自己本职的事情,以及尽可能多地丰富充实一下自己。

即使有些许哀伤,却有记忆闪闪发亮。那些彩色的岁月,凝成水晶,在忙碌的日子里,它们是我们的资本,也是我们的慰藉。未来就像天空中一朵飘忽不定的云彩,从毕业这一天起,便开始了漫长的追逐云彩的旅程。明天是美好的,路途却可能是崎岖的,但无论如何,都有一份弥足珍贵的回忆,一种割舍不掉的友情,一段终生难忘的经历。

希望我们每一天都可以做自己的小孩,再不用哀伤逝去的岁月,因为每一天都是独有的,是我们最好的时光!我们不用长大,但要不断成长。不断成长,去守护我们最珍贵的情感和初心,不断成长,去实现我们的理想和愿望。

长街几许升沉事,赋予征途热泪痕。阳光充足,恬淡如风,四年光阴,每个人都不动声色地成长。

去日不可追,来日犹可期。愿历尽千帆,归来仍是少年。此去经年,后会有期。

(2018 年 6 月 26 日)

"我们都是汶川人"
——发生在校园里的平凡感动

赵巨鹏　　杨明珠　　贺薇

如果把灾难除以13亿，那么灾难也就微乎其微了，但如果把爱心乘以13亿，那么就是大爱无边。

5月12日的汶川地震是一场浩劫，夺去数以万计的生命。灾区救援恢复工作在艰难中展开，举国哀痛共济灾区。同学们作为平凡的一员也许到不了救灾前线，帮不上什么大忙，但几天来校园中发生的事同样感动着我们。

集体篇

从未停止过的捐款活动

汶川地震发生以来，向灾区捐款的活动就没有停止过。在募捐现场，记者看到一位康惠达超市的工作人员向捐款箱投下自己的爱心。这位青岛本地的女孩告诉记者："大家都是中国人，在电视上看到那些小孩那么可怜，有那么多人遇难，我也就是尽自己的一份力。" 在女生宿舍一号楼里，记者采访了一位刚捐完钱的女生，她回答了简短的八个字——"一方有难，八方支援"。

向红十字会捐款的短信在同学们的手机上传递着

相信读者和我们一样都收到过这样一条短信："编辑短信1或30发送到10669999301。这是红十字总会的号码，希望爱心可以传递下去！支持发送！尽自己的力为灾区加油！"记者看到很多同学收到短信立刻通过这一方式向灾区捐款。

除了金钱，我们还有很多方式传递爱心

海洋技术2006级全班同学把他们对灾区人民的祝福折成1000只纸鹤。

观·校园

他们希望通过这1000只纸鹤向灾区传达他们的心声：祈祷，还没被拯救出来的四川同胞坚持住，我们一定会"不抛弃，不放弃"；祝福，幸存者早日身体上精神上得到康复；祝福，我们战斗在抗灾一线的同志们，平安无恙；祝福，灾后重建工作能够顺利完成；祝福，奥运会举办成功；祝福，已经多灾多难的2008年不再有"事情"发生。

"5·12四川发生了大地震，全国人民以各种形式支援灾区，我想除了捐款我们还能做些什么，看到《新闻联播》上海霞主持节目时讲到她的同事折纸鹤祝福灾区，于是有了这个想法。"班长赵建平讲述他们这一想法产生的过程。他介绍说，5月17日当晚，班上40位同学参与了纸鹤折叠，有的同学因为有事错过了，就带回宿舍折，为把那1000只纸鹤折完，他们宿舍当晚折到凌晨1点！赵建平说："我们只是做了该做的，向灾区传递我们的一份祝福。"许许多多像海洋技术2006级同学这样把支援灾区当作"该做的"，他们的行为感动了更多人加入支援灾区的队伍中来，他们的祝福让灾区人民感受到更多温暖。

人物篇

这是我们全班同学的爱心

据化学化工学院2006级海洋化学研究生党支书高红秋与班长相湛昌介绍说："2006级海化班杨庶将同学们开学时捐给他的1120元原封不动地捐给灾区。"观海听涛记者得知这一消息后对当事人进行了采访。

这是全班同学的爱心，但钱我不能要

班长相湛昌讲述了事情的原委："本学期开学不久，杨庶的父亲腰受了伤，他母亲身体不是太好，于是杨庶同学请假回家照顾父亲，这件事被班里同学听说了。后来因为物价上涨，学校给困难生每人80元补助，开班会讨论时同学们一致决定把钱全部捐给杨庶同学。当时他说，这钱他不能要，先放在他那里，等有人真正特别需要这钱的时候他再把钱拿出来。他是自费读研，家里本不宽裕，一千多元钱不是个大数，但也能解决一些实质性的问题。他当时把钱拿出来时，装钱的信封都没动过，就这样原封不动地把爱心转达出去，让我们很感动。"

谈到同学们把1120元钱交到他手中的一刻，杨庶显得有些激动："当

时真的很感动,当天我 11 点回来,12 点左右班长把钱交给我。我就觉得这钱我不能要,虽然家里出了事,但还不是特别紧张,这钱应该用在刀刃上,因为这是全班同学的爱心。"

杨庶:我觉得我只是这份爱心的接受者和放大者

"地震当天,开始也是听别人说,后来上网一查,发现真的是很惨痛。我们都是中国人,一定要团结在一起,一定要做点什么。看到捐款倡议书时,我觉得有必要将这份爱心传递下去。我只是爱心的接受者和放大者,真正奉献爱心的人是我们 2006 海洋化学班,是我们的集体。"杨庶说。谈到目前了解的灾区情况,他皱了下眉微微停顿,说:"希望灾区民众能早日重建家园吧,希望更多的人能平安。"

采访将要结束时,杨庶同学的一句话让记者感动,他悄悄告诉记者:"如果要宣传的话,多宣传一下我们班吧,当时真的很感动,这是大家的爱心。"他觉得自己做的只是一个传递者的工作,真正应该感谢的是全班同学。其实,杨庶"传递者的工作"正是"感恩于心,回报于行"的体现。

回忆篇

一位爱心社成员的募捐感言(以下内容来自校内网一位爱心社成员的日志)

站在募捐箱前,我深深地感到中国人民是多么团结和伟大。中间发生了很多事情,每一件都让我深深的感动。

有一个穿着简朴的同学用颤抖的声音问:我的钱一定能到四川吗?得到了肯定的回答后,他把学校给他的 100 元补助毫不犹豫地投了进去。

有一个打篮球的男生把几张 100 元的纸钞叠得很小很小,偷偷放了进去就跑,我都没看清楚他的面容。

中午放学是捐款的高峰,可是没大有人注意有一个两岁多的小孩也挤进了人群,他把手里那皱巴巴的一块钱放在了桌上,我们问他:"你干什么?"他说:"我不喝八宝粥了,我也要捐钱。"他的这句话有让我想流泪的冲动。

灾难面前,一个班级又一次蜕变

2004 级化学工程与工艺班捐款 3500 元,或许你觉得没什么,但当你了解这个班之后,你一定会改变看法。据 2004 级化学工程与工艺班主任包木太回忆:他是在 2005 年接手这个班,之前这个班爱上网的同学较多,在其他老师心中是个差班,但是经过同学们一年的努力,该班取得了"2006年优秀班集体"的称号。当得知同学们捐款时,他十分惊讶,也很感动,因为班里贫困生比较多,而且有四位同学老家也在灾区,虽然家里无人员伤亡,但房屋受损比较严重。"他们能在毕业之际,从繁忙的毕业和就业准备中抽出时间为灾区做点贡献,是他们在获得优秀班集体之后又迈出的一步。"最后包老师感慨地说。

国际友情篇

同一个世界,同一份爱心

5月16日,一位应邀在化学化工学院讲座的外教老师得知中国发生地震后,当即在化学化工学院捐款人民币300元。5月19日上午,我校留学生"心系灾区、爱心捐赠"活动在国际教育交流中心楼前举行。据了解,这些留学生来自韩国、日本、俄罗斯、德国、法国、希腊、印度尼西亚等数十个国家。他们也都在关注着中国的地震灾情,纷纷表示要捐款帮助受灾人民。

我们还看到沙特国王阿卜杜拉决定沙特向中方捐赠5000万美元现金和1000万美元物资(约合4.2亿元人民币),帮助中国抗震救灾(中华人民共和国外交部官方网站);美国政府、美国红十字会、企业及其他民间机构通过各种方式向中国灾区提供资金和物资援助,总额已超过2300万美元。日本向遭受破坏性地震的中国提供约500万美元紧急援助;日本将以人道援助和现金形式向中国提供480万美元……同处于一个世界,我们都有一颗助人为乐的爱心。

感动后的思考

即将发稿时,我们又收到消息:化学化工学院团总支副书记可晓梅介绍,虽然家在四川成都,高分子材料与工程专业2005级窦晓秋毅然将自己努力得到的2000元"海青奖学金"全部投进了学院捐款箱。而材料科学与工程研究院学生会成员除个人捐款外,还将尹衍升院长对学生会的奖励资金500元全部捐给灾区。

(2008年5月20日)

他们终于追到了心中的星星

高亚楠

金色的星星在黑夜里跳动,彼此相离,又彼此相融。身着金色服饰的女队员在男队员的助力下跳跃腾空,仿若光点浮动。她们聚在一起是光,分散开来亦是光,穿梭交织,绘出美丽的图画。听到为他们而发出的赞叹声了吗?

那是专属于他们的喝彩。在逐渐炽烈的阳光下,有一群人,携着汗水与骄傲,在运动会的开幕式上尽情挥洒。

因健美操而相聚的追梦人

"健美操队有个不成文的规定,大二大三的队员要在人员不够或其他情况下替上场。"已经大二的黄藓(食品科学与工程2015级卓越班)如是说,在这支队伍里,有一半的力量来源于大二。然而这只是一方面的原因,于黄藓而言,选择再次加入健美操队,更多的是出于他对集体荣誉的热爱。"看去年的视频,我觉得我们院已经有实力拿一等奖了,但是因为去年的音乐出了问题,成绩并不好,所以我们大二的老队员都很不甘心。"健美操比赛是个有梦的地方,而他们是重来一次的追梦人。

再次追梦,他们也曾犹豫。"刚开始我很不确定,因为去年受过伤,所以家人也不同意。"梁青平(2015级海洋资源开发技术)是上一届健美操的队员,在踌躇中她听见了心底对那个梦的执着,选择再次加入。因为内心的那份责任感,也因为对健美操强烈的感情,大二的队员又重新聚集。

对于之前从未接触过健美操的大一队员来说,他们最开始选择加入只是

观·校园

为了锻炼一下自己。"其实最初根本不明白健美操是什么,只是觉得是一种很轻松又可锻炼身体的运动。后来才知道,健美操没有我想象的那么简单。"古嘉瑜(2016级食品科学与工程)回忆起一个月前的情形,觉得自己当时的想法有些幼稚,"但是再辛苦,我都庆幸自己加入了这个大家庭,并坚持到了最后。"健美操仿佛有一种魔力,将队员们牢牢吸引在一起,并渐渐将坚持的信念扎根在他们的血液里。

梦想的接力

对于一等奖的追求是每一个健美操队伍的愿望,而这份愿望,于食品科学与工程学院的健美操队而言,更因一届一届的传承和积累变成了融入团队血肉里的梦想。

"当年带我的学姐就对一等奖特别执着,但是因为种种原因,我们没能拿到一等奖,学姐很遗憾,说她一直有个愿望想实现。"王姝晨(2014级海洋资源开发技术)今年已经是第三次参加健美操了,学姐曾经的愿望也变成了她一直想要实现的梦想。

健美操在王姝晨的心里是一个特别重要的存在,虽然一个月的时间很短,但她永远清晰地记得大家一起训练的时光。为了拿到一等奖,团队里所有人都付出了很多。"只有拿到一等奖,大家的努力才不会白费。"怀着这样的心情,她在队伍里尽力协调,激励着所有队员追求更高的标准,团队的凝聚力就这样构建起来。

作为健美操的主教练,李嘉靖(2015级海洋资源开发技术)也有着同样的梦想。去年的遗憾,仍历历在目,为了让团队表现更加出彩,她不停地思索更有创意的队形,一遍一遍地打磨动作。从呈现的效果到队员的可完成度,每一部分都要细细考量,把握一个适当的度。

"教练们为我们付出了很多。"队员们这样说,他们能感受到三位教练的认真,也同样被她们的执着感染,怀揣着同样的梦想坚持训练。

灯光下坚持的身影

这或许是所有海大学生的共识:健美操队伍是整个运动会期间最累的团

队。一个月的时间，从最初的基本功练习，到最后赛场上的呈现，队员们为健美操流下的汗和受过的伤或许是别人无法想象的。

"开始的时候挺难熬的，一天训练四个小时，不停地重复同一个动作，真的挺累的，好在后来就习惯了。"新队员张子傲（2016级食品科学与工程）刚刚接触健美操训练时有些不适应。对毫无经验的大一队员来说，高强度的体能训练和动作练习无疑是一种考验，摔倒受伤稀松平常，但只要不严重，他们都选择继续坚持。

"训练场所的空间有限，莹莹被举起来的时候，头就撞到了天花板。"古嘉瑜回忆道，"看似简单的动作，我们失败了一次又一次，甚至为了尝试新的动作，不停地摔倒爬起，压腿也是拼了命忍着疼一点一点下去，到现在身上还有之前的伤。"伤痛在每个健美操队员身上留下印记，他们忍着疼痛耐着辛苦，努力向梦想前行。

每天的训练从下午六点开始，一直到晚上十点结束。这四个小时里，除了最开始的体能训练和压腿，剩下的时间都是在一次次的动作校正中度过的。"腿抬高点，手臂再直一些。"汗珠在队员们的鬓角聚起，滴落在微微发抖的身体上。团队要求严格，一个动作必须所有人都达到标准才能进行下一项。排练的时候有任何不满意的地方，都会停下拍子，逐一校正，直至他们的动作整齐划一。夜很安静，只有队员们急促的呼吸声在耳边。他们很累，却也很快乐，"越来越喜欢和大家一起训练的时光"。健美操像一块磁石，将所有的人紧紧凝聚起来，一起向梦想努力。

地下室的训练场空间狭小，跑不开队形，他们只能披着夜色去操场训练。操场上没有专业的照明设备，他们就在若隐若现的灯光里起舞，朦胧里看不清他们的表情，却知道他们有坚毅而上扬的嘴角。黑夜可以隐去汗水，却遮不住因梦想而闪耀的星的色彩。

以喜悦的泪水迎接落幕

"食品科学与工程学院健美操的成绩是——9.13分！"除了欢呼声，队员们听到这个成绩，都激动地哭了起来。

"当时脑子一片空白，听到成绩的那一刻，眼泪就突然一下涌了出来。"

观·校园

古嘉瑜也说不出来是什么样的原因,但那一瞬间的心情难以忘记,"然后就想到之前一次又一次的抠动作,一次又一次地被点名纠正"。过去一个月所付出的努力在队员们的眼前闪现,一幕一帧缓缓划过,仿佛发生在昨天。

"因为我们付出了很多,所以这次很有信心。"旗手李小松(2013级海洋资源开发技术)总结道,"但第一名的成绩还是让我们很惊喜,这就是最好的回报了。"与健美操相伴四年,李小松此刻的喜悦更胜于他人。就像一个追寻了四年的蝴蝶,在这一天落到了他的面前。

因为在此之前,食品科学与工程学院从来没有登上过一等奖的领奖台。所以当成绩宣布的时候,队员和教练只剩下沸腾的喜悦。"自己的努力没有白费,之前所有的付出都值得了。"终于,在这么多届的渴求之后,食品学院健美操队以第一名的成绩实现了一等奖的梦想。

一步一步,郑重地走向领奖台,却又掩饰不住的雀跃。李嘉靖捧着奖杯奔向自己的战友们,欢声笑颜一一展现。"我拿着奖杯回来的时候,他们都摆好造型了。"激动的心情难以自制,所有辛苦都在这喜悦与感动中消散。

音乐走向末尾,时间定格在最后一幕,食品科学与工程学院健美操的队员们分享着此刻同一的心跳。六芒星静静地立在那儿,古嘉瑜倾斜着身子向它伸出手,似是想要追逐那星的微光。表演落幕,在一片喝彩声中,星星点亮了梦想的灯。

(2017年4月20日)

品·校园

品·校园

我的足迹留在了南极
——访我国第一位登上南极的科学家董兆乾

冯文波　董　真

　　八十年来，无数的文人、学者、专家把他们的足迹留在了青青海大园，直到今天，他们的精神依然影响着海大的每一位学员，精神的火炬也代代相传，并得以燃燃不熄。八十年来，成千上万的学子在这里扬帆远航，在岁月的海洋里乘千里长风，破万里巨浪，谱写了一曲曲优美的华章。学子们飘摇在岁月的海洋，驻足人生的航船上，依然向着青岛的方向眺望。"海大"是他们求知的家园，更是他们精神的故乡。他们渴望有一天，再次踏上那片让自己热血沸腾的土地。八十年弹指一挥间，八十年轮回是梦之圆满，在这菊花飘香的时节，学子们终于回到了心目中的海大园。苍翠的树木，巍峨的八关山，古朴的建筑……眼前的一切是那么的熟悉，那么的亲切，不知不觉间当年的情景又浮现于眼前……

　　在返校的众校友中，有一位白发苍苍，但步履依然矫健的老人。他是第一次代表中国的科学家，把足迹留在了白雪皑皑的南极大陆；是他打破了国外媒体"中国人匆匆忙忙插足南极"的质疑；也是他让"海大"的名字再次响遍海内外。他就是踏上南极的第一海洋人——董兆乾。

才艺兼备，游刃有余的大学生活

　　董兆乾是"海大"（山东海洋学院）1961级的学生，当时学的是物理学专业。董兆乾入学的20世纪60年代初期，正是国家全面建设社会主义急需人才的阶段，从这一点来说，他是幸运的；但是他同时也必须遵守国家高教部"高门槛，严要求"的准则。董兆乾就在那种"不谈恋爱，不结婚，服从国家分配"的社会环境中度过了自己五年的大学生涯。

谈起自己当年在"海大"求学时的经历，这位已经60多岁高龄的老人，依然掩饰不住内心的喜悦，高兴地向记者讲述他脑海深处的海大园里的一串串美好的回忆。"当时八关山的前面一号楼是我们的男生宿舍楼，二号是女同学的，三号是我们全体同学的教学楼。当时我们的校园生活也是丰富多彩，我担任我们院的学生会主席兼文艺部长，平时也组织一些文体活动，那时我们经常在'六二楼'跳舞，大家都很开心。"

讲到当时的学习情况，他笑着说："在大学里，我每天都是忙忙碌碌的，社会工作也特别多，但我没有把成绩落下。周末，我会用一天的时间来上自习，复习老师讲过的内容。然后用半天的时间散散步，活动一下。"董兆乾在校期间，有一位老师见他社会工作多，曾提醒他多注意搞好学习，他告诉老师，如果老师的课程有一个考满分的，那么那个人就是他。在后来的考试中，董兆乾真的考了一个五分（满分）。

五年大学生活的历练，为董兆乾以后步入社会，走向成功奠定了雄厚的理论和实践基础。同时海大校园里的一草一木、一人一物也给他留下了深刻而又美好的记忆。并成为他魂牵梦萦、苦苦思念的心灵家园。

偷学"洋话"，十年磨一剑

大学的生活是美好的、快乐的，也是令人难以割舍的。当董兆乾怀着美丽的憧憬和干一番事业的远大抱负踏进社会。社会环境的复杂，使他根本无法专心投入学习和工作中去，为国家做贡献的理想也成了泡影。董兆乾没有被眼前的困难和艰辛所吓倒，相信自己在大学里学到的知识总有派上用场的那一天。经过与夫人秘密协商，他们偷偷地学起了外语，并进行了分工，夫人学日语，他学英语。"我和夫人相信，将来中国科研学术的发展以及对外交流，离开外语是不行的。即使我们用不上，将来对我们的第二代、第三代人也一定有好处。"

"机遇总是偏爱有准备的人"，采访中董兆乾老人多次向记者提起这句

品·校园

话,1979年机遇真的降临在了他的身上。当澳大利亚政府邀请中国派两名科学家参加他们的南极考察队时,分到一个名额的国家海洋局开始为期数月的秘密选拔活动,最终从近两万人中确定了董兆乾。说起自己之所以从两万人中脱颖而出,老人的回答很幽默,也很坦然,"我会说话呀,而且会说洋话"。自1980年董兆乾作为中国的科学家第一次登上南极洲大陆以后,他就深深地爱上了那片白色的世界,并在中国极地研究所名誉所长的位子上一干就是12年。多年来他为自己所钟爱的事业操劳着,忙碌着,也快乐着。

董兆乾是中国人的骄傲,也是海大人骄傲。当晚的校庆80周年庆典晚会上,董教授赢得了全场经久不息的热烈掌声,那场面感动了台上台下每一个海大人。董教授的光辉成就对海大人来说除了无可替代的荣耀感,更有震撼至深的精神激励。接受采访时他语重心长地说:"我希望校友们严格要求自己,千万不要忽视了这四年的时光,大学是一个人提高素质最关键的时期。在大学里就要做好准备,等待机遇,机遇来了,不能束手无策,还是那句话'机遇总是偏爱有准备的人'。"

百川终归海,八十年辛勤耕耘,桃李遍天下;一贯之精心树人,栋梁誉神州。董教授在采访的最后深情地说:"未来海大的发展会更惊人,院系的建设规模会更大,会为国家,为山东省做出更大的贡献。我希望我们母校的未来芝麻开花节节高。"

(2004年10月26日)

卓然于世　平凡于心

郑玉冰　　安　杰

　　周日的鱼山校区在夕阳中格外安详，站在敏行馆 3 号门前，我们的心情却荡起层层波澜，有些激动，有些紧张，更多的是期盼。因为即将给我们开门的是最近当选为中国工程院院士的麦康森教授。

　　他是"国家杰出青年科学基金"获得者，曾任中国海洋大学副校长。种种职务和光环让很多同学觉得，麦教授离我们好远。然而，当我们第一次拨通麦教授电话的时候，这位德高望重的学者愉快地答应了我们的采访。彼此的距离在一点点缩短，短短的 50 分钟采访，麦教授从我们仰望的高度走下来，与我们亲切交流；满满的 50 分钟采访，我们真切体会了麦教授杰出背后的踏实与平凡。

求学——"读万卷书，行万里路"

　　出生在广东省化州市的一个农民家庭的麦教授，在言语中仍透露着家乡的气息。30 年前，一个南方的孩子，为何千里迢迢求学于齐鲁之地？一个历经生活艰辛的农村孩子，为何还要选择看似又苦又累的"抓鱼摸虾"的专业？我们的疑问，在麦教授淡定的回答中化解开来。

　　选择海大，就等于选择远方。母亲并不知道青岛离家有多远，只一句"毕业以后再回来"，便将儿子送上了北上的列车。漫漫求学路上，大学四年，麦教授只回家过一次。图书馆的浩瀚书海淹没了思家的惆怅，实验室的鱼儿虾儿带来了最初的研究乐趣。在海大读完学士和硕士后，麦教授谢绝了恩师的挽留，兑现了对母亲的允诺，毕业后回到家乡任教。

然而，前进的步伐并未就此停留，"路漫漫其修远兮，吾将上下而求索"。1990年，麦教授在任教的湛江水产学院获得了一个国家公派出国进修的名额，一直忙于教学的麦教授并未放弃此次挑战，凭借出色的英语能力获得了远赴爱尔兰攻读博士学位的机会。"当我儿子报考大学时，我有三个原则：不报海大，不留山东，不去广东。并不是说这些地方不好，而是作为中国人，我们要用行动验证中国的一句古话：读万卷书，行万里路。当你走出国门，睁开眼睛看看这个世界的时候，你看问题的视野和角度都会不一样。这些比书本知识来得更直接。"谈及出国经历，麦教授的收获溢于言表。

选择养殖，也是选择科学。"科学是平等的。"在麦教授看来，科学没有贵贱之分。"科学都是探索未知，探索科学的规律。研究高能物理是科学，研究水产养殖技术也是科学。如今，载人飞船都上天了，而鳗鲡人工繁殖的难题经全世界科学家数十年的努力至今未解。当你真正认识、喜欢你所研究的，你会以一种很平和的心态面对它。"的确，在很多人看来很苦很累的水产养殖专业，在麦教授看来却是一种乐趣。从对虾到鲍鱼，凭借自己的专业知识所得，麦教授从小小的鱼塘里捞出了数百亿的经济效益。

回首半个世纪的路途，从改革开放以前中国的封闭，到历经祖国快速发展的整个过程，麦教授道出的是真挚的"满足和快乐"。"小时候，我们这一代不可能有些不切实际的梦想。当时的梦想很朴实，那就是吃饱、穿暖，如此简单。过去生活的艰辛，让我们更加珍惜现在的生活。而如今社会变迁，你们这一代可以拥有更多的梦想，为自己更远的未来设计和谋划。"麦教授为我们这一代感到幸运的同时也说，"对现在的满足可以让你快乐，而对现在的不满足则是你前进的动力。"

漫漫求学路上，满足与不满足的结合，需要我们这一代去实践。"读万卷书，行万里路。"在知识的海洋里劈波斩浪，在求知的路途上脚踏实地，再远的路，也不会害怕，再高的峰，也能不断靠近。

科研——"我喜欢挑战"

有人说，科学研究是没有止境的。在这条没有尽头的道路上，麦教授走得那么坦然和踏实。研究鱼虾蟹贝的营养，是为了给全人类提供更丰富的营养。当问及为什么选择当时无人问津的鲍鱼为主题的贝类营养研究时,麦教授坦承,这都是根据实际情况决定的。"我在国内做的是对虾的营养研究,出国后对虾很少,而当时爱尔兰的鲍鱼又都是从法国、日本引进的,实验室里也有养殖。种种机缘巧合,促使我抓住这个机遇,弥补比较动物营养学中的薄弱环节。"

虽是冷门,也是机遇。然而,这样的机遇也伴随着无法预料的挑战。面对科学研究中的种种困难,麦教授从未惧怕过。"科学研究的乐趣就在挑战困难,解决困难。不少学生为了荣誉和学位找容易的课题做,而真正对科学感兴趣的人那就是研究难题的。"说到这里,麦教授露出了灿烂的笑容,"我是个喜欢挑战的人,有比赛的运动我才喜欢。"

这不仅是一位喜欢挑战的科学家,更是一位充满良知的科学家。

2007年11月,在中国水产学会学术年会中,麦教授曾预言:"国内的水产饲料和其他动物饲料都可能存在添加三聚氰胺的问题,包括奶粉。"2008年9月,问题奶粉事件震惊全国。问及这件事时,麦教授很淡定:"其实那不算什么预言,只是逻辑的推测。科学精神和科学良知促使我陈述事实。当危机危害老百姓安全的时候不站出来发言,那何时站出来呢?"

这不仅是一位喜欢挑战的科学家,更是一位脚踏实地的科学家。

对于如今大学生考研热,麦教授有他的观点:"并不是所有人都适合做科学研究。每个人的情况都不一样,选择要切合实际,权衡自身条件再做出决定。海洋大学不仅要培养科学家,也要成就优秀的政治家和企业家。成功的路径很多,适合自己的就是最好的。"

教学——"创新需要多样性"

结缘海大,厚重此情。巅峰造诣,功成名就,一位水产界的佼佼者。他是大海的宠儿,满载而归后不忘再将所得回馈与它。

回想起当初研究生面试的情景,麦教授的学生刘康感慨:"麦老师总能以一种意想不到的方式对你进行考核,他曾出过这样一道题'请想出一道只有你自己知道答案的题目'。他不仅仅注重你的实验技能,更注重你的思维能力,他会出一些智力开发的问题进行提问。"

教学，麦教授有他独特的理念：扎实但更注重创新，严谨而不失灵活。说起创新，麦教授侃侃而谈："我们是个聪明的民族，但环顾四周，有多少东西是中国人发明的？太少了。我们日常使用的电视、电话、电脑、空调、自行车、打火机，甚至小图钉都不是我们中国人发明的。是什么阻碍着我们？文化氛围。'枪打出头鸟'文化、官本位文化、榜样文化——这就是中国千人一面的教育模式。我们从不为自己与众不同的思想感到快乐。有的学生得出实验结果后总急着去对比文献，企图得到相关印证，却害怕得到的是一个与众不同的新结果。这种思维太可怕了！另外，创新是创业的重要因素，企业的运营不可能再去模仿别人。"创新，一个全民倡导的话题，在麦教授眼中被赋予更高的标准。科研前进的步伐需要创新。

教书育人，待桃李满天下时，如何让教育更有效？为此，麦教授创办了"海之缘"俱乐部。这是一个交流的平台，每两年举办一次的交流会好比一个家庭聚会，那些麦教授门下的已经毕业的学生回到母校，向师弟师妹们传授成功经验，交流失败的教训，有助于他们更好地共享信息资源、规划人生。

麦教授告诉记者："今年，我访问过美国密斯根大学，看到他们的走廊内展示着一张张毕业生的集体照片，最久远的一张可追溯到19世纪70年代。在欧洲，各高校也很注重此方面工作。很多毕业生离校久了对学校的感情就淡了，校友间的交流也愈加减少。学校培育了他们，他们就与母校结下永久的情愫。将自己在社会上的心得与师弟师妹们分享，这是一种资源共享，会帮助后生少走弯路。另外，我们可以了解到他们目前的发展，他们的成功与否也是对我们研究生培养的一种有效的评估，有利于改进我们的培养方法。"

由缘相聚，共叙此情。"海之缘"俱乐部的创立让各届学子大为受益。麦教授的学生谢奉军说："我们都是同门师兄弟，踏入社会的师兄师姐会将他们的心得体会毫无保留地讲给我们听。"

八斗之才 难言师生情——学生眼中的麦老师

任重道远，能者多劳。不断经历，不断进步，麦教授的职务越来越多，责任也越来越大。水产界学术性会议、各种政府会议以及学术期刊审稿等事务令他忙得不可开交，课题与学生也逐渐增多。谢奉军说："初进麦老师实验室时,我就住在里面。有时晚上会看文献到凌晨两三点,每次离开时都会看到麦老师办公室的灯还亮着。但第二天早上,家离实验室十多千米的他会在很早赶回到实验室。

生活低调,为人随和,对待学生像孩子。刘康告诉记者:"他会将有教育意义的东西拿给我们看,甚至是他与儿子交流的内容。"这个冬天流感盛行,麦教授为大家准备预防药品。出国返校后的他会自我"隔离",拒绝与人近距离交流。他带的学生每年都会外出做实验,期间,倘若麦教授会去当地出差,时间允许的话,他必会看望他们,了解他们的项目与生活现状,有时还会下厨为同学们做饭。

严谨扎实,细节体现。麦教授的学生周慧慧回忆到:"我曾连续两次疏忽将麦老师办公室的钥匙落在门上。第一次老师没说什么,但第二次他便提醒我,生活小事上也要一丝不苟。"麦教授的话,有时只是三言两语,却着实令听者折服。他学术上的一丝不苟更是人人皆知:研究生的实验开题报告需多次修改,才能通过审核审批;论文要求用英文。

生活——"其实我很平凡"

荣誉满身却稳重低调,地位显赫但仍真诚待人,这是一种洗去铅华后的朴实。对麦教授的平易近人早有耳闻,带着一分好奇,我们走近实验室之外的他。

办公室内,几株盆栽翠绿娇嫩,桌上,几支鲜艳的康乃馨让空气中充满淡淡馨香。问及室内摆设时,麦教授面带微笑:"这都是学生布置的,她们总会变着花样将走廊内的花摆进来。"闲暇之余,散步、游泳、打球是他喜欢的健身运动。周慧慧笑着告诉记者:"麦老师偶尔也会被学生拽去K歌、打球,他粤语歌唱得很好。"千年文化,好客山东,碧海蓝天,宜人气候,这座魅力城市地理人文的条件也是他选择重返海大的因素。

乡土情结,是魂牵梦绕的思恋。展翅高飞的背后,是慈母含辛茹苦的养育。对于母亲,麦教授说:"常回去看她,让她更开心一点。而且,我每年都会回家过年。"定居青岛的麦教授有时每年要回老家三四次,探望远在广东的母亲。千里之外,辽阔的空间只会让亲情更加真切。于家,得到的是心灵的慰藉。工作再繁重，对家的重视一丝未减。麦教授每天都会陪家人吃晚饭，之后再赶回实验室继续工作。

就像很多平凡的人一样，麦教授也有自己的家庭和生活，然而，所谓能者多劳，麦教授的身份又不仅仅只是儿子和父亲那样简单。院长、导师、科学家、全国人大代表，成长、成才、成就，求学、教学、治学，大江南北、异国他邦，几十年的阅历真的很难用不足一小时去探寻。

采访结束后，大家笑着起身告别，麦老师送我们出门。夕阳留恋在山头，橙色的余晖落满一地，校园内一派光与影的柔和。

一位拒绝过无数媒体采访的院士，面对我们镜头时却毫不吝惜时间，或许这是一份对学生的关爱。没有身份的高低，也不必拘谨，我们促膝长谈。这位荣誉满身的长者，快乐地与我们分享他的经历。讲台上深入浅出，生活中低调谦和，他就是这样一位向着阳光的追日者、一位脚踏实地的行路者。

（2009年12月24日）

周继圣：汇五湖之诗　诵无韵之歌

肖力天　　张化行

可以弃朝词暮诗，琉璃宫池；可以弃卸甲归田，采菊篱下；可以弃风吹虫动，花满月圆；可以弃倾国倾城，梦朝华情；可以弃奢华翩飞，铜臭金鸣。然不能弃周继圣老师的课，哪怕仅仅是一堂。

他是慷慨激昂的，从未缺少听众的课堂，掌声似鸣动的乐章；从未缺少欢声的课堂，知识从未离场。又因为他是沉稳低调的，当记者邀请采访时，他拒绝了，并告诉我们："我是一个低调的人，不希望作品中呈现的是以第一人称或是第二人称的夸赞，那样片面，没有了新闻的客观性。"即便解释过这些，仍然怕让我们灰心，继续道："但是你们还是可以写，可以用第三人称的视角来描写我的课堂。"同时还热心地给记者许多建议，给记者上了新的一课，温暖的语句在记者耳中久久回荡，不曾忘记。他让听过他课的学生觉得"这才是大学老师"。

钟灵毓秀——生于川的性情中人

四川人总是带着与生俱来的辛辣与热情，出生于四川眉山的周继圣老师亦是如此。他的辛辣源于一份自信——"我敢说，如果一个人在语言教学上可以超过我，那他在中国语言教育上一定处于顶尖水平！"作为1981年中山大学中文系现代汉语专业毕业的文学硕士，他先后执教于中山大学和中国海洋大学、韩国群山大学和放送大学，2008年退休后至今任中国海洋大学专家督导组组长。多年汉语课程讲授的经验和对现代汉语专业的钻研，使得他具备了"一语道破天机"的能力。课堂上，他总是能通过一个词语就分析出学生发音上的问题,并寻找出解决的方法,如此非凡的能力常常让人惊叹不已。

"科学、简单、高效"一直是周继圣所追求的教学目标,而教育于他不仅仅局限在讲台上,对汉语言的痴迷使得在生活中的他也无处不充当着"教师"的角色。他的同事,同时也是语言表达与艺术专业的另一位教师李蔚然告诉记者,一次和周教授在餐馆吃饭,周教授发现服务生的发音有问题,于是便耐心地指导起来,那认真负责的态度让其他同事哭笑不得。对待身边的教师,他的态度也是"毫不放松"的,遇到久违的同事他会问:"今天你练习'蛤蟆音'(周继圣自创的发音方法)了吗?"对于所有需要知识的人,他都一视同仁,热心地给予指导。"老师人非常不错,很热心,除了教你课本上的知识,还教你好多做人的道理。难得有对学生这么热心的老师。"当对学问的热情被带到了课堂上,百变多样的课堂上便常常能看到他热情高涨的模样,年轻得宛如刚刚开始教书的青年,全身投入而兴高采烈。

眉山秀水染绿西南,泉是他眼眸,瀑是他已稀疏的华发,垂鬓的心中却充盈着烈火般的热情,所以于讲台上,散发晨光。出生于四川的他,带着从西南而来的辛辣与热情,一语一笑,飒爽扬扬。

温润如玉——学于粤的儒雅先生

温润的笑容搭配白色西装,徐徐踱步走入课堂,第一次见面,这位儒雅的学士宛若清晨的阳光般足步生莲。一切余赘的辞藻都不适合描摹他的形象,唯有"老师"一词在第一次见面时便从记者脑海中升腾而起。他多变的嗓音时而深沉,时而刚性,时而婉转,时而激昂,但是于这千般变化之中,总能从那声源处找到一份稳重、一份彬彬有礼的儒士之风。"感觉很有老师的范儿,但是又很亲切"这是大多数学子闻其一堂课后所感,追究其真果,然那讲台上的风度,不禁让人想到书中所读,近代中国高等学堂中奋笔耕耘的文学先辈们于三尺讲台上慷慨激昂的情景。终究是那份儒雅,使人们影响深刻。

然而,他不仅仅是位儒士,更是位儒师,"读得很好""大家给他一点掌声""真棒",他用鼓励与肯定填满了为数不多的课堂互动机会;"这里发音不是很正确""将嘴张大一点可能会更好一些",他也从未吝惜指导学子的语句。

为了纠正部分南方学生"ji、qi、xi"与"zi、ci、si"不分的问题,他让需要纠正的同学先一起念"yi",保持发音,然后变换嘴型,从而成功引导他们发出一直发不准确的"ji qi xi"三个音节。他以各种耳目一新的教学方式丰富课堂,对学生"授之以渔"。

李蔚然老师在谈及周继圣时,这样说道:"周老师从来不吝惜将自己所想所悟授予渴求知识的人,同时他又有一种非凡的魅力吸引身边的人与他交流。虽然我们办公室的同事都不是他的学生,但是他平日里教给我们的,不管是专业知识还是人生道理,都常常如同人生先哲般开导我们。"即便是从身边繁杂的小事当中,也可以看到周继圣儒师的风范。"在学生众多的课堂,卷帙浩繁可以用来形容他所需要批改的作业量。他批改作业特别认真,每一份语音作业他都会在收到邮件的当天发来回信,对学生存在的问题予以指正。"

执捻于海天之间,邀池莲,风度翩翩。毕业于中山大学而又曾执教于中山大学的他,带着从南国广州而来的绅士之风,一举一动,儒彩翩翩。

浩然正气——教于鲁的豪爽汉子

"我们的语言表达艺术课由我和李蔚然两个老师来教授,这样就能将我的阳刚和李老师的柔美完美结合。"这是周继圣的开场白。恰如其分,在山东教学的周继圣自然沾染了不少山东人特有的豪放大气。正如他浑厚磁性的嗓音,语言的阳刚之美让学生在课堂上得到更多听觉上的享受。

课堂上的他总是能把所有的目光吸引到自己身上,他创造的"直观标调法""基准—对立法""基准导引法"以及"合成突破法",成功解决了外国学生学习汉语声调和语音的难题,有效地帮助学生摆脱了"高原期困扰"。周继圣的多才多艺更是增加了他在讲台上的大气——各国语言、各地方言都难不倒他,书法、朗诵更是拿手好戏,也正因如此,小小讲台因为他而变成舞台,而他自己也如歌唱家般"唱"出语言这门艺术。

在韩国公开讲学汉语时,拿出真本领的周继圣结合自己独创的方法让在场的学生迅速克服了在韩国普遍存在又很难纠正的发音难题,不费任何口舌之争便给不太礼貌的韩国教授们上了生动的一课。他也曾向装裱对联的水泥工指出对联装反的问题,面对水泥工"大学教授也不见得说得对"的刁难丝毫不让。大气的他常用自己的真学实干告诉我们有理不屈的道理。

他的语言掷地有声，他的口吻铿锵有力，他的胸膛如松般耸立，让人敬重。现执教于青岛的他，带着北国的风霜与飒爽，一言一行，荡气回肠。

"年轻的老人家"

即便是一位暮发苍苍的老人，即便已退休，他仍然给人以年轻的朝气。"经常采用别致的教学手段，经常让同学们欣赏图片，看电影，在他的课堂里内容多种多样。在这里不仅学到了语言，也学到了书本以外的知识。""他让人感觉不到是一位老人，年轻的心态带来了新鲜的教学内容。他常常结合时政来讲解课堂内容，甚至是娱乐八卦，只要是能激起学生兴趣的，他无所不谈。""在他的课堂上，有春哥、曾哥、凤姐，有奥巴马访华，有海派清口周立波。"

曾执教于韩国群山大学和放送大学的他，又因学术研究等原因游历过许多国家，各地的人文风情，语言社会，他仿佛都能欣然接受，然后于课堂娓娓道来。对于主要研究方向之一是对外汉语教学法的他，不论是曾经用他自己的方法教"高鼻子的老外"发四个音标，还是深情款款地用他国语言朗诵诗句，都让学子觉得，他的思维如他的胸襟，有容乃大。

冉冉起千般旌旗，遥遥踏万国风情，如风飑万里，千般变，眼前万千，唯那三尺之地，寸寸生莲。博采众长的他，带着大海内外的辽阔，一停一走，处处生辉。

以无一而常青之心，容纳大海内外。在语言的国度里，周继圣犹如一位行者，从无疆大路，行到之处，处处留下语言之花的馨香。儒雅中带着辛辣，传统中夹着现代，这就是学生眼中的周继圣，他永远有着说不完的故事和言不尽的道理。他以无一而常青之心，容纳大海内外的气度征服身边每一个人，让每一位学子都能享受他的课堂。

（2010年4月26日）

二十八载功成卸甲　老骥伏枥依旧可爱

吴天泽

生命如酒，在经历过时间的酝酿之后，愈显醇香。年迈，不是刘增才教授给人的印象，一句古诗很好地诠释了他度过的六旬年轮：老骥伏枥，志在千里。烈士暮年，壮心不已。

你或许不曾见过一个六十岁神采奕奕的老者在课堂上讲解追女孩子是需要策划的，你或许不会想象一位执教国际贸易学的大学教师却通晓易经八卦，你或许未曾见过一位被唤作"才哥"的老教师身着休闲T恤憨然可爱的笑容，这就是曾执教海大达28年之久的经济学院退休老教授刘增才。一路走来，刘教授传奇的经历和特立独行的思想给人留下了深刻印象。昔日的"才哥"已经退休，但他却并未停下脚步，每日读书、学习、讲座，简单却依旧风风火火的生活，绽放出那些不竭的青春与活力。

睿智，属于刘教授的故事

在经济类讲台播撒知识二十八载的刘教授，年轻求学时却并非学习经济，而是对数学情有独钟。报考数理逻辑的研究生后，仅仅用了半个月的时间，没有上过高中、本科，学习中文的刘教授数学考到了90多分。初到海大时还没有数学系，于是刘教授就到经济系，从此便在国际贸易的港湾里开桩树锚，装载了一年又一年的知识与快乐。

"什么是经济？柴米油盐酱醋茶就是经济。它不是高深的知识，每个人都活在经济当中。"刘教授简单的定义把人们眼中复杂的经济学变成了通俗易懂的常识。不仅如此，坚持"教育是打开学生眼界"这一观点的刘教授，还提倡国际贸易应当成为一种通识教育，而这正是源于他对经济作用的全面认识：国际贸易能够让人从大的角度看待人生。

为师，我并不认同"传道授业解惑"

交谈中，刘教授所展现出来的独特的教学思想着实让人惊讶："韩愈曾说过一番气话——'师者，所以传道授业解惑也'，这句话是有问题的。"然而刘教授所言并非信口雌黄，而是从自身所见所感出发，经过分析得到的结论：师者，要想传道，必先得道，但世上能够得道的人有几个？是为"不能传道"；许多老师理论知识扎实，但只能在黑板上开工厂种地，却难以真正地去实践，是为"不能授业"；就好比画圆，面积越大，周长越大一样，书读得越多困惑也越多，是故不能"解惑"。

教学严谨、经验丰富的刘教授却从未对"老师"一词下过死板的定义。他认为老师最重要的作用就是教会学生迁移思想，启发学生举一反三，而不是照本宣科。在刘教授眼中，一切关系变得简单起来：做研究就好比小学生做题，唯一不同的是做研究要靠自己去发现问题，然后再解决。

邂逅，当唯物主义遇上《周易》

在与自己的挚爱数学打交道时，刘教授机缘巧合地邂逅了《周易》，从此开始了对这一中国古代文化智慧结晶的研究，如今的刘教授已是青岛市周易学会的副会长，《周易》成为他退休后研读的主要书籍。可能有人会困惑，一位唯物主义者为何对《周易》情有独钟？其实这并不矛盾，《周易》是中华文化最集中的体现，刘教授从中读出了东西方文化的最大差异：东方人具有典型的直觉思维，而西方重视逻辑推理。"唯物主义核心是承认事实，但科学发展水平还不高，现在有很多科学不能解释的事物，可以从《周易》的直觉思维中找到答案，这并不代表迷信。"

远见，送给年轻人的忠告

作为一位老师，刘教授心中的学习是分为三个层次的：第一层是读书，第二层是学习，第三层求知。由浅入深。一个人在成长的过程中是需要不断提升境界，而书籍无疑是最好的营养供给源泉。

中西合璧的读书单

说刘教授学富五车一点也不为过，一入刘老家中，最吸引眼球的就是两大排立壁书橱，占据了客厅的"两壁江山"，让人产生置身于图书馆的错觉，墙上还写有"恕不外借"四字，刘教授对书籍的热爱可见一斑。书籍给了刘教授一生受用的智慧，正如他的名字——增才，他不断地阅读书籍，吸收着书中智慧，这些智慧不断积累增长，为他日后教授十八门课的传奇教学生涯打下了基础。

"人生有限，世上的书又这么多，所以我们要读就要读最好的书。"说到书，刘教授脸上的神采更加飞扬。那么什么是最好的书呢？"其实真正的好书是很少的。"刘教授为我们列了一份书单，他解释道："中国古典的文化根基要受《周易》《道德经》《孙子兵法》以及《黄帝内经》的熏陶才可以慢慢打牢，一个没受过这种熏陶的人在思想上总是会有所欠缺，而西方书籍则不必多读，因为西方的文化流派虽多，但归根到底都是柏拉图思想的多样性解释，最值得读的就是柏拉图的《对话录》，尤其要把《理想国》的部分精读。"极少的几本书，为中西合璧，无一不是经典，这是刘教授阅书无数后的经验总结。刘教授希望大家在人生的每个阶段都读一遍这些书，自会领悟到其中的无穷魅力。

冰冻三尺，非一日之寒

28年来，虽然讲授的是经济类知识，甚至研究过证券投资，但刘教授从未炒过一次股买过一次彩票。人要实实在在地生活，不能靠投机取巧，一蹴而就，那样得来的东西不踏实，这是刘教授的信条。

由此涉及了很多毕业生找不到理想工作的问题，刘教授言语犀利却又不失幽默："十月怀胎才能生孩子，什么事情都要慢慢来。"冰冻三尺，非一日之寒，他还以"富士康"连环跳事件为例，告诫年轻人遇事一定要冷静，

品·校园

每一个成功的人都是耐得住寂寞的。

年少时经历过苦日子的刘教授十分关心农村大学生的心理状态。农村孩子们不抛弃上天安排给自己的那一份纯朴，耐得住寂寞，经得住诱惑，守得住清贫，这是刘教授希望看到的，这也是淘练人的方法。他给自己的学生们讲过盖房子的故事：农村娃就像从房子的一楼盖起，城里娃就像从房子的三楼盖起，起点是不同，但是不可能不要第一二层直接盖第三层的。"农村孩子要更有耐心，要坚信世界是每一个人的。"农村出身的刘教授深切地说道。

"上大学不是来学破烂知识的"

刘教授告诫大家不能把目光仅仅停留在课本上，世界并不需要书呆子。他在强调思维训练重要性时对自己的学生说过："你们来到学校第一是训练思维，第二是结识人，第三才是学点破烂知识。"

"往往是不想赚钱的人能够赚钱，就像一心想要写好程序的比尔·盖茨。为什么？因为高度，因为眼界。"刘教授铿锵有力地谈到眼界的重要性。刘教授从不认同在人世间谋生是什么难事，一个人也不应该把人生目标定为谋生。现在的年轻人不应该觉得迷茫，"风声雨声读书声，声声入耳。国事家事天下事，事事关心。要是有这样的情怀，再怎样也是不会迷茫的"。

一个优秀的人要学会策划，要站在高处策划自己，刘教授尤其推崇这一点。各人对高处有着不同的认识，人们抵达高处的途径亦是不同。懂得策划的人是值得欣赏的，不论是怎样的"高处"，用自己的智谋抵达才是出众的人。"策划是一种艺术。"黑格尔的名言一直铭记于刘老心中。

如今退休在家的刘教授生活趋于平静，没有了工作的羁绊，日子更显惬意。读书、讲座、看新闻、做饭、散步……每天的生活简单随性却很充实。采访中刘教授不时发出爽朗的笑声，他还向笔者说起自己年轻时最爱的足球运动，脸上依旧闪现激动，让人丝毫不觉这是一位年迈老者，而是一位英姿勃发的少年。

一个在书海里漂泊60余载的求知者，却从不视自己为大智大慧所得者；一位执教28年的大学教授，却并不认同"传道授业解惑"的职责。

刘老师，给自己的学生带去了新颖的思想。传授的东西固然重要，但是

111

那一份青春活力的种子更是扎根于学生们的心中。

（2010年11月17日）

品·校园

一位探索在治学之路上的行者

安 杰 鲍治成

有一个人，身出平凡，却凭一股不服输的韧劲，成为一个成就卓越的教授；

有一个人，勤奋严谨，却不失创新精神，在人生路上抹下一笔又一笔的浓墨重彩；

有一个人，严于要求，却以他的慈祥与关怀，感动了无数的学子；

有一个人，荣誉满身，却总是淡然地说："我只是一个平凡的人。"

发其全力，探索在治学与科研的道路上，樊廷俊老师如同一个苦行者，肩负着为学、教学、治学大任，用自己毕生精力为科教发展点滴耕耘，努力开拓着新的领域，谋求新的发展。短短一个下午的采访，他——这个博学而淡定的海大教授，在记者脑海里留下了这样的印象。

采访时，樊老师总是幽默地说"在接受我们的审判"，而整个下午，他都像是一位父亲，与我们交流感情。从高中时几近辍学到博士时留学日本，从初来海大毫无经验到此时此刻信心十足，樊老师侃侃而谈，他非凡的谈吐，广博的见识，无时无刻不在吸引着我们。

求学篇

漫漫求学路

"小的时候，家里生活极其困苦。"樊老师回忆道，"没有饭吃的时候，我甚至吃过柳树叶子，味道很苦很苦。"樊老师家里有六个兄弟姐妹，他是最大的。读高二的时候，樊老师担心家里无法担负学习费用，想要辍学回家务农，供弟弟妹妹上学。"父亲说，'如果你真的不想学习，那我答应你，但如果你仅仅是为了减轻家里的负担，我不同意。虽然咱家穷，但是我砸锅卖铁也得供你读书'。"父亲的话，给了他人生的动力，从那个时候起，他决心一定要努力尽早完成学业，走出农村，找到好的工作，以减轻家里的负担。简单而朴实的信念，没有豪言壮语，也不是凌云壮志，却在漫长的求学路上，给了他莫大的支持。

学习的路终归不是那么平坦。"虽然学习成绩上一直出类拔萃，但是由于地方教育模式落后，我从高中才开始接触英语，基础薄弱。但我是一个不服输的人，我努力地学习英语，从高中到大学，我的英语成绩总是名列前茅，我也由此成为同学们的榜样。"说到不服输，樊老师还给我们讲了一段自己的故事：他读大学时，山东大学第一个学期的动物学考试是面试，樊老师从山区乍到城里，第一次参加面试，看到对面的老师，紧张得慌了手脚，仅仅得了60分。他不甘心，不服输，也没有找客观的理由，而是更加努力、全面地去学习。最后，本科所学的47门课，他的总成绩在院系内排名第一。

或许有过动摇，或许遇过荆棘，而一个坚定的信念、一种不甘落后的精神便可以让这些所有的"或许"散若云烟。

远渡重洋，留学日本

樊老师在1994~1996年期间留学日本，在日本北海道大学理学部生物科学就读发育生物学专业，并成功获得理学博士学位。

谈到在日本的经历时，樊老师说，那两年让他感悟颇多。从一名普通的留学博士蜕变为后来备受导师看重的弟子，这其中的收获必然非同小可。20世纪末期的中国在科学技术和仪器设备方面远远落后于日本，樊老师描述说："我读本科和硕士期间仅接触过四次电脑。当年，北海道大学一个研究室内的设备足以与山东大学整个学校的相媲美。"留学期间，导师安排一名日本博士带他做实验。初到异国的他见识面窄、实践经验不足，见多识广的日本博士则盛气凌人、傲气十足，而学识渊博的樊老师也敢于争强、不甘示弱。两个同样不肯服输的人在朝夕相处过程中难免发生矛盾，最为严重的一次，甚至需要实验室助教亲自出面调解。然而就是凭着这股不甘人后的精神，他后来的实验结果竟然比带他做研究的博士都要好。从此，他令众人刮目相看，导师看中他的才华，经常委以重任。而那位日本博士也开始真正从心底佩服他。

"日本人很懂得欣赏别人的长处,只要你有真才实学,他们就真的尊重敬佩你。从那之后,我们的矛盾便化解了。"樊老师说道。在日本留学期间,樊老师在学术科研上的收获自然不菲,在为人处世方面的经验更是收获良多。他说:"日本人修养很高,马路上不会出现闯红灯现象。他们工作认真负责,能真正将个人与集体的利益融合在一起,公司职员向来服从领导安排,即使能力超群也不会随便轻视别人。在他们眼中,自己要做的就是做好分内之事,而不是费尽心机去争取高官,即便是一名清洁工也不例外,走在一栋普通写字楼里,你会发现地面、玻璃、窗台全都一尘不染。"樊老师治学严谨、做事一丝不苟的优良作风必然也受益于此。

教学篇

严谨为学,诚信为人

记者走进樊老师的实验室里,首先映入眼帘的"严谨为学,诚信为人"八个大字。他说:"生活中的幽默不要带到实验室去,科学上来不得半点马虎。我们的每一项成果都要经得起推敲。"樊老师的一个学生告诉我们:"樊老师在日常生活中和实验室内简直判若两人,他常说,'我们的大脑中要安装一个开关,走进实验室就把开关闭合,保持大脑的紧张状态'。"樊老师在研究方面注重创新,来海大后他开启了7门新课程,包括实验课。他不迷信权威,不会墨守成规,坚持"别人研究过的东西我不会再去研究"的态度,并看重合作精神,他说:"一个人仅凭自身力量不可能为科学做出大的贡献。"

"严谨与创新也并不是取得成功的充分条件。"樊老师说,"现在的科研,并不是一个人、一朝夕做能够完成的,它需要很多人的共同合作,有合作,就必须讲诚信,诚信是为人之本。"无论是对于工作还是对家人,樊老师一直坚信,只有以诚信去对待别人,才会得到别人的信任,一个没有诚信的人,是不会有人愿意与之交往的。在海大的日子里,对待朋友同事,樊老师有诚信;对待学生,樊老师有威信。这种诚信让他在得到成功的同时也获得了老师的好评、同学的爱戴。

主攻科学研究，重视本科教育

樊老师说："尽管我自己还有许多科研项目而且要带很多研究生，但是我从不忽视本科生的教育。每次上课前，我都要用一整天的时间去备课，到最后筋疲力尽的时候自己心里会很舒服，因为我觉得，我感觉把我所知道的都告诉我的学生是一种幸福，我对他们的感觉就像是对我自己的孩子一样，我真心希望他们能收获更多。如果我能教给他们一些东西，再忙碌我都不会觉得累。"樊老师对工作的确兢兢业业，在我们短短两个小时的采访中，竟接连有三名同学来办公室找他，电话铃声更是不断响起。

忙碌的生活

"老师同于父母，在学生身上我们都会寄予厚望，学生的成就是老师的骄傲。"樊老师的眼中充满期待。他的同学总说，樊老师虽然在实验室要求特别严格，但是课下他总是经常关心同学的心理和生活，可谓无微不至。他带学生外出游玩放松，在学生心情郁闷的时候给以关切的开导，就像是一个父亲，对子女有道不尽的关怀。

治学篇

我有两个"家"

"人的一生总有两个'家'，一个是实际意义上的家庭，一个是我们工作的岗位。"樊老师说，"做人要做一个完整的人，不能只搞科研而忽略了人之为人所应有的感情，也不能为了感情而丢掉自己的事业和前途。自己的家庭给我们带来幸福与温馨，事业的家庭决定我们的前途与价值。这两个家并不矛盾，而应该是相辅相成的，只有在家里幸福了，工作才有激情和灵感，工作好了以一个好的心情面对家人，会减少不必要的口角之争，相反，如果处理不好这两个'家'的关系，或者忽略其一，那样只会导致一种恶性循环。"

独到的见解，使樊老师总是保持着愉悦的心情，他说，一种发自内心的愉快是很有利于工作的，这种愉悦可能是天生的乐观，也可以从工作中、家庭里获得，还有一个很重要的方面就是朋友。对待朋友，要诚信，要有对待家人的诚恳，没有人可以孤立于朋友的圈子之外，尤其是在这样一个需要合作的时代。

十分耕耘，一分收获

　　樊老师目前正忙于对眼角膜的研究，他告诉记者："我国 400 多万失明人口中有约 80 万名患者的病因是角膜内层细胞受损。我们将人工合成的角膜内层细胞移植到家兔的眼睛上，第一次实验时，家兔保持正常视力 7 天，这已达到国际领先水平。我们并未感到满足，现在我们已经创下长达 39 天的记录。预计在 2011 年我们会将此成果推向临床，而全角膜的科研产品也会在 2015 年问世。"失明患者在生活自理上有很大不便，给家庭造成经济困难和精神压力。如果他们能重见光明，将为社会注入极大的劳动力，推动国民经济的发展。樊老师谈到最令自己欣慰的是自己的科研成果被用到医学上，因为这样他就可以为那些正承受病魔苦难的人们尽自己微薄之力。这就是他，一个有着突出科研贡献的教授，一个有着大慈之心的长者。

　　樊老师来海大已经十年了，与海大的情缘自然不言而喻，海大在他心中是一个展现自我的舞台和科研路上坚实的后盾。

　　樊老师常说："随着时代的发展，在科学的探索之路上，我们需要无数次的失败经历作为通向成功的基石。或许在每一次实验中，我们都会倾入全部时间与精力，但往往结果却并不尽如人意，换而言之，我们的一分耕耘不会得到一分收获。"人生如四季，年轻气盛之时犹如播种之春，耕耘之夏，人到中年即进入收获之秋，前三季的努力与否决定着你最后拥有的是"寒冬"还是"暖冬"。也许，正是这种积极向上的态度成就了这样的一个他，一个值得我们尊敬的老师，他的晚年，定当是一个阳光明媚的暖冬吧。

（2009 年 4 月 2 日）

戎马沧桑写春秋　桃李芬芳壮志酬

管　萌　阎逸群

一啜清水润喉，讲台之上，他激情洋溢，侃侃而谈；一份责任在肩，师生之间，他尽心竭力，鞠躬尽瘁。这就是中国海洋大学基础教学中心军事教研室主任于焱平，戎马沧桑的春秋往事，记录那些埋头研究、辛勤备课的日日夜夜，桃李芬芳壮志酬，他享受着为海大的付出与收获。

"我是一名老师，这是我的责任。"

铃声响毕，于焱平准时"开讲"。他丰富的知识储备深深吸引着同学们，幽默的语言更是令课堂笑声不断。课件精心制作、独具匠心，深奥的知识在于老师精彩幽默的讲解下变得有滋有味、通俗易懂，成为同学们"喜闻乐学"的内容。朝鲜语2008级穆洁凯说："干老师懂得多，有内容可讲，语言又幽默，所以同学们都很喜欢听他的课。"

于焱平是学校军事科学概论课程的授课老师之一。作为一名政治课老师，于焱平的课堂上总是座无虚席，除了选上这门课程的同学认真听讲和笔记外，还有许多同学来旁听，领略名师风采，一堂堂精彩讲解好评如潮。能够让一门政治课充满魅力，于焱平的执教能力可见一斑。

幽默是于焱平讲课的一大重要特点，不过，他的幽默另有深意。"我的目的是集中学生的注意力，希望我所讲的知识点得到大家的重视，"于焱平认真地说道，"有时候跟讲大道理相比，开玩笑给同学们留下的印象更加深刻。而我希望我的学生可以体会到我玩笑背后的深意，更好地理解知识。"

除了人气极高的课堂，于焱平还就台海问题、中日海权问题、西藏问题

品·校园

等主题在海大三个校区开展讲座。讲座现场常常场面火爆,偌大的教室被慕名前来的同学们挤得座无虚席。充满知识性、学术性的军事问题,干老师却总能用通俗易懂的语言诠释,妙语连珠、风趣幽默,场场讲座异常精彩。

然而提起这些,干焱平轻描淡写:"我是一名老师,这是我的责任。况且个人的力量是有限的,这些现象的产生主要是由于学生关心国家大事。如果学生不认可,即使我再努力也不会有成绩,就像商品再好,得不到客户的认可也不会畅销一样。"谦逊如是,责任使然。

"有兴趣才可能有大作为。"

干焱平不仅是中国海洋大学的老师,而且兼有全国海洋观教育基地主任、中国海洋学会理事、《海洋与世界》杂志编委等多个职务,就在原本空闲的采访当日,他的手机还是在不断响动,然而,如此忙碌的生活却依然让干焱平觉得快乐。

"这些工作都在我承受范围之内,因为我对海洋研究、对教学有兴趣,所以即使忙碌,心里也是高兴的。"干焱平不仅不抱怨繁重的工作,反而从中得到快乐,他把这归因于兴趣。

对他来说,兴趣可以改变命运

干焱平的学生都知道,干老师当过兵,而且当过八年潜艇兵。2009年春节联欢晚会小品节目《水下除夕夜》描写的正是潜艇兵的生活场景。"电视上演这个小品的时候,我的学生们给我发来短信说'干老师,正在演你呢',让我非常感动,"干焱平说,这个小品比较真实地反映了潜艇兵辛苦的生活,"创作者一定是在潜艇上待过才能创作出这样的作品。"而干焱平八年的潜艇兵经历对他研究海洋也产生了重要影响。

"长期在海洋上磨炼,自己也慢慢开始想要探究海洋。"干焱平退伍后原本从事历史研究,但因为对海洋知识的热爱,他开始在闲暇时间钻研这方面的知识。然而,"业余起家"的干焱平竟凭借自己的兴趣和毅力在海洋研究领域打拼出了自己的一片天地。他曾三次给中央提交有关海洋军事的建议,并都被中央领导过问,"这源于我对海洋的了解和把握,只有经过长期观察、思考,长期追踪才能积累有价值的资料"。

正是对兴趣的不断追索,才有了干焱平今天的成就。他用他亲身印证的道理告诉同学们:"有兴趣才可能有大作为。"

"老师要以个人素质影响学生,言传更要身教。"

笔挺的西装,平整的领带,利落的公文包是他上课时的着装,而记者校园偶遇干焱平锻炼身体时看到的是他整洁清爽的休闲装。"老师当然要注意形象,不仅是重视生活质量,还要给别人舒服的感觉。"干焱平相信,老师的一言一行会潜移默化地影响他的学生们,"我希望利用一切机会言传身教,不仅通过教课,还要以自己的作风引导学生"。

干焱平是个自我要求很高的人。"当兵时,我不论当战士、班长还是干部都力争一流,各项工作都尽力做到最好。"他认为,即使客观看来自己的工作不是最好的,主观上一定要付出百分之百的努力。干焱平解释道:"既然事情都是要做的,为什么不努力做呢?同样要花费时间,为何不尽力追求一个好结果呢?在平时就应该注意,否则将来会后悔。"

干焱平今天取得的成就与他"力争一流"的信念,他希望这些经验可以使同学们也有所收获。他说:"老师们有比学生更丰富的人生经历、更多的经验教训,我们应以此影响学生,让他们从别人的经验中成长起来,使自己更加成熟。"真正的老师不仅传授专业知识,也教导学生如何为人处事。

"我有一个愿望,作为老师,除了教给学生知识,我还希望我的言行对学生们的生活有所帮助,充分实现一个老师的价值。"干焱平一直为之奋斗着、努力着,不倦不休。

采访结束时,一缕阳光轻轻地洒进房间,映红干老师慈祥的面庞。那些沧桑的戎马岁月,积淀了他的深厚底蕴,长风破浪,壮志凌云。那些对学生的爱,如阳光般洒向大地,孕育了片片桃李芬芳。

(2009年9月11日)

品·校园

平易为师　广博为学

代　彤　赵　昕　阎逸群

人生如酒，岁月沉淀，生活历练，令其历久弥香。当你走近邓红风，他身上会有这样一种魅力，深深吸引着你：和蔼的他，微笑总在脸上，幽默风趣让你忍俊不禁；博学的他，永远走在探寻真知的道路上，充满好奇，孜孜不倦；睿智的他，人过中年，洞察世事，对生活多了一份体悟和从容，恰如一坛陈年美酒，平和醇厚，回味悠长。

冬日里的一个下午，英语系主任邓红风走进"观海听涛"新闻网办公室，讲述关于追寻真理和坚守理想背后的漫漫路程。

平易近人　幽默风趣

不同于人们印象中那些刻板严肃的"老学究"，邓红风没有架子，更不苛刻严厉，亲切的笑容和风趣的言语在不知不觉间将师生之间的距离拉近。深入浅出，旁征博引，深厚的学识和丰富的阅历让他的课别具特色，很受同学们的欢迎。他从不对出勤人数要求苛刻，但每次上课，教室里总是满满的。

钟玉岚是邓红风指导的一名研究生，回想国庆期间邓红风邀请没回家的同学到自己家里看阅兵式，她满怀感动，"他陪同学们看电视、吃水果，还和大家很愉快地交谈"。邓红风认为现今大学里的师生关系渐行渐远不利于学生发展。"在优秀的大学里，老师和学生应该经常在一起讨论学术上、生活上的问题，关系密切，就像朋友一样。"邓老师笑着说。他提到美国《独立宣言》的作者、第三任美国总统杰弗逊亲自创立并设计的弗吉尼亚大学，在那里，学生宿舍围绕在老师宿舍周围，在吃饭的时候，师生也同在一个食堂，边吃饭便探讨各种各样的问题，邓红风十分欣赏和推崇这样和谐密切的师生关系。

语言学习 兴趣当头

面对枯燥的单词，繁琐的语法，复杂的文章，很多同学都对语言学习感到头疼，不知道如何才能增强本领，提高成绩。在邓红风看来，不管用什么方法，学习语言的关键就是兴趣。他认为，同学们必须把学语言当作一件严肃的事情，要有比较强的求知欲，培养自主学习能力，并且一定要坚持不懈地做下去。

其实，邓红风的英语就是自学的。年轻时，在没有广播、没有英语老师的情况下，他费尽周折才找到了一些英语教材进行自学。邓红风在学医时，从事心电图工作。在一次和院里的一位权威教授讨论病人的诊断结果时产生意见分歧，他便搬来国外的相关医学杂志进行研究。没有老师，全英文的杂志他硬是翻着词典给读完了。"只要有兴趣，只要你想学，不用抱怨客观条件，要永远牢记'自己才是自己的主人'。"邓老师语重心长地对记者说。

博学多识 涉猎广泛

海纳百川，有容乃大，邓红风广博的学识历来为学生们所称赞。他曾在山东大学历史系任教，对文化史有深入研究，同时他在语言学、英文教学、著作翻译等方面也有建树。一次，在一位加拿大外教给参加英语演讲比赛的海大学生进行赛前指导时，邓老师纠正了这位外教在经济学上的一个知识性错误，这令外教十分惊讶和佩服，他说很多以英语为母语的人都没发现这个错误。"老师博学多识，他对政治、经济也很有研究。"听到学生的称赞，邓老师谦虚地一笑："因为我做的是历史研究，现在又从事教师行业，所以什么都想去涉猎一下。我这个人有一个'缺点'，就是对于新鲜事物特别有好奇心，什么都想知道点，什么事儿如果没弄明白心里会不舒服。如果对某一方面的知识感兴趣，我会马上找相关的书去看，去研究。"强烈的求知欲，充满兴趣和好奇，正是这样可贵的"缺点"成就了邓红风的博学多识。

品·校园

坚守志趣 学者风范

古时候陶渊明"短褐穿结，箪瓢屡空，晏如也！常著文章自娱，颇示己志。忘怀得失，以此自终"。真正的学者不痴迷于世俗的物质追求，而是苦心求索，探寻真理，邓红风就是其中之一。灰外套，旧眼镜，朴素是他的本色；以书为友，以古为鉴，历史是他孜孜不倦的追求。

在金钱至上的今天，很多人不愿意学历史，历史被定位为"没前途"的学问。面对兴趣和利益间的矛盾，邓红风毫不犹豫地选择坚守自己的兴趣，他坚定地说："市场经济下，人人都会注重经济利益，但不管怎样，历史研究，我会一直搞下去。"邓红风很清楚自己的兴趣所在，"兴趣这个东西改变不了，一旦建立起来，很难说会动摇，我只是可能会在时间、精力分配上进行调整，但我绝对不会放弃历史研究"。平常有空的时候，他便翻阅一些历史书籍，既当作研究，也当成一种休息。淡看名利，坚守志趣，此乃学者之风也。

记者手记

当韶华飞逝，青春不再；当容颜老去，激情息怠，我们凭借什么让这个世界铭记，我们又用什么来彰显我们的魅力？我想，邓红风老师已经给了我们一个很好的答案。

（2009年12月22日）

快乐地在大学校园里成长

王 慧

  谦和友善的谈吐，乐观向上的心态，笑容总是绽放于面庞的李老师就像一株向日葵，带着太阳的味道和光彩。身在大学，如何搞好自己的学习，如何恰当地处理好人际关系，如何面对自己那看似遥远而又近在咫尺的未来生活，带着疑问，带着好奇让我们在师长的娓娓而谈中领悟问题的答案和人生的真谛！

——题记

求学篇：认准自己的目标，坚定不移地走下去

  军人以服从命令为自己的天职，对于广大的在校大学生来说，搞好学习就是他们的天职。谈起大学里的学习，李春荣老师有自己的见解："大学不同于小学和中学，时时刻刻都有家长和老师管着，大学更多的是靠自己。"她还建议大学生在一入学的时候就思考三个问题，即大学教育的目标是什么，自己所选专业的培养目标是什么，这两个目标与自己人生的目标是否一致。"目前有许多的大学生不知道自己的今日所学将来到底能做什么，根本弄不明白自己为何而学，纯粹是一种盲目的求学……"

  "经过认真的思考后，如果前两个目标与自己的人生目标一致，就应该朝着这个方向坚定不移地走下去。若不一致，就要静下心来考虑一下自己的目标是否正确，为什么不喜欢自己的专业，如果自己理不清楚，可以请老师和同学帮助自己分析一下。"李老师说，"自己应该知道自己适合做什么，自己到底喜欢什么。看看成功的一些老师在做什么，可以适当找一些与本专

业相关的事情去做，在忙碌中培养自己的兴趣，看能不能喜欢。一旦找到了适合自己的专业，就要严肃地对待，把它学好。但是，在没有找到自己所喜欢的专业以前，不要放弃当前的。"

在采访中，李老师还告诉同学们，不要说哪门课程有用，哪门课程无用。大学有时学的不是具体的知识，而是一个发现问题、分析问题、解决问题的过程。"其实每一门课程都有自己的特点，只要认真地学了，四年下来，你会发现学到了很多……""大学正是打基础的关键时期，只有把一些最基本的知识点掌握了，培养起自己良好的自学能力，将来走向工作岗位也能不断地发现问题，解决问题。"最后，她还提醒同学们一定要搞好外语的学习："如今的对外交流越来越频繁，只有知己知彼，才能百战百胜，所以学好外语很重要。"

为人篇：不要因为你的存在而使别人不愉快

大学不仅教会学生如何学习，更重要的还要教导学生如何去做人。当记者向李老师提出这个话题的时候，她回答得很干脆："无论何时何地，都不要因为你的存在而使别人不愉快。""随地吐痰，骂人，随便拿别人的东西，都会伤害到别人，都可能令别人不愉快。这就涉及如何'修身'的问题了，我建议大学生多读一读《周易》《论语》《老子》《大学》等一些古典的书籍，最好能背诵其中的一些篇章，这对提高个人的学识修养有好处。"李老师说。

她还希望大家都怀有一颗平等博爱的心，她引用佛家的话说，"众生皆是佛"，所谓的"众生"就是一切有生命的东西，希望大家爱一切人，尊重一切有生命的东西。对人不可强求，与人交往只要找到一点相同的就够了，对他人的缺点要给予理解，不要过分的指责。要努力让别人在你的面前更自信，而不是让别人在你面前喘不过气来。

未来篇：到最需要你的地方，而不是去你需要的地方

四年的大学时光转瞬即逝，虽然身在校园，但同学们也不得不考虑自己将来的归宿。迈出大学校门的自己将身归何方，一直是众学子苦苦思索的问题。李老师把大学生未来的路途划分为两种：一是凭借自己大学四年的专业所学，找到了理想的工作，即自己的准备与社会的择人标准刚好一致。二是毕业了，却没有找到真正适合自己的工作。对于后者，她认为："这时就要认真分析自己的目标是不是定得太高了，可以适当地放低自己，到最需要你的地方去，而不是去你需要的地方。这时你会发现自己的价值，并能从中找到自信。有自信，就会有快乐，就会重新设计自己，向着更高的目标走去。"

最后李老师说，能够决定一个人幸福与否、成功与否的只有他自己，父母和家庭的力量其实是很小的，更多的时候需要自己去创造，去奋斗！

（2004年10月30日）

那一份平易近人的生动

张子仪

他的课堂上，总会有零睡觉率和百分之百的满座率。

他的课堂上，常出现一些比喻——将抽象的数学具体化，将枯燥的知识生动化。

他的课堂上，时常会响起同学们会心的笑声。

"风趣""好玩""平易近人""数学界篮球最好的，篮球界数学最好的"，是学生们对他的印象。

也许，你也曾听过他的名字——数学科学学院教授姚增善。

只带水杯进教室的神奇老师

"他每天进教室都只拿着一个水杯，连张纸也没有，那么多的定义和题目都记在脑子里，太神奇了！"若不是亲自听到姚老师的学生充满敬佩的话语，这样的神奇似乎真的让人难以置信。而对此，姚老师看得却很平淡，"灵活才能吸引学生，不照本宣科"是他的风格也是他的原则。讲什么内容、讲到什么火候、学生能接受到怎样的程度，在多年的数学教学中，姚老师早已把高等数学一代代、一本本的教科书吃透。在课堂上，他传授给学生们的是自己消化过的、凝练过的知识，"不管你用的是哪一版课本都可以听"。真正的"脱稿"，来自多年来对每堂课的投入，来自多年来对每一版课本上、每一个字的深入理解。

姚老师的"神奇"，还在于那满满的教室和教室里精神饱满的学生。一、二节的惺忪睡眼，三、四节的饥饿劳累，总能因姚老师生动的课堂而不觉间消失殆尽。在采访过程中，姚老师经常提到"吸引力"这个词。他说，学生上课是否睡觉关键在于老师，老师如果不能使课堂充满吸引力学生自然会睡觉。而这位神奇的老师又是怎样活跃他的课堂呢？除了将抽象的东西具体化，从而令学生容易接受、减轻学生精神上的压力外，记者还惊讶于姚老师的答案中的几个细节。

意识到学生的视野对课堂效率的重要性，姚老师每次上课之前都会专门检查教室的黑板。因为板书较多，姚老师担心黑板上有时黏着的双面胶痕迹或是凹凸不平的地方会影响学生听讲，所以每次上课前都会自己准备好工具把黑板清理干净。"要让学生有精神老师首先要有精神，要自信"，因此，当没休息好时，姚老师的水杯里就会出现茶或者咖啡来保证自己的活力、课堂的活跃。甚至每次上课之前，姚老师还会研究教室。地形、光线、学生大概的人数、黑板形状、座位分布，正是这些细到不能再细的细节，使得每一位同学从走进教室那一刻就能融入一个昂扬而充满活力的氛围。对于个别有时有睡觉倾向的学生，姚老师也会在课间主动引导和提醒，保证他们的听讲状态。

周全细致的准备、观察入微的体贴，他，像是相识多年的老友，迎面，一股亲切的气息。

平易近人的大学教授

印象中的大学教授往往是白发银髯，慢条斯理，浑身上下自然透出都一股引人仰视的威严。然而"平易近人"这四个字却一次次出现在学生们对姚增善老师的印象之中。

"教学生，首先表情不能严肃，谈吐也要有亲和力。课间也需要一些交流，因为有些学生不好意思首先开口，聊一些大家都感兴趣的话题，可以顷刻间拉近师生的距离。"在大学的教育模式下，"铁打的老师流水的学生"，但姚老师的课是个例外，很多同学即使结束高数的修习也常常与姚老师保持联系。一些大三大四的学生更常会向学弟学妹们提到，"我以前上过一个叫姚增善的老师的高数课，讲得很好很有趣"。甚至有些学生考研的时候都会回来请教些问题。这位神奇老师的魅力可见一斑。

品·校园

作为一位经验丰富的老教师,姚增善对年轻教师的关怀也是细致而全面。去崂山校区的班车上,他和青年老师们经常一起讨论,帮助他们及时调整。如此的言传身教,大大帮助年轻老师的进一步提高。除此之外,姚老师的平易近人还在于他和大学生们不相上下的心态和爱好。

欣赏易中天的运动健将

"数学界篮球最好的,篮球界数学最好的",这是一个学生对姚老师带有几分夸张的评价。的确,在姚老师的课堂上,NBA是一个常常出现的话题。起初,还会有人惊异于此,然而时间久了,大家也开始享受这种难得的兴趣相投。对麦蒂、阿泰的了解,丝毫不亚于在座的同学们。在篮球场上,也经常可以见到他与学生、与年轻同事"以球会友"的身影。同样和学生们相似的不仅是篮球、足球、乒乓球……他几乎对所有的运动都充满热情。这样年轻的心态,使他的课堂更富有吸引力,也使他更为平易近人。

采访过程中,偶然间聊起百家讲坛,原来姚老师也欣赏着"学术明星"易中天。同为深受学生喜爱的老师,姚老师早在易老师出名前几年就发现他讲三国时新颖而有效的"启发式教学",并预言易中天"会走红"。而从易中天和其他百家讲坛名师的身上,姚老师也获取一些教学上的启发,并将其巧妙地运用到课堂上。不知姚、易这两位老师倘若相见会不会惺惺相惜呢?

喜爱运动、喜爱百家讲坛,姚老师总是对生活充满激情。而对于教学工作,他同样如此。

享受教学的教学能手

在数学的讲台上站了20年,在这第二十一个年头,有没有一丝厌倦呢?对于这个问题,记者又一次感动于姚老师的答案——"我享受教书的过程。"在愈来愈多的人都在抱怨生活、抱怨工作的时候,"享受"二字是一种怎样美好的心态!或许,当我们每个人都用这种心态对待生活中的点点滴滴时,生活同样也会慷慨地赠予我们她美好一面。猛然发觉,原来不经意间,姚老师给我们上了另外一课。

129

教学对于姚老师来说,有意义并且有乐趣,从教至今,早已不是一件压力重重的工作。这位教学上的能手,同样有着自己与众不同的数学修养——他会探讨复数的来源,追溯数学的发展历程。数学在他的课堂上被挖掘出了常被忽视的思想性的一面。

  数学对很多人来说是刻板而冰冷的,而姚老师选择数学的原因也很简单——喜爱。对于如何学数学,姚老师也为同学们进行点拨:数学是需要理解的,知识融汇了、贯通了才会形成自己的东西。采访最后,姚老师也谈道,身为大学生要学会平衡知识教育和能力教育,不要顾此失彼。

  告别姚老师,行走在华灯初上的街头,心里久久散不去那一份感动,对待学生、工作抑或生活,那一颗充满热情的心或许就是"师"字的最佳诠释。行走在生活的繁芜丛杂中,也许几十年后,我们老了,忘记了他的名字。但,我们不会忘记,在大一那年的高等数学课上,我们感受到的那一份平易近人。

(2008 年 12 月 2 日)

品·校园

王秀海：不是英语老师的"英语老师"

王 怡

在环境科学与工程学院的一间实验室里，十几个年轻人围成一圈。只见一名学生走上前来，有些羞涩地用英语和大家打了个招呼，便低下头去。"Don't be nervous!"一旁坐着一位稍年长的男士，用一脸和蔼的微笑鼓励着他。

这样的场景发生在一个叫作"金智英语（Golden Wisdom English Club）"的English Corner（英语角）上。那位男士，便是记者所结识的王秀海老师，主要负责环科院工程岩土学实验、土力学实验方面的教学和岩土环境工程实验室的运行管理工作。每周一次的英语角，便是由他发起。

会说英语的人有很多，会说一口流利英语的大学教师也占多数，搞科研、与国际接轨更离不开英语。可是有哪几位老师会像王老师那样，研读英文励志经典，走着站着都会抓紧时间背一两条好词好句？就连考四六级的学子们也很难坚持做到这一点。又有哪位会在遇到老外时，即使插不上话也要跟在身后听听他们地道的英语？恐怕很多人都难以放下自己的面子。又有哪一位非英语专业人士能费尽辛苦去考全国外语翻译证书呢？而王老师却做到了。更可贵的是，王老师数年如一日，为了学生们英语水平有所提高而为他们提供练习的机会，尽管他在自己所学的领域依然有一大堆事情要做。

关键词：Initiative（初衷）

英语角于2005年6月12日创办，据第一批参与者之一、环境工程2005级于月倩同学回忆，最初去的人并不是很多，而后来通过向朋友们介绍，参与的人就越来越多了。"英语角的氛围轻松、愉快、活跃，大家可以交流思想、畅谈理想、增进友谊，也可以不必害羞大声说英语，因为没有人会笑话你的口语不好。"

不害羞、大声讲，这样的结果也与王老师的初衷相吻合。

王老师的初衷其实说来很简单，就是引导学生们能够开口说话。可就是为了达到这样看似简单的效果，王老师却走了一段漫长的道路。

虽初一才开始接触英语，但王老师并没有马上显示出对英语的热衷。初三及高中参加比赛取得一些成绩之后，再加上遇到了好几位指导有方的老师，这才激发出他对英语的兴趣。王老师认为，一个人应该在某一方面有所特长。"那我待人接物和蔼一点？可是现在也很少有人总是横眉竖眼的。那我学习成绩再好一点？可是走出学校成绩好也并不那么重要了。"当时，王老师想，能向别人展示的除了自己令人称道的专业外，就是英语了。大学毕业留校后，王老师又重新捡起已学过很多遍的《口语突破掌上宝》。或许是从李阳疯狂英语中受到启发，王老师经常登上八关山对着青山绿树、蓝天碧海大喊英文。王老师的英语功力就是靠这样天长地久的积累而形成的，这当中透着一股坚忍不拔和经久不衰的热情。直到2003年，王老师才发现，自己的口语有了突飞猛进的发展，这或许就是量变到质变的飞跃吧。

关键词：Interest（兴趣）

结合自己的学习学习英语的经历，王老师悟出了不少人生哲理。

学英语究竟难在哪里？也许你的答案会是"没有语言环境""没有时间背诵""没遇到恩师"诸如此类。但是在王老师看来，做每一件事情，包括学英语，最大的敌人就是没有兴趣。别以为"没空"可以为你开脱，真正的兴趣，是一种使你克服一切困难、想尽办法做成一件事情的力量。"如果你的兴趣仅仅是椅子的高度，那你最多也只是坐在这里。"兴趣有多高，你就能达到多高的水平。

于是，王老师开始着手培养大家对英语的兴趣。与大家讨论政治？那必定使人昏昏欲睡。那就从最能提起大家精气神儿的话题入手吧——购物、时尚、音乐，以此来作为引子，以达到让同学们开口说话的目的。

有兴趣算是走出了第一步，接下来王老师考虑的，是怎样才能让大家说得更好。"现在同学们总追求词汇量的扩展,可是墨西哥农民也就仅有一千多词汇,人家照样能与科学家流畅交流。"王老师认为,一味追求难度而连最原始的东西都学不好,是一种本末倒置的做法。有句话说得好:教师的工作,难的不是把复杂的东西讲简单,而是将简单的东西讲得更简单。王老师所说的"从最原始处开始积累",又谈何容易呢?

尽管王老师想尽办法帮助大家,议论的声音也一路传来。"他不是专业的英语老师,跟着他学,我们四六级能考高分吗?"面对这样的质疑,王老师显得很坦然:"英语角为大家提供的是练习的机会,而并不是单纯的填鸭式学习,大家有兴趣就可以参加,没兴趣也不必强求。"现如今,英语角已经走过四年风雨,并且仍会延续下去。

关键词:Objective(目标)

"人生目标"是王老师经常与学生们探讨的一个话题。王老师认为,目标具有指向性,就像世界顶级激励大师博恩·崔西(Brian Tracy)说的那样,"成功就等于目标,其他的一切都是这句话的注解"。王老师把自己的目标记在本子上,以提醒自己某一阶段该做什么事情。"光树立,不执行,那这个目标就是一句空话。"

王老师的人生目标,就是成为一个比较自由的人,能够潇洒地做自己想做的事情。可是当爱好遇到工作时,前者依然得做出让步。为了完成某个任务或项目,王老师有时甚至在几个小圆凳拼成的床上酣然入梦。对于这样的生活状态,王老师说:"忙碌之后,再回头想想那段时光,过得很充实。"

教师节快要到了,借用于月倩同学向王老师传达的祝福来作为结尾:请您注意身体,不要总是熬夜!

(2009年9月9日)

攀思想高峰 享人生豪迈
——记王付欣老师

罗亚玲　　姜恒聪

执着如他，在思想的土地上耕耘，虽然深知其中的艰难，但依旧坚持；个性如他，课堂上形式多样，上演"百家争鸣"现代版，《思想道德修养与法律基础》《马克思主义基本原理》照样备受青睐；睿智如他，眼观人世，洞悉生活，对于这个社会始终持有一杆自己的称。他行走在人生漫漫征途上，不断前进，不断探索，为自己掌起前行的灯。曾经，他触摸着思想修行的印迹，苏格拉底、孔子是引航人；而今，他走上讲台，为学生们引航，将同学们渡到思想的彼岸。

幽默而不玩笑，睿智而不张扬。他，就是王付欣。

课堂的摆渡人

"先做人再谈理想"

课堂上的王老师让人感觉斗志昂扬，"解气，带劲"是同学们对他课堂的评价。"要是不跟专业课冲突，我一定追随他的马基课。"法政学院政治学与行政学2010级胡晓玲笃定地说。对于这样的"超级粉丝"，王付欣表示颇为惊讶但更多的是感激："金杯银杯不如学生的口碑。"课上分享交流，课下细心询问，即便是原本被定义为"枯燥乏味"的思修课、马基课，也能备受同学们青睐。

"都说要先谈理想再做人，但我认为应该先做人再谈理想。"在他看来，为人处世之道始终应该摆在学习首位，否则无益于个人发展。他的课堂上，会听到他对"热点"事件的深入分析，引申出当代大学生的人性问题，为当代大学生敲响警钟；以及针对某些案件沸沸扬扬的争吵，继而展开大学生价值观的讨论。每一天的"新闻头条"都会成为他课堂上的话题之一，立足于课本，但又高于课本。

"探究学习比一味地塞给学生知识更为明智。"这成为王付欣教学的主要理念之一。他会以自己的观点作为引子带着学生做深入思考，却从来不会给出所谓的真理。因为在王付欣眼中，任何一堂课学生都是主体，思想更应该如此，只有在自我思考挣扎中得出的结论才能真正记在心里。几乎每节课都能听到学生的声音，"怎么看怎么看"更是成为他课上的口头禅，在这种双向探讨的过程中让同学们领略为人处世的真谛，感悟当代大学生所担负的责任。

"课堂上没有绝对权威，老师学生都是权威"

没有人批判我，我就自己批判自己。不管是曾经喜欢拿着书本漫步在校园小道上的王老师，还是如今站在三尺讲台传道授业的王老师，他始终以一种批判的眼光看待生活。"课堂上没有绝对的权威，老师学生都是权威主体，双方都有话语权。"他的课堂，提出质疑的学生总能得到说话机会。"学生既要吃得饱也要吃得好，不然硬把他们喂饱也是徒劳。"不给学生上枷锁，以批判的视角看问题，是王付欣给自己提的要求，也是他对学生的希冀。

大学里的王付欣每节课都坐在第一排最显眼的位置，他给出的解释是，既便于听课做笔记，也方便课堂上与老师进行交流。对老师提出的观点进行反驳，并且毫不吝啬地阐述自己的独到见解，如此"交流"让他迅速成为校园风行人物，而他的交流也成为整堂课的焦点，就像一股流水，带走了学习的乏味与沉寂之感。这种"批驳的惯性"一直保持到他站上讲台，如今他不再是第一排的提问者，不再在课堂上随时找老师的"茬"，角色变化了，但他仍会引导他的学生像当年的他一样"反动"，因为在他的字典中，从来没有绝对的权威，老师也和学生一样在思考学习中。

与书本的邂逅

"在书的世界中奔跑"

小时候的王付欣就喜欢在爸爸的书房里闲逛,闻着书香、看着泛黄的书页,对他来说就是童年最美的回忆。"从小我就在书的世界里奔跑。"谈到书,他眼神中满是欢愉。"书架上摆着线装四大名著,还有各类文学、历史、哲学名作。"爸爸"阵容"强大的书架让王付欣从小就备受"滋润",二年级的时候就捧着一本《红楼梦》看得津津有味,而同龄孩子此时多在掏鸟蛋、玩过家家。

他戏谑道:"我当老大不是因为我拳头硬、个子高,而是我能用书里面的故事把小伙伴忽悠住。"《水浒传》中的一百单八将,《封神榜》中的妖魔鬼怪,都是王付欣故事的主要来源,既体验文学的魅力又让玩伴们羡慕不已,小小的他对书本更加喜爱了。随着年龄的增长,他也有了自己的书架,上面除了文学、历史、哲学以及其他书本均有"专栏"。在他看来,读书是一个阶梯式的过程,对社会的思考越多,自然更希望从书本中看到能够引领升华思想的东西。

"从《历史的终结》中会看到对马克思主义出路的思考,《群氓时代》会告诉我们中国社会现在的围观心理。"每一本书都是一位老师,王付欣认为,多角度的阅读,多角度获取新的思考方向,这对他的独立思想的建立和教学有着举足轻重的作用。而课堂上,他也会把自己的阅读经验传授给学生,即便只是针对问题推荐书,他也同样建议同学们多方阅读,以培养自己健全的思考能力。

"老师应该是一条川流不息的河"

大学毕业走上工作岗位之后,经历的丰富与视野的开阔让王付欣对读书有了新的感受:"读书开始不那么随性了,慢慢追随一些更有深度的著作。"他表示,读书是一个渐进的过程,没人能一步登天,倘若一味追求深度和广度,只能是囫囵吞枣收获甚微而且浪费大把青春。此时的他,课上旁征博引,课后不断更新自己的知识储备,对于读书有了另一番认识。

各类名家大师学说信手拈来,课堂内容充实而有章法,哲学、历史、文化、甚至是科技知识都为他所用。在学生心中,从不看课本,从不看课件但依旧滔滔不绝的王老师更有魅力。都说老师要给学生一杯水，自己就得要有一桶水，而对此王老师则有自己的新理论："一桶水完全不够，老师应该是一条河，而且是一条川流不息的河流，这样才能给学生最新鲜的知识。"

利用一切有效时间看书，增进知识储备，拓宽知识层面，读书已经成了他生活的一部分，而且是不可或缺的一部分。"研究到哪看到哪，对哪些感兴趣看到哪。"他对自己现在的阅读状态如是描述。始终保持一种闲适悠然的阅读状态，即便有工作、生活上的压力，依旧止不住那股热情。"读书应该成为一种习惯，成为生命中极其重要的一部分。"这是对学生的忠告，也是对自己的警示，因为他要为成为一条真正川流不息的河而时刻努力着。

思想的行者

"可怕的不是迷茫，而是失去"

已经走过学生时代的他回头再看"大学"感触颇多，就像抚摸着时间所划过的印痕，听着岁月奏出的歌。"大学真的是个黄金时代啊，你们可以随心所欲地恋爱，而不用考虑房子、车子、孩子、票子问题。"王付欣的语气里透露着美好，用他的话说，他已经进入"青铜时代"，在这个过程中，生活要不可避免地走向庸俗。

这种"不可避免"在一个迷失的时期尤为显眼，在这种"不可避免"里，见义勇为受到质疑。改革开放以来，唯物质、唯利益观念出现，"姑娘不是讲心的，是讲金的！"王付欣这样来形容这个日益物质化的时代，"在社会转型期之中，人们价值迷失，价值结构断裂，非常可怕。"

可怕的不是迷茫，而是失去。王付欣在马基课上曾经提到，他现在正在阅读殷海光的《中国文化的展望》，而文中所提的"三种脱序的人"，让他读来胆战心惊。

从不言弃，责任在，心就在

要在迷失的社会中真正找回纯洁与善良，王付欣认为重塑价值观非常有必要，不仅是个人更是全社会共同的责任。而作为大学教授，他知道自己能做的就是坚守教学第一线，用自己的思想和语言去引导他的学生，为社会输送新鲜的健康的血液。

在他看来，大学生不仅要寻求真实，更应该追求善良与美好，唯有如此，才能更好地发展自我。他曾经在课堂上组织一场关于"长江大学学生舍命救人值不值"的讨论，其中有一名同学斩钉截铁地说道："我们没有资格在这里讨论他们的值与不值。"这让他很感动，因为他看到的是一种捍卫正义的凛然。

　　从"信仰危机"到"精神走私"，价值观缺失的一代已越来越不相信未来与美好。王付欣深知自己肩上的重任，始终记着传递正确的价值观，弥补这个社会所带来的人性缺憾。他会一直行走，也会一直在行走中思考。

（2011年5月2日）

品·校园

一次远行
——记海大人参与第31次雪龙号南极科考

郑昕怡

前 记

1984年11月19日,中国第一支南极科考队起航,这是中国科学家第一次向南极发起征程。当时中国海洋大学海洋环境学院的三位教授赵进平、张玉林与李福荣也登船参与了首次科考任务。此后每年中国政府都会派出一支科考队进行极地科考。至今,海大人一共参与了22次南极科考(共31次)、6次北极科考(共6次)与13次国际合作北极科考。

2014年12月23日之后,太阳直射点再次返北,度过冬春,越过赤道,逼近北回归线,青岛无声入夏。位于海大崂山校区的海洋环境学院一如既往的静谧,层掩在翁郁乔木间,往来行人无几。走入一楼大厅,右转两次后,门牌号228,极地科学研究生室静静等待在长廊尽头。这间研究室有两道门,外侧的门敞开着,内侧则微微虚掩。推门而入,数十平方米的研究室,东侧是大面塞满落地柜的书籍,西侧玻璃窗外绿意卷帘,十几张办公桌,十几位研究生,房间很安静,只有键盘敲击声与大风过境时植被摩擦的动静。

时间往前推百日,这些研究生中的一位——就读物理海洋博二的郭桂军,已随雪龙号极地考察船远航数月,离国万里。他们在2014年10月30日启程,从上海外高桥基地码头到南极,一路穿越了4个温度带、10个群岛、13个时区、98个纬度、183个经度;穿越了东北信风带、赤道无风带、东南信风带、盛行西风带与极地东风带;航行总里程累计3万余海里,总时长163天,最终在 2015 年 4 月 10 日晚上顺利抵港，完成任务。

"今天风和日丽，正午时分海面还是微波粼粼，到了一点以后就水平如镜了，像《少年派》里的画面那样，不同的是，我们这里多了很多浮冰。2014 年 11 月 30 日，晴。"刘合林在他的船上日志中这样写道。

这一天，雪龙号已达陆缘冰区，下午两点举行了中山站卸货动员会，会后广播通知即将开始破冰。兴奋感水波一样在船上扩散开来，不少初次参与极地项目的船员们已按捺不住，三两站在船舷边，40 厘米厚的 E 级钢板船头起伏式破冰，全船以 2 节航速连续冲破 1.2 米厚的冰层。簇拥着船身的冰雪并不全是雪白，由于冰藻的存在，还有黄色与褐色的冰层，所到之处，彩色冰块层叠翻卷。南极陆地缓慢步入视野，广袤白色铺展眼前。如果船员站在船头，他们的电信手机里还会收到两格信号，这一切都表明着南极中山站已经不远了。

探空气球、漂流瓶与抛弃式观测

船上依据各人的任务类别不同，分为大洋、内陆、昆仑、维多利亚与综合数队。郭桂军属于大洋队，航程第二天大洋队长即开会安排走航观测任务事宜，于夜间开始了走航抛弃式 XBT/XCTD 观测和探空气球观测。他们分两组，每 12 小时一班。初始阶段的任务总是相对轻松的，但是由于启航不久，这一阶段晕船情况也是最严重的。上吐下泻的情况频有发生，食堂虽然准备了丰盛餐饮，但总是空荡荡的，来正常用餐的人不多。部分人什么也吃不下，甚者一闻到食物味道就想吐。船上有一名随船医师，那段时间便为晕船队员准备吊瓶，"两袋葡萄糖加上营养盐，可以为晕船科考队员补充部分能量"。

雪龙号上，晕船吐到哭并不少见，不需要觉得不好意思，因为这种生理考验实属严峻。但船上人数紧缺任务量不减，晕船也得忍着。走航时期有不少抛弃式监测，需要走到船尾投放入海，船尾颠簸最为剧烈。"只好一边拿着呕吐袋，一边拿着仪器，摇晃着走过去投放。"回忆着雪龙号上的经历，海洋环境学院史久新教授补充道。

离开上海一周后，科考船抵达赤道。蓝天干净无际涯，海域无一丝风浪，白色光芒丝绸般平铺水面。四望不见陆地，他们在海洋深处。一天航行 6 个

品·校园

纬度，雪龙号高速向南，海豚在船前遨游跳跃。不少船员逐渐克服晕船，一场场比赛火热展开。承载着祈愿的探空气球与漂流瓶，在他们的目光中飘向赤道的天空，坠入澳洲珊瑚海。

直到世界尽头

2014年11月17日，晴，雪龙号在澳大利亚霍巴特港停下，为次日迎接习近平主席的到来做最后的准备工作。18日，习主席莅临雪龙船视察指导工作，全队与主席合影留念，主席预祝第31次南极科考圆满完成各项科考任务，胜利归来。继续向南前行，前方是西风带。

盛行西风带又称咆哮西风带，这个风带所笼罩的南纬40°到60°大洋，被国际航海界成为"魔鬼海域"。0℃的海上，六至七级西向风与五米高的涌浪终年横行，平均两至三天就有气旋经过，遇上强气旋，狂风暴雪与十几米巨浪就会交替袭来。

大风大浪是什么概念？这么说吧，驾驶室在六楼，如果天气差，那么浪会打到船头，溅起的水花足以拍到六楼驾驶室的玻璃窗。船身虽然是钢铁，但如果和真正的大浪撞在一起，那声音就像是钢铁与钢铁的撞击。船上强调最多的就是安全教育，一切行动要求至少两人一组，风暴来时则关闭甲板，锁紧舱门，所有人都在舱内，绝不许擅自行动。

五六米高的涌浪中，2万多吨的雪龙号如浮舟逐波，船身晃动达20多度，剧烈时会到30多度。在舱内的队员或坐或躺，都是摇摇晃晃，"有时躺在床上，一会脚冲到底下，一会头碰到床板，一会从床上滚下来"。船上的物品全部扎好固定住，一旦它们摇晃撞击，对船的影响也是致命的，有一次冰箱就倒了。

好在气象预报、卫星云图、卫星遥感与数值模拟等分析预测的水平都在提升，科考船可以找一个相对安全的时间窗口与航行路线穿过西风带，因此这一次的航行状况较往年已平稳不少。

继续向南航行，前方是南极

2014年12月1号，晴。"雪龙号到达中山站外陆缘冰，停止破冰，全船人员开始执行冰上卸货。"

天幕湛蓝，峭壁冰崖直劈入海，太阳照耀迤逦雪山，光辉熠熠。

"我终于到了南极。"

我们的家园

2014年12月30号5时55分，雪龙极地考察船到达东经165°34′，南纬77°35′，这艘产自乌克兰赫尔松船厂的维他斯·白令级破冰船在经过此次远行后，成为我国航海史上到达地球最南纬度的船只。

雪龙号兼具极地补给与科考的任务，船员们在南极需要完成的任务主要是冰上卸货与冰上监测两大项目。冰上卸货基本由直升机与雪橇车负责运输，在卸货间隙，科考人员开始在冰上执行海—冰—气联合连续观测。

南极少有人类足迹，这里的生物对于一切外来物都感到好奇。当停船下放仪器时，会有四五米长的鲸鱼凑近，围着船来回游动，"非常好玩，很可爱，不过我们就又有点担心仪器会遭殃"。贼鸥也密切关注着船的举动，企图得到食物。它们的巢在陆地上，"当你靠近它们时，它们就会飞过来啄你，你如果挥臂驱赶，它们就不敢再上来"。

陆地上还有企鹅和海豹。企鹅多见阿德雷和帝企鹅，阿德雷体型较小，大多只到成年人膝盖，好奇心很强，不怕生，但不会单独行动，看到有队员在冰上工作，它们就会结伴靠近，站在四五米外安静地一直看着，但如果你向它们伸手靠近，它们就会快速后退。帝企鹅就比较淡定了，基本没什么反应。

白日，冰川强烈的反光致使船员必须戴上墨镜涂好防晒霜，夜晚则不见星月。二月时冰雪消融最甚，流水淙淙，陆地上已可见苔藓，边缘冰川自大陆冰架上坍塌，受大气与洋流的影响而漂远。冰雪姿型各异，荷叶冰、奶油冰、冰球冰依次出现，世界以透蓝海面作为水晶镜轴。

本次科考正值南半球夏半年，昼长夜短。极昼时分，太阳缓慢坠至海平面又浮起，赤金、绀紫、海蓝三色在天海边界翻涌交织，最终归于一片亮白。"倘若你远远地，远远地离开，一直走到地平线的尽头，那么，你的侧影会印上太阳，月亮和蓝色的半弯天穹。"无人的世界尽头，浸透了索雷斯库曾描绘过的遥远。

"没有什么可说的,那种美的震撼难以表达。"

重返陆地

本次航行在南极圈之外的地带一共靠岸三次,一次是澳大利亚霍巴特港口,一次是新西兰基督城,最后一次是澳大利亚弗里曼特尔。最初对南极的兴奋与期待,在漫长的旅途中里逐渐变得平淡,尤其是后期大洋作业的任务难度加大。部分船员不免有些浮躁,回航途中经过的每个陆地都让他们雀跃,"有时看着我们离前方的陆地越来越近了,心痒痒都喊着想下去,却只能眼睁睁看着它又越来越远"。

船上基本没有信号没有网络,与外界的通信靠船上一分钟一元的卫星电话,还有可实现部分微信通讯功能的海信通。没有了网络,闲暇时光的活动就丰富了起来,阅读、下棋、拍照、喝啤酒、跳舞、拔河、猜冰山。近乎半年的断网生活,就连最后回到陆地联上了网之后,不免都有些怔,"觉得好像没什么用"。

事实上,长期的海上漂行并未滋生多少不安与孤寂,为了省事大洋队全队剃了光头,"科研作业填满了时间,没有多余的心情去想"。大洋作业对于科考队员来说是最忙碌的阶段。在离开上海前船队就会制定好全程的任务,包括去各个地点的考察与观测,雪龙号则依据事先定下的地点坐标制定航线。每到达一个坐标,队员就开始工作,完成这个地点的采样或投标之后,船便驶向下一个地点,研究员则在两地之间的行驶途中分析数据。休息时间则在"完成数据分析之后,到达下一个坐标之前",起初轻松的时候还可以两班人三班倒,后来一连三四天都很少有休息时间,"工作服上全是油与泥,有时站着也能睡着"。

163天后,他们顺利返航。不再纯净的空气、风与海水,繁闹的声响,地面上熙攘的人群,久违的陆地城市圈越来越近,旅程的终点是下船时的鲜花、掌声与家人的拥抱。

对于航海者们重回陆地的感受,史久新教授写于2006年北极科考的一段话或许可以很好地表达出来:"40天后,再次踏上了人类赖以生存的土地。40天后,天空飘着雪花,这里已不再是盛夏的感觉。原来的满目绿色也变成了金黄与红艳，一派深秋的景象。忍不住冒着雪花去探寻，脚下的土地饱含了一个夏天的滋润，松软得像刚出炉的蛋糕。那些小小的叶子，一片片像鲜花一样盛开着。也有真正的鲜花，玉米粒一般大小，小铃铛一样在风中抖动。就带一块石头回去吧，不管它是否普通得没有任何特点，但它是真正的北极的岩石，经历了无数的严冬。"

（2015年6月2日）

品·校园

红颜有幸着蓝甲 巾帼何见让须眉

黄　婧　　邵长山

她们曾留着长发，穿着长裙走在满树盛开的樱花树下，微风拂过，有花瓣飘落映照着她们眼中的光；她们曾在图书馆刻苦学习，在夜晚带着冬日的寒冷气息踏进宿舍楼，微笑着与同学打招呼。现在她们剪短了头发，与往昔的生活道别，转身投入国家维和事业中去。

曾经她们是十里长街中的一盏暖灯，岁月静好间任时光缓缓流淌。

现在她们是遥遥灯塔上的一束亮光，华灯初现时守万家灯火团圆。

少小虽非投笔吏，论功还欲请长缨。

6月，当风跨越辽阔洋面带来初夏的气息时，毕业的氛围也在青岛的校园内蔓延开来。四年光阴转瞬即逝，大学的乐章一曲终了，余音袅袅间又到了人生的岔路口。工作读研，大路上多的是结伴前行的友人；举棋不定，有人望着雾气茫茫的前路犹豫着停下了步伐；有人踏上了这条绵延的道路，从此山高水远，另一幅人生画卷缓缓展开。

对于2013级法语专业的李善敏和孙溶来说，她们选择加入公安部常备维和警队，这条从此决定了她们一生的道路。

踏上这条路对于两人来说，是内心的早有的向往，也是命运偶然叩响了心门。"很早的时候看过许多维和警察的新闻，然后也听过维和烈士和志虹'一根羽毛'的故事，对我触动很大。而且大学期间看过非洲难民的许多资料影像，也想通过自己的努力让他们的状况有一点改变。"谈到加入维和警队的初衷，李善敏回忆道。孙溶的故乡是烟台牟平，那里是剿匪英雄杨子荣的故乡。她的姥爷曾是一名军人，红色文化耳濡目染的她从小就十分憧憬军人和警察这些职业。

成绩优秀的李善敏和孙溶其实早已有了毕业后的去向，李善敏以笔试面试双第一的成绩考取了本校的研究生，孙溶也找到了一份去法国做中文助教的工作，但在各奔东西之前她们偶然看到了公安部常备维和警队招收入警大学生的信息，对部队的热爱和对和平事业的向往让她们最后放弃了原本的决定，选择加入维和警队。

　　公安部常备维和警队于 2016 年 12 月在山东东营挂牌成立，李善敏和孙溶成为警队组建后招收的首批入警大学生。年轻的她们带着一腔保家卫国情与对和平的不懈追求加入了这支年轻的队伍。

　　年轻的心灵本就不该静如止水，波澜不起，趁风华正好，鲜衣怒马一番闯荡，行走过的千万里路，才是她们的世界。

守得云开见月明

　　成长是一种蜕变，失去了旧的桎梏，才能赢得成长的空间。

　　9 月，李善敏和孙溶同全国四百余名新入警大学生一同踏上了新疆的土地，开始了为期六个月的入警集训。

　　集训是辛苦的，全军事化管理，高强度军事训练对李善敏和孙溶来说是个挑战。训练场上一遍遍重复动作，一点点抠细节，动辄二十分钟到半个小时的军姿。令两人都印象深刻的"爬战术"，也就是常说的匍匐前进，看起来简单的动作背后是成百上千次的重复练习，一天的训练有可能都在练习这一个项目。训练时所有人必须将身体贴近地面，用手臂和腿带动整个身体迅速向前。沥青铺就的地面粗糙不平，纤尘伴随着扑倒的动作扬起，附着在脸上、头发上；汗水沿着脸颊淌出道道印痕，带着尘屑汇聚在下颌处滚落于地，只留下深浅不一的斑痕记录着她们所付出的努力。长时间的战术训练让每个人身上都沾染着沙土，与地面接触甚多的鞋带和关节处的衣物磨破了不少；即便在训练服的保护下，前进时与地面的无数次反复摩擦，使得所有人的手肘和膝盖，从布满了淤青到破皮流血。训练不会因为伤痕而终止，伤口结痂了又磨破，然后再结痂再磨破……

　　但她们没有放弃，也不会为此流泪叫苦。苦与累可以咬牙挺过，伤痕不是放弃的理由。身体上的磨炼也带给了她们精神上的洗礼，如铸剑一般，在烈火中褪去杂质，锤炼中渐渐成型。

训练后留下的合照上，大家笑着露出的伤疤，仿佛是一个集体的勋章。

所有随风而逝的都是属于昨天的，所有历经风雨留下来的才是面向未来的。尘土最后回归了大地，汗水消失在空气中，身上的疼痛逐渐平息，伤疤也将慢慢消退，留下的是强健的体魄，一身娴熟的新技能，和千锤百炼出的坚韧和勇气。

久共兰芝不觉香

当所有人都沉浸在春节团圆的美好氛围中时，李善敏和孙溶却迎来了分别。为期六个月的集训结束，来自全国各地的入警大学生要分批回到各自的总队。先离开的是吉林总队和西藏总队的战友。分别总在凌晨，零下二十几摄氏度的温度，寒风像刀子一样刮在脸上，但是所有人还是出来为战友送行。她们很清楚大家回去以后将会奔赴祖国大江南北的边境线，自此一别便再难相见，六个月来大家的情谊，离别时的愁绪，千言万语都包含在车子发动时那一次集体的敬礼中。

那是无声的道别，向过去的六个月里共同经历道别，也是无声的信仰，军礼作别，你我都将奋战在边防线上，共同守卫身后的大好河山。

集训结束后的孙溶、李善敏与其他五位女维和警察一同回到了山东，正式奔赴工作岗位，开始了新的生活。

暂时告别了艰苦的军事训练，李善敏和孙溶忙着阅读十几本关于维和工作的英文材料，在工作结束后听法语听力，还有了解全新的财会报表……警队中的工作都在督促着她们继续学习。

"我办公室对面就是队长办公室。队长是英语专业的，还自学了法语。有的时候我在工作时就会听见从队长办公室传来英语听力的声音。" 提及队伍的学习氛围，李善敏感触颇深。队伍中也不乏一心为公的队员，有的刚结婚第二天就归队工作，有的虽分管事务繁杂也毫无怨言；更有人转业前依然坚守岗位，并且声称愿意随时回来帮忙……

蓬麻生中，不扶自直。如春日里润物的雨，夜空中的北极星一般，队员的一言一行都是帮助孙溶和李善敏成长动力，指引着两人向着更好的自己改变着，进步着。

既然选择了远方，就只顾风雨兼程；既然目标是地平线，留给身后寒风冷雨的就只有背影。

终归大海作波涛

"我志愿加入常备维和警队，服从中国共产党的领导，献身联合国维和事业，服从命令，严守纪律，苦练本领，捍卫和平，坚决做到不忘初心、不屈不挠、不怕牺牲、不辱使命，为祖国争光，为警徽添彩，为构建人类命运共同体贡献力量！"

联合国浮雕前庄严的宣誓仿佛还萦绕耳畔，现在的李善敏和孙溶除了完成日常工作外还要时刻准备着奔赴前线。不是每一个人都可以把五星红旗的标识佩戴在胸前，也不是每一个人都可以为国出征。为了心中燃烧着的和平梦想，为了身体里流淌着的热血，为了空中飘扬着的鲜艳旗帜，她们已然整装待发，将韶华奉献给祖国。

史册并非仅仅因为那些伟大人物与伟大变革而辉煌，历史仿佛一条奔腾宽阔的河流，每个人都是一滴水滴，渺小而微不足道，但正是这些微不足道的人汇集在了一起，于是有了江河，有了一望无际的大海。

于大千世界，李善敏和孙溶也许只是一片羽毛，但羽毛同样可以以自己的方式承载和平的心愿。她们心中有风沙包裹着的戈壁荒滩，有烟雨朦胧中的江南水乡，也将会有非洲大草原上冉冉升起的红日，更有硝烟散尽后废墟中顽强绽放的花。

在异国的土地上，她们将奏响蓝色的和平乐章。

（2018年3月22日）

品·校园

有一种梦想叫IGEM

张芸芊

12月10日，晚上9点半，实验中心二楼的一间会议室里，2013级海洋生命学院吴筱晓（化名）正在参加面试。她想加入的这个团队，在今年9月份刚刚完成2015国际遗传工程机器设计大赛（IGEM）。"面试官"有些是参加完比赛的老队员，2015届队长张喜寒就是其中之一。房间里的灯光有些暗，但吴筱晓的脸上有着满满的期待和紧张，"我想加入你们的团队，想找一帮志趣相同的人。很辛苦，完成一件不那么简单的事情"。她不断地重复自己的初衷："在这个过程中，我也许会濒临崩溃。因为我知道，人身处困境的时候，很难感受到美好。但我希望走过这段路程之后，可以感谢当初努力的自己。"

吴筱晓的话里藏满浪漫主义。面试持续近半个小时，之后，她将成为这个团队的一员。也许，现在的她还不太清楚即将面临什么。异常繁重的赛前学习准备，严肃紧张的课题讨论，困难重重的立项、实验、建模、网页制作、赴美比赛……新一届IGEM团队刚刚启程，他们需要做的还有很多。

夜深了，再"刷"一篇wiki

吴筱晓入队后的第一次组会在12月12日，到场的14人里，有12个人都戴着眼镜。

"一群神秘的人以神秘的方式组织起来，没日没夜，干着神秘的工作"——这是外界对于IGEM团队的大概印象。然而，这是一个名副其实的"学霸"团队。2015届老队员在去年11月份完成组队，他们被分成"干组"

和"湿组",所谓"干组"即"dry-lab",主要负责建立模型;而"湿组"即"wet-lab",侧重于实际的实验操作与探究。从那时起,他们便进入基础积累阶段。每个队员在一个月里,要自学完成《合成生物学导论》《分子生物学》这两本专业教程,而"干组"队员还需完成《系统生物学》和Matlab(数学建模和数据处理的编程软件)基本操作的学习。

仅仅自学教程与完善实验技能,还远远未达到基础积累的要求。一周有七天,而对于IGEM的队员而言,一周等于168个小时,等于10080分钟。每周,他们都会随机分组,在有限的时间内,阅读多篇专业论文,熬夜"刷"wiki(团队制作的网页,项目展示的一种形式),小组交流讨论、交换想法、合作、制作PPT,并且,合作准备每周组会上的展示。

细胞、基因、质粒、启动子、操纵子、酶、基因回路、群体感应、报告蛋白、外源mRNA……组会上,高通量、高强度的研究讨论着实会让人大吃一惊。每组以PPT的方式展示上一周学习研究的成果,并做出详细的讲解说明。通常,人们会在你完成展示后给予你掌声,但在这里,你将面临严谨的质疑和有关更多细节的讨论。显然,这个团队永远不缺乏挑战和怀疑的声音,永远充满理智和思考。

而这一切,都是为即将迎来的选题立项做准备……

关于立项,关于寻找

你可以选择改进前人的成果,也可以创造新物质,你可以选择严谨的实验探究,也可以发扬创新精神,"一切都要源于文献积累"。而"高通量"是张喜寒在回忆这段经历时强调的词语,"这是一段高强度输入,再高强度产出的过程"。她所谓的"高通量"其实就是"高强度"。选题立项往往费时耗力,铺开一个面,从一个面里寻找可操作,可实现的命题点,需要考虑的不仅仅是命题本身,应用价值和实际意义也十分重要。

立项的过程完全由本届队员讨论完成,大量的文献积累,反复的阅读尝试。这是一群通读文献的"疯子",他们几乎每天都看历年的项目,找寻思路,并试图发现创新点,为此,队员们付出过许多个夜晚,一遍又一遍刷开wiki主页,绞尽脑汁,耗尽心力地前进着。在立项期间,曾有90余个备选题目,但是最终留下的有6个,Electromagnetism Control Bacteria——A Novel System for Cellular Regulation(电磁遥控大肠杆菌基因表达平台)、Rye Guardian(保卫小麦)、Signal Amplifier——A Novle Two Component System(基于双组分系统精细化改造的信号放大器)、The Improvement of Soil Remediation via Increasing the Production of Biofilm(基于增加生物膜产量的土壤改良)。

最终,确定的项目为"Magthermo coli",即通过交变磁场控制大肠杆菌的基因表达。在大肠杆菌内合成铁蛋白,铁蛋白可合成磁性纳米核,磁核在磁场激发下发热,温敏元件(RNA温度计和温敏型T7)感受温度变化引发下游基因的表达。他们从零基础开始,全靠十多个队员自学,一步一步,深入命题中。他们所要考虑的问题不仅仅是命题本身,项目的创新性、吸引力也至关重要,所以,忽略细节意味着忽略成功。用"知乎体"来说,立项,等于"彻夜不眠思考题目是一种什么样的体验?""寒假期间坚持阅读论文是一种什么样的体验?""在一个月的时间里自学完成《基因工程》是一种什么样的体验?"

"即使前期充分准备,实际操作中依然会遇到问题,命题永远在更新和改变中。"

从构想到现实

强者和疯子或许只差一步,在IGEM的团队里,这一步叫"实践"。"一天只睡四个小时,坚持一个月是一种怎样的体验?""半年暴瘦40斤是一种怎样的体验?""带病坚持'泡'实验室是一种什么样的体验?"在这个过程中,会不断有人选择放弃,退出,"一群志同道合的人是队伍的基础"这句话颇具浪漫主义情怀,但事实上,现实情况是"若要有人想要打酱油、混简历,那么队伍的战斗力一定会大打折扣"。

无法言说,也无从说起,这是在采访时,队员们给人的普遍感觉,苦、累,仅此而已。那是一段"两点一线"的生活,实验室(本科生微观创新实验室)和宿舍之间,这样的一群人曾经匆匆忙忙地奔跑过,熬夜做实验,集体刷洗用完后的培养基,所有的人马不停蹄地值班,却依旧人手不够……这都是队员们的真实状态。

在中国海大，IGEM团队基于学生社团——科协。"参加IGEM比赛以前，大部分队员已经互相认识"，但认识不意味了解。高强度的实验，高压力的生活状态，会无情地把每一个人的性格放大，合作中的冲突和矛盾本来就难以避免。在这段"特殊时期"里，有时候，一个实验需要队员24小时看守在实验室，人手永远不够的。如果有一个人选择不熬夜，那么实验就无法完成，如果有一个人选择休息，那么整个项目的进度就会停滞。

实验本身也颇具挑战，在耗费大量时间完成某个DNA序列后，队员们需要将样品送检，送检往往需要一段比较长的时间。但这并不意味着他们可以休息片刻，"重复，我们需要继续重复操作这个实验，因为你不知道已经送检的那个样品，是不是你需要的。"由于DNA拼接的不确定性，实验结果经常不尽人意。"湿组"队员要马不停蹄地重复实验，直到收回样品检测报告。如果失败，意味着他们要继续重复，继续送检，这是一个枯燥乏味的过程。人最害怕"重复"和"失败"，然而对IGEM队员而言，"重复"和"失败"是他们每时每刻要面对的两样东西。"最长的一个样品，足足耗费我们一个月的精力，每次都期待送检结果，同时也害怕知道这个心心念念的结果。"

总有人苦中作乐，在培养基上倒出一些可爱的图案，然后发朋友圈，引来大家围观，或者，在一起过元宵节，嘻嘻哈哈地闹腾一会儿。这个团队有着与生俱来的凝聚力，处于磨难里的人们总是更容易相互依赖，产生比普通友谊更加亲密的关系。相较于"队友"这个词，"战友"更适合用来形容他们。

2015年9月18日，是一个队员们永远不会忘记的日子，"9月18封wiki"。这意味着，9月18日以后，比赛所需的数据将不能上传。仅仅五天的时间，26页的网页，40余件的部件，剩余实验结果的整理，所有的工作亟待完成。在整个团队缺乏网页技术主力的时候，三位崂山校区的同学郑作武（2014级信息科学学院）、许书源（2013级数学科学学院）、陈智伟（2013级数学科学学院）提供了无偿的帮忙，他们来到鱼山校区，决定以非队员的身份无偿帮助整个团队。许书源、陈智伟跟队员一样，几乎一周寝食都在实验中心，没有一句怨言。五天内，负责网页的同学每天只睡两三个小时，"湿组"的同学加班加点地完成剩余任务。截止前的最后一个晚上，更是全队通宵上传wiki。期间诸多辛苦，从完成wiki后睡倒一片的场景便可见一斑。

品·校园

对于他们，战斗还差最后一步，奔赴美国，进行项目展示。

千回百转，终得曙光

包括带队的老师，一行12个人，轰轰烈烈、信誓旦旦地奔赴美国，9月22日到9月28日，与其说是去参加一个比赛，更像是去赴约，走完比赛最后的一步。

相较于艰苦的实验阶段，在美国的节奏也慢下来。队员们要做的主要是准备展示和演讲，完善PPT，练习口语。9月26日下午，展示开始。IGEM展厅更像是一个派对，所有的参赛队伍齐聚一堂，相互交流，轮流展示自己的成果。"我们一共有四个主讲，还有两个人参与表演。"最初听到"表演"这个词的时候，难免惊讶，"是！为了吸引更多的评委关注presentation（演说），我们还加入B-Box的元素。"其他队伍的展示形式也甚是丰富，选择新奇的服装，讲述有趣的故事。展厅现场，你很难相信，这是一群人曾经在实验室里，没日没夜做实验、建模、刷论文的人。

最后，2015 OUC-China获得世界区银奖，Interlab study专项奖。

"或许，主讲人数可以少一些，对于讲述内容的侧重点，还有待探究。"谈到不错的结果时，队长张喜寒显得理性和冷静。身处异乡，大家一起过中秋节；在唐人街上，看美国的满月；去到波士顿，了解哈佛大学的本科生教育理念。这更像是一场战斗的结束，却不意味着团队和项目的停滞。

"加油，学弟学妹！"

早在2015届IGEM团队立了延长项之初，为下一届队员的培养周期，老队员就已经接收2016届新队员，"传承"是这个团队从2011年成立之初就留下的传统。"老队员大多数都是大三的本科生，考研、准备出国、实习。"但大多数的人会选择留下指导学弟学妹，"这不是义务，却是责任"，但这何尝不是一种眷恋与不舍，一份真真正正的感情？

为了后续团队而留下来的学长学姐，会参加每周的组会，给出一些建议，"但所有的点子和想法都需要他们自己完成。"实验中心105实验室的门口，有一块蓝色的展板，匆匆忙忙的学生和老师，会忽视全英文的项目介绍下方，有一方贴满便利贴的小区域，"加油，看好你们！""注意身体！""回来看你们了！"这些大多是前几届的队员留下的，寄语便是"给予"。老队员的期望很高："他们比同期的我们具有更深厚的积累，今年对他们的要求从立项初始就提高了一层，希望他们可以从更深处着眼，最终定一个小而精的项目，取得金牌甚至特奖的成绩。"爱充满一方小天地。有一种默契，无须多言，正在经历和经历过的人们自然会心有灵犀。

想到一个词叫"梦想"，你曾经有多大的梦想，便要承受多大的磨难，你曾经有多么想要成功，便会要付出多少血泪。不是单纯的拼搏或者是坚持，就可以让 IGEM 的队员们获得成功。一个比赛，凝聚一群人，他们不是每天倒平板的疯子，却比"疯子"更痴狂，为实验而忍耐，为理想而坚守，"我想要很累很累地和一群人完成一件事"，外人看来，未免有些理想主义，但在这里，在 IGEM 的团队里，知识积累时的磕磕碰碰，实验中的反反复复，参加比赛时的跌跌撞撞，一如生活，跌宕起伏，千回百转，但有着有信仰的人们。

"总会在难搞的日子里笑出声来"，只因为，我们有理想，我们有一个共同的小屋子，我们有共同的名字，即使这理想是一块"奖牌"，这小屋子是堆满仪器的实验室，这名字有点难解释，但我还是要骄傲地说，我曾经属于一个我深爱过的团队——中国海大 IGEM！

（2015 年 12 月 31 日）

品·校园

苍松劲柏 静默中的奉献
——记后勤工作者

杨晓婷 矫金珊

春去秋来，花开花落，鱼山校区在岁月的沉浮中愈加苍翠厚重。徜徉在松柏掩映的校园，呼吸着清新略带薄凉的空气，整个人都变得宁静平和。鱼山校区近百年的校史中，不乏学术渊博、独树一帜的大师，不缺思维进取、探索创新的学子，不少"俯首甘为孺子牛"的奉献者。

而今的校园，传承着"海纳百川，取则行远"的校训精神，在厚重之中彰显着时代的活力。人们记得蔡元培、闻一多等开拓者的事迹，记得管华诗、高从堦等资深教授的风采，却未必记得与海大同发展的后勤集团中一员的姓名。他们，就像机械上的细小零部件，不起眼却重要。值班室、餐厅、宿舍、图书馆……所有大学必备的后勤保障机构都有他们的身影。岁月回转，海大后勤成员也代代交替，他们为这个校园做的努力随着记忆模糊、却伴着海大的成长铭刻。现在，笔者怀揣一份感激，走近海大后勤的成员们，聆听他们工作中的欣喜与苦涩。

屋脊画梁 默如梅

中国海洋大学鱼山校区 2 号宿舍楼。

"你也是我们楼的吧！"宿管阿姨吕金华见记者第一面就肯定地说道。她笑称："本楼学生都清楚记得，这样才能避免非本校的人员入内。"责任心、爱心、关心，吕金华认为没有这些是做不好这项工作的。

宿舍管理员实行轮班制，每日早 8:00 交接班。"做的都是些琐碎之事，就是这个宿舍楼的管家。"吕金华如此定性自己的工作。说到与同学们平时的交流，吕金华认为不能太近也不能太远。"你们现在还是些孩子，刚由家进入社会，生活上的问题、缺漏都需要我们稍加点拨，这样更利于大家以后适应社会生活。"吕金华语重心长地说。

做了多年的宿管阿姨，吕金华最开心的就是被需要了。每到假期，尤其是春节前夕，部分同学因事无法团体购票，造成回家日期分散。"有的学生是半夜回家，凌晨两三点被叫去开门是常有的事。"吕金华对游子归心似箭的心情表示理解，虽然影响休息，但想到学生能顺利回家她就感到满足。

这么多年来，一届届新面孔搬进，一拨拨老同学搬出，只有她静静地在时光中，微笑着，守望着。每当同学们获奖、顺利毕业，她都由衷地替他们高兴；当同学遇到生活上的困难，她也尽力帮助。琐碎的工作，平凡的职业，却不可或缺。

鼎食之厅 挺如柏

中国海洋大学鱼山校区学苑餐厅。

记者步入餐厅时，还是休业时间。餐厅师傅在忙碌备菜，保洁人员则在整理餐具。工作人员每日早 5:30 到岗，便开始了一天的忙碌。52 岁的保洁员冯艳芬虽家离学校较近，但她也要不到 5:00 起床。"赶在学生来餐厅之前将一切准备就绪就是我们的工作。"一位餐厅师傅如是说。

记者从鱼山校区负责人崔主任那里了解到，食堂的许多职工在海大都做了几十年。"我们这里有位老职工，都退休了，但时常也回来看看，干了几十年，有感情了。"崔主任回忆道，二三十年前，海大餐厅都是炒大锅菜，一个铁铲要两个人才能翻动。"冬天就三样菜，萝卜、白菜和土豆。你们的学长们就这么吃下来的。"他笑道。几十年一晃而过，海大已经找不到当年食堂的身影。我们只能从这群陪伴海大成长的餐厅工作人员的记忆里收集点滴的痕迹。谈到餐厅的发展和完善，崔主任表示会认真听取同学的意见，并及时改进。他认为在某些问题上，沟通很重要。"我们要知道学生的真实想法，学生能理解我们的难处，这都要沟通。"崔主任如是说。

柏树屹立千年不倒，期望海大的餐厅能尽善尽美，像松柏一样，陪伴海大走过一年又一年。

烈阳寒风 立如松

中国海洋大学鱼山校区正门值班室。

记者走进值班室时,孙景亭正在做车辆登记。得知记者来意,他淡淡一笑,略带腼腆。早6:30至晚6:30是门卫的工作时间,几平方米的值班亭和亭外的遮阳伞就是门卫的工作地点。炎炎烈日或风雪雨天,海大鱼山四个校门值班师傅都依旧坚守。

说起工作性质,孙景亭坦言门卫有时确实是个不讨好的活。大学是个半开放的地方,来往的人员、车辆很多,学校规定没有通行证的车辆出入要进行登记,但很多私家车车主不愿配合。此时值班门卫必须进行说服,碰到不理解者他们也倍感无力。"我们没有权利强制别人登记,但看似简单的行为确实能对校园安全起到一定作用。"孙景亭话语间略带几分无奈。

谈到学生安全问题,他显然打开了话匣子。"学校规定晚间11点后禁止出入,有些晚归的同学见大门已关便从围栏爬入校园,很多时候被我们误认为坏人。"他提醒大家不要在外逗留太晚,更不要喝酒。"前一阵有人自男生宿舍楼向下掷酒瓶,对校园安全造成了很大威胁,绝非大学生应有的素质。"

校门,是校外人员进入海大的必经之处,具有一定的展示作用。"多数时候我们会在外面站着,这样比较容易处理事情。"作为海大第一道关卡的守卫者,孙景亭自豪之情溢于言表。

迎接过新生初入学时兴奋激动的表情,也目送过毕业生们留恋不舍的背影,海大的欢喜与难过,他们默默地见证着,参与着。

荏苒的时光,从指缝中流过。岁月流下的痕迹,不是映照在流动的水光中,也不是飘浮在空气的尘埃中,而是镌刻在人们懂得感恩的心间。承载海大近百年历史的,不仅是那些学术卓越的校友们,不仅是那些德高望重的教师们,也有那些每日平凡地生活、默默地工作的后勤工作者们。当我们享用着他们提供的便捷、当我们散步在安全美丽的校园时,应带一份感恩、怀一份理解。在遇到不尽如人意的事时,应多一分耐心。因为,和我们共同呵护海大的还有他们,和我们一起热爱海大的还有他们。

(2011年11月8日)

山间的三尺讲台

毕艺凡

一年前,在云南省文华中学的一间教室里,一群年轻的心经历过一场难舍难分的离别。

"叮——"下课铃声响起,张朋朋(2015级药学硕士)用手指紧紧捏住粉笔,在黑板上写下最后一个字,转过身来。教室里异常安静,孩子们端坐在座位上,眼中闪烁着泪光。那个平时最调皮的男孩走到讲台前,双手小心翼翼地将一件衬衫交到张朋朋手中,衬衫上布满密密麻麻的字迹,"这件衬衫上有我们每个人想对您说的话"。

自2002年,中国海洋大学向云南、贵州、西藏等地输送研究生支教团,如今已经是第十五个年头。每一届前往西部支教的保送生们,无不带着爱心与激情而去,带着感动与成长而归。

向着远方奔跑

是否听过这样一段话——"你写PPT时,阿拉斯加鳕鱼正跃出水面;你看报表时,梅里雪山的金丝猴刚好爬上树尖;你挤进地铁时,西藏的山鹰一直盘旋云端;你在会议中吵架时,尼泊尔背包客一起端起酒杯坐在火堆旁。有一些穿高跟鞋走不到的路,有一些喷着香水闻不到的空气,有一些在写字楼里永远遇不见的人。"远方的景、远方的人、远方的故事,总有一种涤荡灵魂的力量。

"我在参加全国免费午餐公益行动时,对它的宣传语有很深刻的感受:20岁的时候应该做一件80岁想起来都会笑的事。"陈文蕾是2012级渔业科学与技术的毕业生,在对支教保研充分了解后,她向团委提交申请,凭借大学期间优异的成绩和丰富的志愿者经历,从众多申请者中脱颖而出,成为第十五届研究生支教团的一员。提起支教地艰苦的环境和未来可能遇到的困难,她笑着说:"歌里不是那样唱的吗?生活不止眼前的苟且,还有诗和远方的田野。"和陈文蕾一样,将要前往西部支教的李玉岩(2012级海洋渔业科学与技术)对即将到来的支教生活充满期待:"我对西部有一种向往,我觉得人一辈子总要去西部走走,领略那些广袤的天地,了解那里的人们是怎样生活的,抛开周遭的一切烦扰,尽自己所能去帮助那里的人们。"

现在,张朋朋已经是研究生一年级的学生,回想起那段支教时光仿佛就在昨日。两年前的7月,他前往云南昆明接受为期一周的培训。"我们五六个人约在一起,从济南出发经过三天三夜的火车去往云南。在路上,我们一起聊天、一起玩笑打闹,窗外有从山东到云南十几个省份的不同风光,旅途虽然漫长,但我丝毫不觉得枯燥与孤独。"在昆明,他们认识天南海北因为西部计划而相聚的年轻人。在云南海拔约2000米的高度,团队中一些女生出现高原反应,也有一些队员因为饮食习惯的不适应而水土不服。"我7月份到达云南,肠胃一直不好,经常上吐下泻,直到10、11月份才逐渐好转。"张朋朋说道。虽然生活比较艰苦,但每天夜晚的篮球场上总少不了他们的笑声。2011届药学毕业生俞蕴嘉目前正在贵州支教,回想起最初的培训,心中升起无限感慨:"我们进行的是半军事化管理,30多个人一间大宿舍,由教官来安排我们每日的行程。这种生活就像在大四毕业时重新经历大一的军训,有一种非常神奇的感觉,生命好像就是这样不停地轮回。"

一周培训结束,张朋朋一行六人到达支教地大理,受到县级领导和教育局副局长的迎接和热情款待。当时,天空下起毛毛细雨,经历千年历史沉淀的大理古城散发出一种独特的韵味。云南大理是一个文化古城,虽然由于交通不便,当地经济发展比较迟缓,教育理念和教育质量相对落后,但身在其中,你可以深切地感受到当地政府对教育事业的重视程度。从远处望去,在重重叠叠的青砖古瓦中,你立即就可以分辨出哪里是学校,因为那里拥有当地最漂亮的建筑。"虽然之前已经做好吃苦的准备,但是真正体验到之后,心里还是有一点抵触的。当地政府的重视让我们非常感动,也让我们意识到肩负的责任,坚定要留下来做一点事的决心。"

走进彼此的心

开学之后,教学工作真正开始。学校考虑到支教团的老师们刚刚大学毕业,资历较浅,因而安排他们负责生物等与专业相关的科目以及文体类课程,并兼任团委或总务处的工作,语数外等任务较重的科目仍由当地老师讲授。相比出发之前所进行的培训,实际的教学工作中的摸爬滚打和与当地老师的交流学习中,他们的教学水平有了迅速的提高,但教学之初却并不是那么顺利。"我清楚地记得第一堂课时的情形。仅仅45分钟的内容,备课却用了三四个小时,第一次站在讲台上,我紧张到手心里都是汗。看着孩子们单纯而渴望的目光,你不自觉地就会想要做得更好。"俞蕴嘉说道。

现在,俞蕴嘉在贵州的支教生活已经接近尾声,教学工作早已驾轻就熟,与孩子们的相处也越来越融洽,甚至"时常会有一些小女生跑到我的办公室来和我分享她们的小心事、小秘密"。"我所在的班上调皮的孩子比较多,我不想用一个老师的权威来逼迫孩子们乖乖听话,所以常常私下找他们谈心。其实孩子们很淳朴,你对他好,他是能够明白的。后来在课堂上,一旦又有人调皮了,我就用开玩笑的方式来提醒他们遵守纪律,他们也都很配合我。"

由于支教团的老师比较年轻,和孩子们更能"玩"在一起,所以孩子们往往格外喜欢他们的课。每周二下午文华中学都会和其他学校一起举行一场篮球赛,这是学校的一个传统。在赛场上,每一个人都肆无忌惮地挥洒着激情与汗水,在比赛的你来我往中,老师和孩子们的心中逐渐拥有了一种集体和家的感觉。"每次当孩子们知道下一节是我来上课时,他们就会就挤在教室门口欢呼。虽然有时候他们会说方言,我听不懂,但是他们脸上那种开心的笑容我还是能够明白的。每次我感到非常累或者想家的时候,只要一来到教室,所有的负能量就会全部消失。"张朋朋幸福地回忆道。

大山的子孙

起伏的山峦、绵绵的细雨、婉转的歌谣,云南大理这座历史悠久的古城中,每一寸泥土都蕴含着古老的民族气息。云南是少数民族的聚居地,每到民族节日,当地的老师和孩子就会邀请支教团的老师们共同庆祝。"他们非常热情,让人无法拒绝,"张朋朋笑着说道,"虽然我们不会他们的民族歌曲和舞蹈,但还是开心地和他们一起又唱又跳。"在节日的欢歌笑语里,支教团的年轻老师们在感受民族文化的同时,也拉近了与孩子们之间的感情。

高耸的山峰、崎岖的山路,西部山区这些美丽的景致在给人带来审美愉悦的同时,也成为阻碍当地经济发展的重要因素。由于交通的不便,当地人大多从事农业,很多年轻人为了维持生计而远走他乡、外出打工,只留下老人和孩子在家中,导致留守儿童现象较为普遍。"我们在家庭走访的过程中发现很多孩子都是独自留守家中,或者和年迈的老人一起生活。目前他们年龄较小,从外表上看来和其他孩子并没有什么不同,但长此以往,父母不在身边对于孩子的成长必定会产生一些负面影响,所以我们在平时尽可能给予他们更多的关爱。"支教期间,张朋朋和支教团的其他老师们共同为孩子们创立了一个基金会,虽然也许对他们生活水平的提高没有明显效果,但却能让孩子们感受到外界对他们的关爱。俞蕴嘉所在的学校有38个留守儿童,"学校为留守儿童们提供了一个'七彩小屋',我们会时常和孩子们交流,随时了解他们的家庭情况、心理状态,帮助他度过学习以及生活上的困难。我们会定期举行一些活动,比如去年我们为留守儿童筹办了一次集体生日会,并且为孩子们开设美术、舞蹈等兴趣班。那次生日会上我们互相抹奶油,玩得非常疯"。

由于较为封闭的山区环境和原始的生活方式,在教育观念方面,和城市"不能让孩子输在起跑线上"的教育氛围不尽相同。相比接受教育,他们往往会选择用双手劳作来改变生活,导致一部分孩子对学习缺乏兴趣。俞蕴嘉说道:"我所在的班上有一个孩子十分受同学老师欢迎,但成绩不好。我曾经在私下了解过他对于未来的打算,发现他并不想上高中,而是希望更早地学习一门谋生的技艺。"

长亭外,古道边

离别的日子即将到来。下学期的考试过后,贵州的支教生活已经进入倒计时,对于俞蕴嘉来说,"现在的课程已经是越来越少了",言及此处,她的语气中透露着些许伤感。

一年前，张朋朋已经经历过一次这样刻骨铭心的离别。

"嘟——"，在轰鸣的汽笛声中，火车渐渐驶离，窗外景物飞驰而过。手机上显示着同事刚刚发来的短信，双眼逐渐迷蒙，"孩子们看到你们走了，都很伤心"。提及这一年中的遗憾，张朋朋说道："一年的时间太短，我还没来得及更好地了解孩子们就要离开，没有将最好的自己奉献给孩子们。"回到家乡，他的情绪一直很低落，直到一周后才逐渐从情绪谷底中走出来。

一年的支教生活对毕业生们来说，其意义已远远超过一种保研方式。这一年里，他们站在西部山区的三尺讲台上，用粉笔书写青春，用一颗年轻的心点亮更多的希望。

（2016年6月18日）

品·校园

铿锵玫瑰 尽显女兵风采

刘 迅　　金 伊　　赵金秋

"风雨彩虹，铿锵玫瑰。"任凭烈日的灼烧，无视风雨的吹打，训练场上的她们无异于任何教官，经受着风吹日晒的考验。即使脸上的皮肤日渐黝黑，腿上的肌肉日渐明晰，但军训场上的这抹红色却更加夺目耀眼。水做的女人，本该柔情似水，恬静如水，细腻若水，她们却还有着滴水石穿般刚毅和顽强的性格，在一片蔚蓝队伍中彰显女教官的飒爽英姿。

她是训练场上一朵迷人的白玫瑰

齐耳短发的她，青涩姣好的脸庞在整洁的教官服下凸显出一分帅气与刚毅。"我们就聊聊天，我就喜欢聊天。"王亚楠，这个来自山东淄博的海洋科学类2009级的女孩，有着山东姑娘那股子直爽劲和热情，不施粉黛的她，谈吐间却透出别样韵味。

曾在去年阅兵仪式上担任国防生方队排头，并训练过2009级信息科学与工程学院运动会方队的王亚楠，第一次作为一名女教官训练新生，自己感慨良多。"新生都和我年龄相仿，我也就比她们大一级，刚开始训还真有点严厉不起来。"当谈到自己训练新生的心情时，王亚楠内心的不忍和怜惜之情便浮上眉头。"看着她们脸上的汗珠一滴一滴往下流，而我们又必须更严格要求她们规范动作，其实她们都挺不容易的。"训练场上，同学们辛苦受训的同时教官们也在细心地指导规范动作。"每天武装带都要检查她们好几次，想起自己受训时，武装带就被整整扎紧了两圈"，武装带扎不紧，人就会松松垮垮的，为了给同学们提精气神，教官们都会严把这一关。一天下来，超强度的训练,不仅是对新生的考验,更是对教官的磨炼。"每天最累的就是脚,我训练的又是外国语学院,来回往返南北区好几遍,一整天下来,脚都抬不动了。"不管多疲劳,回到军训场上的她依旧腰板挺直,精神抖擞,有力地喊着"1-2-3-4",不枉教官之名。

"想想自己每天宿舍操场两点一线来回跑都已经很累了,她们回来还要整理内务,大家都很辛苦。"交谈过程中,王亚楠字里行间都充满对同学的关心与爱惜。"每次扯被子我都狠不下心,让她们自己扯了重新再叠。"整理内务的进度太慢,受上级批评,王亚楠都自己承受,教官背后的这些艰辛同学们中又有谁知。

"从前,大家都说我内向胆小,如果不是当国防生,也许我就平平庸庸地过去了。但现在,别人会关注我,得到的机会也更多了,自己也变得自信多了。"已经是国防生信息组和校报一员,并担任海洋环境学院新闻部副部长的王亚楠,生活比之前更充实,更忙碌,也更有意义。"有时训练回来后,还会发一些新闻稿。"尽管疲劳和困倦席卷而来,王亚楠也会把该做的工作做好。

像白玫瑰般纯洁善良,亦如磐石般坚硬顽强。王亚楠,以实际行动展示女国防生风采,凭率真品性感染他人,"只希望同学们能在阅兵式上走得整齐一致",那种朴实,那般简单,相信她定会带领出一支独一无二的新生方队。

她是训练场上一朵火热的红玫瑰

"国防生中女教官本来就少,女生不能输给男生。"这是法政学院女子方队女教官李煊选择做一名教官的初衷。交谈中这位湖南妹子脸上一直挂着自信的微笑。烈日下的李煊,举止间更透露出辣子般火热的情怀。

"之前以为当教官很容易,可真正训练起来问题就接踵而至。"当记者以10分为满分让李煊给自己打分时,她给自己打了7分。而问题来临时她总是第一时间和其他教官沟通,请教有经验的老教官,以寻求最有效的解决方法。同李煊一起训练法政女子方队的还有两名男教官。"但学生一开始都觉得我比男教官严厉。从教官见面会就开始立威了,一开始学生比较松散,我就采取说一句话多站几分钟军姿的方法,让她们领悟到军训的严肃性。"

李煊以其独特的方式在新生中树立的威严,训练中需要保持严肃,训练过后她还是那么平易近人。

"新生整体素质是不错的,尤其我们是女生方阵,她们更能吃苦,更能坚持,有的学生生病了,但是也没有轻言放弃,而是坚持训练。"提起自己方队,李煊脸上流出自豪的神情。因为同是女生,私下里她和新生们感情十分融洽。军训中,有人犯了错误,李煊会及时找时间和她们沟通,帮她们解决问题。9月10日那天,法政女子方队的所有新生在训练结束后集体向教官问候节日快乐。提起这件事,李煊的眼中满是欣慰:"当时我就感觉,我的付出没有白费,我看到了回报。"

因为家里重男轻女思想比较重,李煊的家人从来都把她当男生看,对她的管教严,然而这也养成了李煊那种坚强、不服输的个性。方队训练时总是她示范动作,因为她的动作最标准。"无论我穿上或者脱下军装,我都提醒自己,我是一个兵。"李煊时刻都以军人的姿态来要求自己。生活中的李煊也是个"闲不住"的女孩子。她不仅参加了学生会、海鸥剧社,还积极参加各种活动。用她自己的话说就是"喜欢充实的生活"。

她是一朵火热的红玫瑰,她的火热带给身边人的不只是热情和欢乐,还有那巾帼不让须眉的气势。

(2010年9月14日)

海大自媒体：竹杖芒鞋轻胜马

程子珊　　徐　凯

8 月 31 日，又是一年迎新季。在熙熙攘攘的人群中，许多系着绿丝带的小车来回于校门与宿舍区之间，不知有多少人注意到或搭乘过呢？实际上，这些绿丝带车不仅是在迎新季将新生载到宿舍区，更是穿梭于校园的道路上时刻准备着为同学们提供顺风车的便利。除此之外，现在为大家所熟悉的网费套餐曾经并非分为按月计费和按流量计费，一番改革后才更为合理贴心的。

不过，这些便利的小车是谁召集的呢？这样更加合理的套餐模式又是怎么敲定的呢？偶然间看的一条非官方角度的校园事件报道，可有人好奇它的来源与推广吗？

其实，以上所提都是海大自媒体所组织推广的活动与建设。在海大，越来越多的学生开始接触自媒体这一兴趣平台，他们将自己对思想交流的以及社交娱乐的追求寄托于自媒体之中。他们不仅是在房间里敲着键盘的校园媒体人，他们曾牵着绿丝搭乘新生，曾进入校办公室向老师提供改良网络套餐制度的提案，曾走访各地将美丽的风景编制成对母校的思念与祝福，将自己的思想与真诚融于实际行动之中，怀揣着让"生活在海大"变更好的心愿。

无言的陪伴，幕后的海大自媒体

大学校园留给了学生更多的时间与空间去关注时事。新生迈入校园的那一刻，便对与自身相关信息和交流平台有了比以往更高的需求，因此媒体在他们生活中将扮演着比原来更重要的角色。目前社会上对自媒体大致的定义是：私人化、平民化、普泛化、自主化的传播者，以现代化、电子化的手段，向不特定的大多数或者特定的单个人传递规范性及非规范性信息的新媒体的总称。自媒体平台具有自发性、自由性等强烈的人文色彩。

作为校园主要媒体形式之一的海大自媒体，却处于一个尴尬的地位。

"我并不知道什么是自媒体，"2015级工业设计专业新生杨雯语在采访时说道，"我会关注一些微博大V和公众号，看一些和爱好有关或消遣的东西，但我并不知道这是否是自媒体，即使发觉媒体运营者可能是私人，我们也没有意识到已有这种媒体形式的大量形成与发展。"

事实上，大多数新生都像杨雯语一样，虽然可能接收到了各种媒体带来的信息，却并没注意到这些媒体中属于自媒体人的声音。即自媒体客观上影响着一个又一个走进校园的海大人，但其独立的存在或由于宣传力度不够，规模有限，或因个性特点不足等，常隐没于众多媒体之中，而鲜为人知。

不仅新生，不少大二和大三的学生也少有对自媒体这个群体形成清晰的概念，"进入海大一年多关注了不少公众号，但我们只会根据信息的内容对公众号进行分类，并没考虑到写这些推送的是什么人，也就不会关心是否是私人创办，除非是自己认识的人运营的。"北区4号楼一大二宿舍在记者采访时叙说了这一相同态度。虽然大学一年会让他们感受到自媒体的有趣与重要并产生依赖，但在他们心中，推送内容相同的自媒体和官方媒体并没有什么太大的差别。从这个角度来看，大多数受众并不在意媒体的形式而只聚焦于其传播的内容。所以自媒体并不会因为其自由性而获得更多的关注。在资源不同等的条件下，自媒体如何与官方媒体争流并存，如何保证高频高质量的推送等现实问题似乎钳住了自媒体发展的咽喉。

虽然自媒在大众视野中的存在感与品牌形象并不强烈，其影响却是无声而易见的。针对所有海大人的服务性媒体，不仅可以使人获得有效地解决生活学习琐事等问题的信息，更是一个在线下也能提供便利与帮助的平台；那些受众空间相对狭小的一些兴趣性自媒体，如有关电影、音乐、随笔的，则是向志同道合的人提供了一个便利的沟通窗口；于校方而言，海大自媒体亦是"不断提升校园新媒体传播力"的有效渠道。

可见，海大自媒体在海大人的生活中扮演着重要的角色，也是推动海大校园文化生活不断发展的重要组成部分。另一方面，新事物发展的道路总是充满曲折的，虽目前难以被充分肯定，他们仍潜移默化地在这个环境中发挥着自己的影响力。

面朝大海探寻，每一浪都述说着曾走过的经历

相比官方媒体，海大自媒体作为大学生在业余时间创建运营的媒体，在起步之初却面对更多的坎坷，常常会陷入无内容可写，缺少关注度的窘境。就如"福利海大"创始人张翔在采访时所说："跟其他媒体相比，自媒体最大的不足就是资源缺乏，人力、财力、信息来源渠道都得不到保障。"

然而"无人写，无人看"的窘境并不代表着自媒体所写内容没有看点或主笔人能力欠缺。"海大小团"主笔人董建就曾在采访时说："靠一些拨人眼球的内容谋求关注是一件容易的事情，但如果我们这么做，所推送的内容并不是我们想传达的思想和价值时，就违反了我们曾经建立'海大小团'，让海大人能有一个自由发声平台的初衷。"在采访中大部分自媒体运营人都曾说过，是自媒体的自由，吸引了想要不羁表达观点寻求挚友的自己。如果因为关注度陷入低迷而不再去分享自己曾经流连的话语和风景，而去揣摩别人、迎合别人的心，那这个自媒体将初心不复，沦为平庸。

当然，这也不意味好的内容与获取较高的关注度是相矛盾的。无可厚非，大家都更愿意去关注能提供更高信息质量的媒体。学生媒体人肖成恩就在采访时说道："自媒体的关注度更多是和其定位有关，自媒体的定位决定了其受众的大小。自媒体若定位不广泛，不扩展其涉及面增加自己的受众的话，想得到较高的阅读量是一件非常困难的事情。"比如面向全海大人提供服务与便利的"海大百科"，就一直有众多的追随者与听众，是由他所做的事情关注到所有海大人的生活与利益所致。而像"毛躁"这样只是单纯地想与更多的人分享生活的自媒体，其受众则主要为营运者人际圈。

不过拓宽涉及面并非唯一道路。保持较高频率的内容推送，提高文章质量才是实实在在做好媒体的万全之策。但现实是骨感的，受资源缺乏的限制，加之定位小众，少有自媒体能够采取这样的方式进行发展与提升。"我们只是普通大学生，能力见识根本无法和专业人士相比，时间也不允许我们能更频繁地发送推送，"董建在采访时说道，"而且'海大小团'始终也只是我们生命中所占比重不多的一部分，我们只是想把它当作一种兴趣与爱好，而不是事业。"

当这些自媒体人尝试用更高的标准来要求自己做一个更出色的自媒体

品·校园

时，压力与枯燥就让他们经营自媒体的心境变了味道。"曾经我每一次突然有所感悟或者照到一张很可爱的照片发到'浮生今日'时，都能感到一种交流的快乐和展示自己的愉悦。可当我要求自己每天发一篇文章时，我绞尽脑汁也不知道能写什么，感到非常的烦躁，这时我才知道自己走入误区，'浮生今日'应该是给我带来快乐的，这才是它对我最重要的意义。"就读研二的"浮生今日"主笔人李锐在采访中透露了这样的心声。

随着自媒体大都选择了拓展涉及面改变自己，自媒体的同质化也越来越严重。诞生之初内容有着属于运营者独特意义的自媒体，多会在灵感源泉之余转为具有一定主题的常态自媒体以维持生命。而这些常态自媒体在发展之中当文艺范的自媒体都把焦点放在电影与音乐，服务性的自媒体都关注着相同的校园热点，记录生活的自媒体都不断发表着各种吃喝玩乐的照片时，自媒体的多样化便受到了现实更严峻的挑战。除此之外，一些只面对海大人的自媒体，随着运营者内部"老龄化"程度不断加深，核心成员面临毕业，人员的衔接也成了一大问题。"如果找不到合适的接班人，我可能就会注销'福利海大'这一公众号了"，张翔在采访时说道，"做一颗流星，在短暂的时光中展现了自己的价值，我觉得也挺好。"

在海大自媒体的同质化与人员缺乏的情况下，不少人对海大自媒体的前景与未来发出了质疑。正如李锐亦曾在采访中提及以后自媒体可能会出现相互合并的可能。风依旧大，路依然远，各种失落与挑战会让自媒体的未来道路变得更为崎岖。而自媒体如何真正发扬自己的特色，寻求发展的创新，在生活与兴趣工作中寻找到平衡创造出更好的内容，才是其走出窘境的关键所在。

恰同学少年，那份风华记载着春暖花开的憧憬

"没有不变的自媒体平台，只有不变的自媒体人。如果将来微信公众号像当年人人网一样已成为过往的潮流，不再有着如此多的用户时，只需换一个平台就可以了。"诚如所言，在自媒体这样一个出于自发性而形成的媒体平台中，人的地位尤其突出。

首先，自媒体人的价值观和价值取向直接影响着一个自媒体的定位。张翔认为社会具有互助性和互利性，故在毕业生物品无处合适处理的情况下，创建了这样一个福利性的自媒体。为学子间的互帮互助与信息交流提供了一个高效便捷的平台。并且他还以此平台发起绿丝带顺风车，清扫五子顶，为学校生活困难的摊位阿姨提供帮助等活动。而在李锐的眼中，日常生活充满情趣，我们需要去发现、发掘并记录这些流年里平凡的乐趣。故在"浮生今日"里，他只是简单地书写着生活点滴与感悟，寻找着更多具有相似生活方式与生活品位的人。他曾说："有时候运营一个公众号就像是在管理一家咖啡店，你可以选择星巴克一样将自己的咖啡厅建在车水马龙的闹市区获取更多的商业利益，你也可以把咖啡厅建到城市偏僻的角落，和志同道合的朋友选择一种悠闲自在的生活方式。而我则更愿意选择后者。"

其次，自媒体人个人的性格往往决定着一个自媒体的风格。在有些社会学家眼中，"自媒体时代意味着人人都为自己代言"。所以，自媒体本质上是其运营者发声的一个平台。在与董建的接触中，可以感受到他自由不羁，率真坦诚的个人性格。这正与"海大小团"那时而阳春白雪，时而下里巴人的文章风格不甚契合，透露着董建"玩自媒体"的主观态度。而在与杜伟光的交谈中，那份"校园媒体与其交叉的领域中进行竞争，不如合作起来将有限的资源创造出更好的新闻"这一兼容并存、互帮互助的态度，也处处与其不好竞争对抗、温和处事的为人品性相称。

除此两点之外，自媒体的发展道路的选择与否有时只在自媒体人的一念之间。或许受到体制制约，导致一个自媒体人丧失掉发出自己声音的兴趣和能力。或许受到物质诱惑，而使得一个自媒体成长为商业平台。还有可能只是简单地及其所之既倦，情随事迁。这样看来自媒体的存在与否，质量如何，都依存于自媒体人的态度。

在自媒体尤其突出个人这一新兴的运营模式中，自媒体和自媒体人那份"我中有你，你中有我"的密切关联并不是其他媒体所能比拟的。自媒体一直是自媒体人表达价值与思想的发声窗口，同时自媒体人一直是自媒体发展与提升的根本。不过，虽然自媒体是自媒体人曾经奋斗与创造的阵地，注入许多的精力与时间在其中，但自媒体于自媒体人而言更多的是一个兴趣爱好而非他们的一个职业选择。正如杜伟光这样由兴趣起手的校园媒体人来说，尽管自己在自媒体中做得风生水起，收获良多，但自媒体永远只是一个大学闲暇时的爱好,并不会为它改变自己原有的前进方向。

然而从精神层面来看,运营自媒体,无论作为兴趣还是事业,其实都是"来过就不曾离开"的一种精神体验。热血满腔,奋笔激昂的年华一生能有几何?一颗赤子之心往往是,或消磨于平淡流年,或败于残酷现实。而自媒体如同知心好友般,伴少年轻狂岁月走过。无论是技术与常识的积累,还是自我的重新发现,这些都是运营自媒体的礼物。

(2015年11月11日)

庄生晓梦　海育蓝鲸

邵长山

5月12日,"永恒之蓝"病毒在世界范围内爆发,包括学校、医院等众多电脑感染这一病毒。黑客"绑架"用户的电脑资料,并以此索要高昂"赎金"。信息爆炸的时代,网络高速发展,自然没有谁能够独善其身,一时间,大家谈"网"色变。6月1日,《中华人民共和国网络安全法》正式生效,网络信息安全这一问题也再度进入大众视野,引起人们的广泛关注。

在海大,有这样一个叫"蓝鲸"的团体,他们与代码和网络漏洞打交道,他们就是我们平时口中的"黑客",他们是守卫我们信息安全的网络安全研究员。

空山何起墨白烟　谁拿浮生破流年

蓝鲸的历史,要追溯到其第一任队长,2010级计算机科学与技术的优秀毕业生崔勤。他较早地加入了清华大学的蓝莲花团队,参加了很多国际赛事,因而有了较强的自身能力和丰富的实战经验,在信息安全实验室负责老师曲海鹏的帮助与支持下,他进入实验室进行学习。依托于实验室,这个团队于2012年成立,并在第二年取名为Blue-Whale,蓝鲸。

"当时只有2011级和2012级的学长学姐在学校。他们带着大家一起参加有关攻击技术和程序分析、夺旗赛(CTF)这样的比赛。比赛团队之间通过进行攻防对抗、程序分析等形式,从主办方给出的环境中得到一串有一定格式的字符串或其他内容,并提交给主办方以此得分。把真实环境中的一些程序的实例进行提炼,分析一些小而美的程序,找到漏洞,然后就是写程序,利用漏洞,达到一些远程代码执行的效果。通过这些比赛,自身就会提高很多关于漏洞利用的技术和实力。"2013级计算机科学与技术赵汉青回忆道。

匠者有言,唯有不辜负,方能归初心。创造繁复的人,内心却往往简单。"这种感觉就像你周末去找一帮朋友去打网球,然后成立了一个一起打网球的组织。"2014级计算机科学与技术邢禹说。兴趣,让这几十个人走到了一起,组成了一个团队。"高中的时候对电脑比较感兴趣,自己研究过一段时间。来到大学后听到这个团队的宣讲,发现研究的东西是和自己的兴趣一致的。"在问及为什么要加入蓝鲸时,2014级光电电息科学工程申一鸣这样说。或许兴趣正是他们进入团队的第一张入场券。

像其他社团一样,蓝鲸每年也会在全校范围内进行纳新。但与其他社团不同的是,蓝鲸是一个研究型团队,队内不分部门、职务。报名的新生通过纳新考核后,将在加入的一两个月内学习相关的基础知识。通过培训、分享、讨论,以老带新,领路入门。从参加比赛,到挖掘真实世界中的漏洞,从毫无基础,到独当一面,团队承载了队员们太多的成长记忆。

但代码的世界难免枯燥,不是每个人都能够坚持下来。赵汉青说:"虽然每年来听我们招新宣讲并立下雄心壮志的人很多,但是在真正报名的时候,很多人就开始怕难,选择放弃。另外也有非常多同学为了兼顾自己其他的爱好,在训练过程中选择放弃。"但也有人选择坚守。"一开始入门还比较简单,但之后的学习会有一个瓶颈期,学习的坡度会突然陡峭起来,难度很大,学很长的时间也没有一点成功的感觉。"申一鸣说,"这时候,自己的内心上首先要坚持下来,也需要自己找一些有成就感的事情,慢慢树立信心,然后过了这样一个困难时期,就会豁然开朗,接下来的路就好走一些。"

在初期掌握了基本的技术之后,技艺逐渐精湛,他们便开始研究自己更感兴趣的某一特定领域。正如2016级计算机应用技术研究生庄园所说,和普通的社团相比,他们更注重培养个人能力,大家聚在一起,进行顶尖的专业研究,所有人的目标和想法都是天马行空的,没有绝对明确的划分。关于这一点,邢禹说,网络安全是一个非常大的范围,浩如烟海。大家分不同的研究方向去研究,一方面可以合理地去分配团队的人力资源,不会浪费人力物力;另一方面,由于大家的兴趣也不完全一样,所想要研究的东西也自然就不一样了。

当铅华洗净，心血来潮渐渐沉寂，那份赤子之情的热爱与坚守才逐渐明晰起来。正如赵汉青所说，不论什么专业，只要有兴趣，并坚持下来，便是证明了自己。

回首俯低江萧索，雾霭自落跨传说

随着物联网设备的日益普及，智能路由器也走进千家万户。如今家庭中的路由器已经不再是单纯的上网工具，而且还成为许多设备的连接枢纽，因此，它的安全性就显得尤为重要。如果不法分子将其攻破，获得最高权限，就可以直接接管整个家庭网络，家里的其他设备就更容易被监听、劫持，甚至使用各家各户的路由组成僵尸网络进行分布式拒绝服务攻击。就有可能在用户毫不知情的情况下访问钓鱼网站，用户个人的敏感信息就有被盗取的危险，造成直接的经济损失。

黎明将至，如鲸向海。GeekPwn 是全球首个关注智能生活的安全极客（黑客）赛事平台，与 Pwn2Own、DEFCON CTF 并称为世界三大黑客赛事。早在 2016 年 5 月，赵汉青就以长亭安全研究实验室成员的身份参加 GeekPwn 比赛，与其队友成功攻克 10 款路由器，同年 10 月成功攻破华为智能手机，入选极棒名人堂。"蓝鲸"闪着睿智与好奇的双眼，于冰川过后待春暖萌生。2014 级计算机科学与技术孙磊对路由器产生了兴趣，经过实验室商议之后，决定以孙磊为主要负责人，再次向 GeekPwn 大赛发起冲击。以此，Blue-Whale 团队对 20 余款品牌路由器的安全进行了研究，成功完成对其中 10 台路由器的远程攻击，并报名参加了 GeekPwn 比赛。

"它和我们的生活关联性比较大，而且比较简单，有很多东西可以做，它的种类很丰富，操作系统也多。"在问及为什么选择路由器作为研究方向时，他这样回答。但就像这世上从来没有什么事，是可以靠着模仿就可以顺利进行的一样，虽有学长的资料和经验可供参考，但当自己亲身投入去研究时，才会发现绝非易事。比赛的报名截止时间是 4 月 12 日，而 4 月初，他们拥有的 20 多台路由器中，仅仅完成了对其中 6 台的远程漏洞利用。截止时间一天天逼近，压力与焦虑也在孙磊心中富集起来。在最后不到 10 天的时间里，终于成功找出其他设备漏洞并加以利用，这才顺利地参加了比赛。

品·校园

海大的樱花盛开又零落，转眼已是5月。暑气灼灼，我国香港海域的海边波光粼粼，水汽氤氲。5月12日，在曲海鹏老师的带领下，赵汉青和孙磊远赴香港，登上了GeekPwn的赛用"云顶梦号"游轮。由于到达时间早，并且是最后一个展示项目，所以他们有一定的时间调试设备，但复杂而烦琐的工作还是让他们通宵达旦到第二天5点，而比赛就在下午4点。根据赛事要求，他们需要攻击指定的路由器，获得一个最高权限，并将Google.com的网址解析到GeekPwn的一个界面。最终，他们成功攻破10个知名品牌的智能路由器，所获总奖金数在13支队伍中排名第二，并入选极棒名人堂。"当时还是比较兴奋的，毕竟是第一次参加这样的比赛，并且最后还取得了比较好的成绩，"问及比赛的感受时，2014级计算机科学与技术孙磊这样说，"只要肯去做，肯定就会有机会去参加这些比赛，也会获奖。"正所谓，认定目标，方能执着而行，念念不忘，必有回响。

春华帘中风雨骤　遥遥天地一扁舟

蓝鲸沉于深海，温柔地呼吸，噂极痴极。或许，正如他们团队的名字——蓝鲸一样，沉默却恒久。他们就像是网络信息海洋中的一头蓝鲸，痴迷于信息安全的海洋里，乐此不疲。

在大众视野里，像蓝鲸团队这样从事网络信息安全研究，自然是前程似锦。他们在省级、国家级乃至世界级的比赛中大放异彩，取得了优异的成绩和丰厚的奖金，团队主要成员均获得了百度、阿里、腾讯、华为、360等企业的就业机会。

但在访谈的最后，蓝鲸的负责人赵汉青也表示了他的无奈和苦恼。他举了一个例子，中国龙芯总裁胡伟武曾经说过："全中国会用Java的工程师有600万，但却找不到10名懂得Java虚拟机的人，花10倍的工资，却招不到懂得计算机系统的人。""像我们团队这样在研究计算机系统底层的团队，确实已经很少了。虽然大家都知道做安全研究，探索计算机底层的前途极其光明，但是我们太苦了，不是苦在没有资源、没有平台、没有学习机会。恰恰相反的是，我们手里有许多的资源、有许多好的机会，但是我们每年都很难招到合适的人，虽然每年来听我们招新宣讲并立下雄心壮志的人很多，但是在真正报名的时候，很多人就开始怕难，开始放弃。另外也有非常多同学为了兼顾自己其他的爱好，在训练过程中选择放弃。拿着一手的资源，怀揣着把知识传承给更多师弟师妹的心，但是我们却很难招到对此感兴趣并能持之以恒的人，这着实让我们无奈和感叹。"

在这个安适的时代，人们只忙着匆匆赶路，不曾在意潜在的危险。似乎只有危机发生的时候人们才会想起这群默默守护着我们的人。在漫威的电影里，超级英雄上天入地保护人类不受恶势力的侵害，而像蓝鲸这样的团队，或许就像是网络世界里守护我们的那些超级英雄，一如孙磊所说，"如果我们不去做，就肯定会有一些地下工作者去做，去攻击家庭网络，窃取一些不该窃取的信息"，他们作为安全研究员挖掘漏洞并报给厂商，让社会上的产品和我们的信息更加安全，捍卫网络世界的秩序。

星辰纹络，掌心交错。春花秋月将人潮撩拨，睿智的双眸不曾婆娑。网络信息安全的海洋依然无垠广阔，万象森罗，海大的这头蓝鲸仍旧毅然前行，看水火相淬，将尘埃剥落。

（2017年6月2日）

小人物之光

孟 伟

每个人心里都有一粒火种，它会在特定的时间抑或地点，伴随着微风，点亮世界的某一个角落。世界上有两种人，常人和伟人，他们最大的不同在于点燃火种后发光放热的程度和范围。相较于伟人，普通人心中发出的光亮只能照亮世界的一隅，而就是这么一些小小的光，它们融汇在一起，却会点亮整片天空。

普通的人过着平凡的生活，但却不甘于平庸。他们外表沧桑或者平静，内心却有明确的追求；他们匍匐于现实，却又不甘沉沦；他们给了现实理想，在社会中找寻心之所向。

聚光之外　静待花开

"可怜的孩儿，你是要与为娘分别而看为娘的吗？"

"程婴，留步，留步！好生照顾我儿，好生照顾我儿啊！"

在凄凉的晋宫里，晋公主身着一袭华服，语调悲凉。武将屠岸贾因与忠良赵盾不和，设计陷害赵氏一族，全族三百余口，唯赵朔之妻凭公主身份苟存于世。她不忍自己孩儿面临杀身之祸，也为保住赵氏这唯一的血脉，托孤程婴，自刎深宫。

落幕后，《赵氏孤儿》剧中饰演晋公主的张羽（2017级药学）坐在观众席的一角，起伏的情绪使她的脸颊微微泛红。"这是我进入海鸥剧社演的第一场戏，"她有些激动地说，"虽然只有三幕，不到二十分钟，但我享受在舞台上的每一刻，这里有我对表演的渴望。"心里怀着一个小小的梦想，张羽一遍一遍地练习，用充沛的情感去诠释角色。

在话剧中，聚光灯所聚焦的、光环所笼罩的，是主角；在黑暗背景下起衬托作用的，是配角。正因为有主配的分别，大多演员才想要成为剧中的焦点，想要站在聚光灯下、立在最显眼的地方让所有人都看到。而在这炫目强光之外，却有另一批人，默默地守着自己的角色，在静默中揣摩、雕琢话剧的每一瞬间。他们独立于自己的世界，即使是配角也安然绽放，而张羽就是这其中一员。

"没有想过要当主角，我最大的愿望就是演好每一个角色，做好属于自己的事情，之后充实自己的心，仅此而已。"在话剧的世界里，对于角色的分配，张羽习惯随遇而安。她始终记得海鸥剧社学姐说过的话，"每个人在被分配角色时不一定都是主角，当然，很多人是配角，但他们还是自信地展现在舞台上。就像拔刀侍卫，哪怕一场戏下来，只露了一次脸，拔刀时仍然要有力、有底气，侍卫就是侍卫，不是家丁"。这句话给了她坚持的理由，以及站在舞台上的自信。

表现情感要声情并茂，走台步要踩准节点，举手投足要配合音乐与灯光，她内心规划着这些准则，一步一步地练习着。虽然只有很短的戏份，但要生动地出演一个母亲的角色，有时也让她感到崩溃。偶尔的低落情绪使她有些颓靡，但她只是听从自己的心一步一个脚印地去排练、去演戏，哪怕只有几个场景的戏份，也会跟着剧组一起排练到最后。狭小的排练室，昏暗的灯光下，小小的身体里，张羽似乎有着对表演的莫名渴望与期待。她端直身子愤怒地控诉着奸佞狡猾之臣，那一刻，她不再是一名普通的学生，而是真真切切地变成了晋国公主。

最后，当灯光亮起，她身着锦缎端坐在台上，一举手，一抬足，舞台上一位与孩儿别离、控诉世间不公的赵氏俨然而生。落幕，人散，叹息，之后，阵阵掌声。而她，虽然在观众眼前停留的时间并不多，但却把一个生死存亡之际勇于牺牲救儿的公主形象刻画得栩栩如生，也给全场留下了深刻的印象。

世界上有一种角色叫炮灰，他们资质平庸，他们努力非凡，他们总是被用来启发和激励主角，制造和开解误会，也正是他们，在聚光灯外的阴影中无声无息，尽力做好那个小小的自己，用真诚静待一树的花开。

倾心之音 贯通人与物

一张嘴，一个扩音器，一个人与一群人。在极地海洋世界的空旷之地，讲解员站在标本的一侧，嘴唇不停地张合，手在标本和游客间来回挥舞着，游客们围成一个圆弧，仔细地听着讲解员的话语，观察着那一些或形状怪异或颜色绚丽的生物。这些向游客传授科普的人就是讲解员，他们虽归于平凡，却用自己的语言悉数生物的历史、演化，尽自己微小的努力让听讲者从中有所收获、有所感悟。

在空气清新的晴朗天气，何志恒（2016级水产养殖学）与郭慧琳（2016级海洋资源与环境）早早地带领着大一新生们抵达水族馆。

"生发石上面类似头发的东西其实是由绿藻门的大伞藻死后根和茎钙化附着在石头上形成的，因为它们细长和坚硬，钙化后就形成了我们现在看到的样子。"

"锦绣龙虾是中国特有的一种龙虾，它的甲壳绚丽多彩，能与锦绣相媲美。在过去，渔民们把它当作海神的象征，捕捞到之后会立即放生。"

他们兴致勃勃地讲解着，那一个个生物间相互依赖的或颇有魅惑力的故事让人轻易地洞穿标本，穿越时空，到达它们曾生长繁殖的时期，触摸或许早已不复存在的生物的真实面孔。而那或轻柔低缓或明快简洁的讲解像是一个隧道，连接两头，一边是生物的演变历史，另一边是充满期待的人们。

为了使讲解更生动、更吸引人，他们也投入了很多精力。一个好的讲解者是不会拘泥于演讲稿上面的内容的，他们会融进自己的风格与想法，从而让讲解不单单只是枯燥的背诵。何志恒一边翻着稿子，一边浏览网页上相关的科普知识，他时不时地在纸上那些专有名词旁边标注一些需要注意的点，有时还会对内容进行补充和修改。他喜欢在理解的基础上去读去背，并会在讲解前把一些有趣的故事穿插进去。而对于郭慧琳，她则是从不同的对象出发，去思考要怎么讲解才可以让所有人都接受，更多的，她在讲解中投入真情，用真情传达信任和真诚。"我在讲解时常常报以微笑，在讲到动情处、在游客有一些疑问时，我都会微笑着讲好或者倾听。这不仅仅是礼貌，还有对他人的尊敬和平等的对待。"郭慧琳真诚地说道。讲解并不是外表看起来很容易的事，一分耕耘一分收获，唯有背后付出足够多的努力，才能使所讲解的东西发挥最大的用处。

"当我站在人群面前，介绍那些生物时，我看到了他人羡慕的眼光也感受到了责任：我告诉自己，不管多么小的事情，我都要用心做好，我所做的是用努力带给大家快乐与收获。"郭慧琳一直遵循这个要求，全心全力地投入到讲解当中，并在这一过程中收获满足与充实。同样，讲解的经历也给了何志恒很大的感触："每一个职业都要付出一些汗水才会有回报的，讲解员就是如此。但我并不觉得在这个过程中很辛苦，我把我了解到的通过讲解分享给他人，让他们对水生生物不仅仅只是视觉上的好奇，还有更深层次的了解——这就是一个沟通与信任的过程。在这个过程中，我渐渐学会成长与尊重他人，而这些对我以后的发展有很大的帮助。"这些讲解员将讲解看作他们生活中的一部分，在传播科普时，他们感受到的不只是他人的称赞，更多的是内心的认可与信念的坚定。

他们微小，隐没于众人中，于无息间绽放自我——这是一份没有皇冠和奖牌的荣誉，也只有他们自己懂得：在讲解时，自己是多么快乐和自由。这些人就是讲解员，他们在讲解中与他人沟通，也在讲解中收获满足。

以声之形 塑花之色

在新市民之家那间温暖的小屋里，一群人聚精会神地注视着讲台上的手语翻译讲解手语动作。一根根手指宛若一个个芭蕾舞演员，在空中轻快地跳跃、翻转，它们堆叠组合，暗含深意。手语翻译放慢了动作，一个节拍一个节拍地教台下的人打出不同意思的手语，微笑着用生活中一些平常又容易理解的例子解释每一个动作的含义。

这位手语翻译叫贾晓慧，是一位普通的社区社工。日常工作的她时常奔走在居民间，帮助社区居民处理矛盾、化解冲突。在工作中，和其他社工一样，她认真对待每一项任务；工作外，她热爱生活，会被一件小事感动、会感恩身边的人。而当遇见了手语，她才更加清楚地知道除了这些，自己的人生还能拥有其他的价值。

"人的一生总是在学习中度过的，学到老活到老。"为了充实自己的生活,贾晓慧想寻求一件自己感兴趣的事。当她偶然在电视上看到一些聋健共同交流的活动时,她被那一个个蕴含不同意义的手语动作吸引了,好奇与莫名的渴望使她想要深入进去,去领略手语的魅力。与此同时,聋哑人朋友与他人交流的困难也让她很受触动,她第一次想去学好这门语言,并作为手语志愿者去接触和了解这个静默的群体。

为了学好手语,贾晓慧抓住一切空暇时间练习。"食指与中指并拢弯曲,放到额头附近,就是汉语中的'洋'字;四指攥起,大拇指竖起并弯曲,是我们常说的'你好';双手向前侧伸出,掌心相对,斜向前方移动,即为'河流'。"看见电视剧中精彩的点,她会比划着手指,用手语表达汉语意思;等信号灯时,她会用手语打出街道旁指示牌上的文字;她也会尝试用手语打出来,家里一些电器或者书籍的名字。在学习手语的路上,贾晓慧也会主动买一些相关的书籍,去全面地学习、感受手语。

在学习手语的过程中,贾晓慧收获了很多,不仅有对手语动作的熟练掌握,也有与聋哑人朋友的友谊,所有这些都更加坚定了她传播这门语言的决心。当与聋哑人深入地交流后,她真切地发现其实他们和众多人一样,都会有简单的快乐,也偶有悲伤,只是不轻易表达出来而已。在新市民之家教授手语时,不管天寒还是酷暑,他们都会和她一起,帮助想要学习手语的人。虽然和大家有沟通上的障碍,但他们还是会耐着性子一遍又一遍打着动作,并时不时停顿,提醒大家注意一些动作的细节。这让她很受触动,也更加清楚自己选择做手语志愿者的原因:不只是充实自己,更重要的是想要更多的人了解这门语言、让聋哑人更好地融入社会。

明确自己想法后,她积极投入实践中。除去工作,在闲暇时间她都会到一些手语志愿活动中给那些聋哑人当翻译,还会在自己朋友圈中发一些和聋哑人相关的消息,同时在新市民之家向大家教授完手语动作后,她还会抽出时间把今日所学录成视频,方便更多的人学习手语。不论是翻译手语还是教手语,贾晓慧都以认真的态度来完成。在手语翻译活动中,她带着明朗的笑容亲切地询问他们每一句话、每一个问题,尽可能连贯地打清楚每一个手语动作;在教他人打手语时,她会带领大家一起做每一个手语动作,并将每一个动作比作具体的事物,方便他们记忆和学习。

"如果声音有形状,那一定是我期待你们看到的样子。"这是贾晓慧对聋哑人朋友的深切祝福。手语是肢体动作、口型相结合的一种语言，它和其他语言是同等的。因为有想传达的想法，有想告诉的人，所以她和大家一同走在手语交流的道路上。她将声音变换，给他们无声的世界倾注了缤纷的颜色。

　　手，举着举着，就怡然成为生活的姿态，一点点触摸并描绘出世事的质地。对于所有的手语热爱者，不论他们失聪，还是健全，手语都已成为生命中的不可或缺。也许它很小，在正常的话语中显得微不足道，可就是它，承载了对聋人的关切与同情，普通，却永不能舍弃。

　　话剧配角、讲解者、手语翻译，他们是小小的人物，平凡却不甘于平庸，他们用一颗真诚的心追求属于他们的美好，实现他们的自我价值。像他们这样的人有很多，这些不同的小角色虽然平凡，却会在某个时间、某个地方起着不平凡的作用，点亮世界的某个角落。

　　小人物之光，不耀眼，不灼灼如日，却如若星辰，照亮黑暗的夜空。

（2018年1月4日）

品·校园

那些水仙般的少年

姜 瑄

希腊神话中有个容貌绝美的少年纳西赛斯,他因深爱自己湖水中的倒影,而守在湖边寸步不离,直至死去变为一株水仙。

在大学中,总有一群水仙般的少年,他们并不是纳西赛斯,在许多人眼中,他们乖张叛逆,他们自恋敏感,用张狂掩饰自己的软弱,用不屑掩饰自己的善良,只有在面对梦想面对真情时才会露出水仙盛开的娇羞。

他们,就是我们身边的艺术生。

学艺源于热爱

一切有关于艺术的美,趋向于玉的美,内部有光泽,又饱含着含蓄的光彩,这种光彩是极绚烂极夺目的,而学习艺术的人在最初往往被这种光彩吸引。

短短的平头,鼻梁上架着一副黑框眼镜,和善的面庞上挂着谦虚的微笑,2017级音乐表演高子岫身上透出与身边同学不一样的成熟。当谈到自己与艺术结缘的经历时,他露出腼腆的笑容,吐了吐舌头说道:"说起来真是不好意思,这算是我第二次考大学。之前第一次参加高考时是一名地地道道的理工男,学的材料专业。"进入大学后,高子岫参加了诸多音乐社团,再加上对于音乐的热爱,在大二上学期,他毅然选择重新回到高中学习艺术。"这是不是听起来很不可思议,可是我自己知道这不是一时热血,而是我经过深思熟虑后的选择,为了音乐梦想,我觉得很值得。"说到这时高子岫的脸上透出耀眼的光彩。

"对我而言,走上艺术的道路看似是意外,实则是我爱它爱得深沉。"2017

级音乐表演专业赵宁钰说道。声乐一直是赵宁钰的爱好，高中的一次演出，老师的认可和观众的掌声更加坚定他走上艺术道路的决心。"我奶奶喜欢唱歌、听歌，在她的耳濡目染之下，我自然而然地喜欢唱歌，走上艺术这条道路，其实没有特意地去选择走艺术，只是因为我喜欢。"说到自己喜欢的声乐，2017级音乐表演杨明仪打开了话匣子："做自己喜欢的事是自由，喜欢自己做的事是幸福，我想唱歌它带给了我这份感觉。"

对于他们来说，走上艺术这条道路并不是为给未来多一个选择，只是因为自己从心底的热爱。

走过泥泞之路

在大众的刻板印象中，艺术生的生活丰富多彩，不用像普通学生一样坐在教室里面对堆积如山的作业，然而艺术生也需要披荆斩棘，渡过重重关卡，才能到达理想的彼岸。

"最大的困难应该是坚持。"2016级音乐文学研究生程立理回忆起自己学习音乐的过程坚定地说道，"小时候我坚持每天练古筝，有一段时间弹完之后指尖都是水泡，什么都不敢碰。为不练琴想过很多办法。但是很庆幸，我坚持下来了，这一坚持就是十几年。"也许正是这份坚持与执着，让程立理取得了骄人的成绩：2013年到2015年连续三年获得中国海洋大学优秀学生、学习优秀一等奖学金、文体活动奖学金、优秀团干部等荣誉称号，并于2016年以第一的成绩保送至中国海洋大学音乐文学专业攻读硕士学位。

"但是当你在外面一个人待久了，你会发觉在教室里和同学一起赶作业是很幸福的一件事。"杨明仪说道。很多艺术生都有这样的心声，艺考前夕，一个人在外地学习，没有人讲话，没有人陪伴，一个人生活；艺考的过程中，一个人拖着皮箱，带着乐器，冒着刺骨的寒风辗转于无数个城市，然而支撑着他们在那段时间坚持下去，勇往直前的究竟是什么呢？

也许是相信自己一定能行的信念，也许是那一份不服输的韧劲，也许是对于未来美好的憧憬……这些，足够他们撑过一个又一个的困难。

学习艺术的过程中，困难会有，然而更多的是误解。

在一般人的认知中，学艺术的孩子之所以选择走艺术是因为文化课成绩不理想，不得已选择这条道路。这种情况的确存在，但是这可以理解，一条路走不通，通过自己的努力和奋斗，去开辟另一条路，这种对父母，对社会，对自己负责的事，是一件好事。"我们承认我们的文化成绩逊色于普通文化生，但是我们有我们的专业要练习，我们长期集训，远离教室、老师、课本，一天要上乐理、视唱等课，每天要练习基本功和练习曲，这样的客观条件下，又怎么可能和那些天天在教室埋头苦读，遇困难立马有老师辅导的同学相比呢？"杨明仪坦诚地说道。

当然令人欣慰的是，随着社会的发展，大众对与艺术生的印象也在不断改变。2017级音乐表演焦丹笑着说："到了大学，才发现其实是有人羡慕艺术生的。"因为总会有人觉得，学表演的人长得好看，学播音的人声音迷人，学编导的人文采满满，学美术的人可以在一节课上画一个小漫画。对一部分饱受应试教育折磨的学生而言，脱离高考后，发现自己除了学习，并没有什么特长。"这时候我感觉很欣慰，因为觉得自己学过的东西是有价值的，有人认同了自己的努力。"焦丹微笑着说。

艺术生文化课成绩虽然逊色于普通文化生，但在艺术造诣方面、审美表现方面，他们可能优于普通文化生。毕业后也会在属于他们自身的领域大展拳脚，随着社会不断发展，艺术生综合素质提高，他们的未来也同样灿烂。

学而践，践而实

在综合类大学中的艺术生，课程安排与普通文化生也有较大的不同。"我们也有各种各样的课，与别的专业不同的是我们专业课是一对一教学，大家都比较惊讶这一点，别的专业的同学在实验室，我们可能就是在琴房。"赵宁钰如是说道。

因为课程的特殊性，日常的学习生活也是令人好奇的一点。"我想我大部分的时间都是在琴房中度过的。"2017级音乐表演孙媛媛说道。专业是二胡的孙媛媛每周除上课时间外大部分的时间都是在琴房，"一边拉奏一边揣摩，揣摩曲子中的感情与韵味，演奏出来的不能只是干瘪的音符，这样无法打动观众"。当然支撑曲子的除了情感更重要的是基本功，在孙媛媛眼中，基本功是最重要的。"在拉奏曲子前，我会选择先练习基本功，首先是拉长弓，内外弦轮换，一定要拉满弓并且要平要稳。"孙媛媛补充道。其次是练习音阶，音准是核心也是演奏乐曲达到优美动听的基础。"我会特别注意各个调的音阶音位和指距、半音和全音的关系。最后练习练习曲，还有某个曲子的片段。"一边说着，孙媛媛拿起二胡再次演奏起来，"有时候我也选择录下自己的演奏的声音，一遍遍比对，查找问题。"孙媛媛拿起录音机说道。

对于程立理来说，她的学习方法就是善学习，勤思考，多实践。"我学习的方法就是学习别人优秀的地方。向导师学习创作技巧思维、做人做事；向师哥师姐学习他们以往的学习经验；在自己身上发现优点，弥补缺点。"在程立理看来，把理论知识和专业技能结合起来对于艺术生来讲十分重要。"这听起来像句空话，做起来受益匪浅。艺术生在学习本专业的时候，应不断回想理论知识，这样脑子里才有清晰的架构，知识才成体系。希望更多的师弟师妹都能善学习，勤思考，度过有意义的四年。"程立理诚恳地说。

大胆实践对于音乐表演的同学来说很重要。去年，程立理筹备"诗与远方——全国三大城市路演"用了一个月时间，在这过程中她也遇到各种困难。"我想了各种各样的问题，想到最后我心里都有点打怵。"程立理开玩笑地说道。但最后，她将把所有的问题抛在脑后，下定决心，说走就走，最终路演的效果非常好。通过这个经历，程立理也有所感悟：作为一个艺术从业者，要大胆去做，不要犹豫。实践是通往成功的有效捷径。

艺术生的生活与大众的想象有很大的不同，他们有自己的辛苦，也有自己的坚持，在大学里，他们并不是每天都浑浑噩噩的，他们每天也在奋斗，真真正正地对自己负责，为自己的未来做打算。

对于艺术生而言，当有人认同他们的努力时，他们的心中就会很宽慰。因为在这条路上有太多的困难与不解，那些学艺术的孩子，肩膀瘦弱，一个人拖着大箱行李远走考试学校；那些真正对所学艺术专业抱有热忱和决心的孩子，在黑暗之中依然能坚持自己的初心……他们同样也在为理想付出努力，流汗流泪。

这些水仙一般的孩子，他们不神秘，不高傲，反而很普通，他们只是广大学子中的简单的一员。在不久的将来，他们终究会开出属于自己的那朵水仙，在理想的天地里尽情绽放。

(2017年12月31日)

品·校园

择路终不悔　挥汗铸青春

谢家欣　　马　悦

他的脚开始抽筋,肌肉开始疲惫,跟着呼吸而来的是铁锈一般的味道粘住喉咙,所有的血液似乎都在拼命地涌向大脑,伴随着一阵又一阵的眩晕,视野里晕开一层迷雾般的靛蓝色,最后在眼前结成一张深蓝色的大网,那是眼睛血丝分布的轨迹。再也没有力气了,他烂泥一样地瘫坐在地上,只剩下仿佛劫后余生般的大口喘气,2015级法学宋云峰做着拉伸,结束了一天训练后的加练。

无论是排球训练中的一次次传接、扣杀的训练,或是篮球中的体能、压腿、运球、传球、上篮以及一对一的攻守练习,篮球一声声与地板的碰撞强音充满了场馆。赛场上他们呈现的是霸道的凌空跃起,是球划破半空的完美弧线,是得分时自豪的欢呼。当观众们为他们一次次的胜利而呐喊着喜悦着,却很少有机会去看看,赛场之下,运动员的汗与泪的挥洒。

有这样一群人,他们自少年到青年,太多的热血与拼搏都贡献给了所从事的运动。人们更愿意用"率性""义气"的词语去形容他们,亦见证了他们带来的一次又一次的团结与成功,"体育生"是他们的一个身份,但又不是他们的全部。

始于热爱

"从小就喜欢体育,对篮球的印象尤为深刻。每当球员进球后,他们的激情咆哮总是带动我的情绪。而且篮球作为一个团体运动,一个团队为了共同的目标去努力,我觉得非常了不起。"2015级运动训练刘效康现任中国海洋大学篮球队的主力后卫，他说是对运动的喜爱以及对团队协力同心的向往不断推动他前行。无论是因为个子高而意外被选拔进入球队，还是在父母的鼓励下选择去尝试，在接触到项目之后都有发自内心的喜爱。中国海洋大学男子排球队宋云峰则开玩笑说，自己当初选择了体育还因为自己"好动"，却也终究离不开对运动的热忱。这份热忱让他们咬牙坚持过无数个汗流浃背、千篇一律的训练日。

回忆起印象最深刻的比赛，有骄傲喜悦也有些许遗憾。排球比赛中的沙滩排球给运动员们留下了很多美好的回忆。2014级市场营销曹韵琪讲到参加第八届世界大学生沙滩排球锦标赛，去往了风景宜人的"世界夏都"爱沙尼亚和几支世界高校排球队切磋技艺。这样的比赛其意义早就不只是一场竞技，而是放松地去交流，收获欢乐。而宋云峰讲述了在银川湖心沙漠参加的排球赛，留下难忘记忆的除了热辣的天气，更多的则是三局对抗从轻松获胜到略有懈怠险被反超，在第一局的比赛中精力充沛的他们以 20∶10 的比分轻松地战胜对手，不料对手这样做只是为了保存实力，在第二局的时候被对方扳回一局，在第三局对方乘胜追击，排球在两方阵地里来回传递，仅一分之差的情况下僵持了近30分钟，最终宋云峰抓住对方防守漏洞，成功拉开比分取得胜利。比赛之后的他似乎对这场来之不易的胜利不以为然，对他来说比赛中挥洒的汗水与这场难忘的经历才是这场比赛的意义所在。

"当时手里有两个罚球，若是全中我们便赢了。但可惜当时罚进第一球后太激动了……"在意义重大的一场进六强比赛的最后一秒钟，他所在的队伍以一分之差落后对方，而他手里握有至关重要的两个罚球。然而未能顺遂的是，第二颗罚球没能投进，之后的加时赛惜败对手。再谈起这场比赛，2015级运动训练王子铭仍会觉得遗憾和无奈，但这更成为他之后的推动力，激励他来年再战时一往直前。

问及自从事体育运动对其影响最大的人是谁，除去父母，无疑是孜孜不倦的教练。于体育生而言，教练是自己的"贵人"——正因为教练的悉心栽培与照顾，才造就了今时今日成绩不凡的他们。亦师亦友的教练们，教授的不只是球技，还有做人处事，总令人受益匪浅。

品·校园

持之以恒

接受采访的每一个人，都从事着自己选择的运动数年之久，回顾这一路走来，伤病似乎成了不可避免的常用词。

"每个运动员都想过要放弃，因为运动过程中都会有很多的伤病，很多承受不了的疼痛。但坚持努力了这么久，也不想轻易放弃，就再坚持坚持。"被问到年复一年的训练中，有没有曾经想过放弃，女子排球队的徐双鸣诗与我们分享道。

和她一样的，王子铭也曾因在篮球训练中膝盖受伤动了手术，还因此受到家人的阻拦停止过一段时期的训练，那段灰暗的时间里他也曾沮丧失落过，观念在放弃与坚持之间徘徊。但在教练的信任和队友的鼓励之下，加上自己对篮球的热爱，最终他还是重新拾起篮球，回归战场，无所畏惧地继续他的篮球生涯，终究是因为对篮球怀着赤子之心，为了不变的喜欢和昔日的付出而继续坚持着。

从开始接触体育到成为现在海大的体育生，宋云峰也曾因为训练时状态不好或是伤病等种种原因，有过放弃的念头，但还是坚持了下来，因为排球早已成为他生活中不可割舍的一部分。"我这个人什么都可以，唯独放弃不可以。"他们在追梦未来的道路上，再苦再难，也咽回喉内，继续坚持。

现在的几个人，在进入大学之后有了新的队伍开始了新的训练。作为团体运动，最需要的就是"团结"二字，曹韵琪与徐双鸣诗都反复提到了一个词，叫"拧成一股绳"。而这也成为球队想要更好发展的基石，也成为每个队员底气，鼓舞大家同心协力地走下去。

CUBA已过去将近一个月，海大男子篮球队在本届CUBA中取得了历届以来最优秀的成绩，刘效康回想起一个月前的几场比赛仍旧十分激动。"自己还是不够强大，与强队还是有差距，但是绝不惧怕任何对手，敢打敢拼。"从比赛中积累下来的经验相信也能带着海大篮球队走得更远。

"身为最后一届男排，也感觉挺孤单的。"在宋云峰之后海大男排再未招纳新人也成了宋云峰心头很大的遗憾。然而没有接班人的孤独和失落也促成了他心底最大的愿景，作为海大男排的主力，他要尽最大的努力为海大男排再添荣誉，画上圆满的句号，"如果还有比赛，我将拼尽全力，让最后一届海大男排成为海大的骄傲"。

大学是一个全新的平台,给了每个人选择的空间和发展的机会。接受采访的几个人都分享了他们在大学参与社团的经历,也让我们认识了训练场、比赛场之外的他们。他们也学习专业课,爱唱歌,爱摄影。女子排球队的徐双鸣诗用"爱闹腾"形容自己,这大概也是阳光开朗的体育生共同的名片。

忠于理想

说到对未来有什么想法的时候,每个人有各自的安排与计划。"学一行爱一行吧",他们当中有像王子铭准备考取资格证发挥体育特长,把自己的所学传递给更多的人;有像徐双鸣诗将体育运动融入所学专业,准备加入 PE 自由运动校园健身工作室来继续实现理想;大多数人都会选择去从事与自己朝夕相伴的体育运动相关的工作。而也有人希望自己可以在海大这个全新的平台上学到更多的东西,扩展视野增加技能,在其他领域有所建树。然而无论是在哪一种未来,几乎充斥着他们整个青春的体育运动对他们都有着不可磨灭的影响,是他们也许此生都不会忘记的美好回忆。

谈到愿望,他们都表示会珍惜在海大打球的日子,愿意尽自己的努力为母校增光添彩。而与此同时徐双鸣诗也谈道,自己加入的 PE 自由运动校园健身工作室期待把体育运动带到更多的大学生身边,让体测不再成为当代大学生的"命门",让运动成为好的习惯走进越来越多的大学生的生活。

无论前途如何,他们从未放弃过自己的热爱,只是默然而又昂扬地一路走来,"6月5号又会有比赛了,我得趁这段时间继续练练。"宋云峰说道,当漆黑的夜晚裹住大地,他又会出现在操场上,日日如是,夜夜皆然。

(2017年5月26日)

棒垒青春的答案

谭心莹　　韦彦汐　　黄影飞

你为什么喜欢棒球？

　　喜欢球棒打击的瞬间、跑垒的分秒，喜欢甲子园平凡却热血的故事，喜欢那句"九局下半我将帽子反戴"歌词的帅气与果敢。

　　回答这个问题的时候，每个人都有着不同的与棒球结缘的故事。秋天的天黑得很早，薄暮带着一丝丝的冷意，但说起自己棒球的从前，讲述者的眼神却炽若新阳。

　　正在作答的人是中国海洋大学棒垒协会的队员们，他们讲述着自己与棒球，与这一支队伍的故事。身后的房间里整齐地摆放着球棒和手套，打开着的墨绿铁门背后贴满了照片，那些被记录的瞬间似乎也正无声地承载着属于这支队伍的荣膺与青春。

一球入魂的热爱

　　他握着球棒的手微微出汗，规则、技巧、动作，全都是陌生的领域，第一次上场让他觉得紧张。球抛跃腾空，他的目光紧锁其上，直到球棒与球接触发出了笨重的响声，球借力飞出，他果断地扔下球棒，疾奔到下一个位置。干爽清浅的秋风扬起了他的衣角，留下身后的老队员们为他这一击打而欢呼。

　　这是 2018 级自动化新生高志诚第一次站在本垒板上，如今忆起他的第一个击球，那个扔下球棒的瞬间让他记忆犹新。"把球打出去的那一瞬间特别享受，心里是很有成就感的。"他模仿着球与球棒相碰时的声音，兴奋得扬起了眉毛。这样全神贯注的瞬间，在日语中被称作"一球入魂"。每一棒都倾注自己全部的心力，场上所有人的眼神都望在这颗球上，球与球棒接触发出的声响，牵动着每一位队员的心跳。

击球再奔跑的动作在这块土地上发生了无数个回合，它是这群年轻的力量对棒球最初的感知，是所有故事的开头，单纯的热爱，是所有人最初的回答。

2012年的秋天，第一批中国海洋大学棒球队的队员们在北区操场集合。那时，他们没有正式的队服，没有充足的装备，没有专业的教练，甚至不知道棒球手套应该怎么戴，球应该怎么握。

这是由海大棒垒队第一任队长兼教练常晓乐（前国防生大队训练部部长）带领的第一届棒球队成员。在棒垒协会成立之初，大大小小的困难如狂风骤雨般向常晓乐袭来。有着多年棒球经验的他，义不容辞地担起整个队伍的日常训练和运营，带领着这些刚刚踏进棒球领域的队员们，从最基础的传球、接球、击打技巧开始，进行日复一日的训练。他为了提高队员们的实战能力，想尽一切办法，如常跑到各种棒球俱乐部，联系其他学校的棒球队，安排一场又一场友谊赛；每周比赛结束后总结每个人的场上表现，并针对队员们失误的地方着重练习。

"用生命去打球。"常晓乐常在场上这么说。这个刚刚破土而出的社团，在队长的满腔热血和队员们的汗水的浇灌下，在北区操场这片净土不断生根发芽，开枝散叶，散发出勃勃的生机。

热爱说起来很轻，落在日日夜夜，却有着不可估量的分量。这一份热爱让高志诚走进了棒球的领域，让常晓乐坚持在这一片土地。

守护归家的骄傲

"棒球是个回到家的游戏。刚才你们踩到的那个本垒板，它的形状像是个小房子，棒球的球员，每一个出去的人都要回来。"

"在赛事中奋勇地冲出防守，最终再返回到本垒板上，这才是得分。带着荣誉回家，才是一种得分。"

韩秀森用粉笔在铁门后画出了球场的站位，为这一批新人们讲解着棒球的规则。在这位已经打了很多年棒球的老将眼里，对棒球的喜爱来自更多的维度与层面。

它不如足球与篮球那样有着激烈的碰撞与刺激的冲突，但它是个人英雄主义与集体主义的切磋与融合。

所有的精彩也许就发生在跑垒与投捕的分秒瞬间，为了这样的瞬间，站在外野的队员有可能已经等了一整局比赛；之前的队员放弃了可以展现自我水平的机会，为后面的队员铺垫；最后挥棒成就这一瞬间的人，则背负巨大的压力，带着全队的信任，从家中离开，带着所有人的期盼归来。

女垒成立在后却有着出色的表现，男棒经历了多年的沉淀，在赛场上得到了更高的排名。这支不为人熟知的队伍其实已经取得了很多不错的成绩，省赛的冠军，全国赛的第八名，但比起讲述这些所得的荣誉，他们更愿意去分享那些成绩背后共同作战的故事。

"曾经也希望自己能在赛场上展现自己的技术，通过自己的努力与出色的表现为队伍积分。"讲起这些的时候，仿佛还能从他的眼神中看到与这帮新人相似的热血与激情。

"后来我越来越喜欢送队友们'回家'那个过程了，也许我自己因为战术策略的要求需要下场，但看到自己的队友在我的铺垫下回到那个地方，我就觉得一切都很值得。"

就在接受采访的前不久，韩秀森辞去了工作。

"还是想要陪着这帮孩子再奋斗一段时间，一起努力一段时间，不然我在上班，心思也还牵挂着在训练的大家。"

回忆起那段备战全国赛的日子，每一位成员都记忆犹新。从朝阳初升到夜幕低垂，除去一些必要的休息时间外，那段时间，队员们几乎把一整天都放在了训练上。打击、传球、接地滚球、跑垒，这些看似枯燥无味的动作在一天之内可能要被重复几十甚至上百次。每当训练遇到瓶颈时，操场上的气氛总是会不可避免地压抑起来。但是在短暂的沉默和沮丧过后，总是会有人站出来鼓舞着这个家庭的士气。

山东第一，全国第八，这样的成绩已经足以让这支队伍拥有骄傲的资本。所有的付出与心酸都有了回报，站在那陌生又熟悉的绿茵场上，回想起训练时的苦与乐，欢笑与泪水，那一次次累到极致的呐喊，那一个个训练结束后温暖的拥抱，谈起这些，韩秀森既有如释重负的释怀，也有云淡风轻的无畏。

这样的成绩并不是一个句号,而是一个破折号,也是一个跳板,带着维护这个家、为这个家尽自己最大力量的信念,他们都将从那块本垒板出发,带着荣誉归家,是每一位队员心底的骄傲,是不常说出口,却牢记于心间的答案。

坚持不停的脚步

"肯定是想要有更好的成绩。"现任女垒队队长蒋希晗正在做着对未来的展望,"下一步当然是再进全国赛,拿到更好的名次。"

"男队那边的竞争肯定会更激烈,希望下一年两支队伍可以并肩作战,互相陪伴。"

在与棒球队的每一位成员谈起未来的时候,每个人的话语里似乎都带着无比的期待与坚定。随着省赛与全国赛的落幕,新一轮的招新开始,又有一批新生的力量加入这个大家庭。

"每一年来的人越来越多了,留下的人也越来越多了。"讲起这批新来的伙伴,男子棒球队队长王港露出了温暖的笑容,"肯定是会越来越好的。"

队长操心着一个队伍的上上下下,站在这一群新生力量的中间,他们显得更加成熟,温柔悉心地指导着每一位新来的队员们。接下前人的担子,是责任,也是压力,这一批还留在赛场上征战的老队员们只觉得是一种荣光。

2018年9月,海大棒垒协会鱼山站也正式成立了。"其实当我听到鱼山校区也要建一个棒球社时,内心真的很激动。有一种我们终于能熬出头,成为一个在崂山、鱼山两边都同时发展的社团的感觉。"马庆琳在提起棒垒协会鱼山站的成立时,喜悦之情溢于言表。

早在很久以前,热爱棒球却身处鱼山的同学们,每周四下午坐着两个校区间的往返大巴耗费将近两个小时的时间,从十几千米外赶来,只为了参加棒球社的训练。基于诸多因素的考虑,棒垒协会鱼山站成立。

"现在有诸多困境,但一定都会好起来的。"马庆琳留下这铿锵有力的话语。她的身影,似乎就和六年前创立棒球社的常晓乐重叠起来,和历届为了棒球而挥洒热血的队员们重叠起。他们眉目间的坚定从未变过,这是他们对过往的交代,对未来展望的答案。

你为什么喜欢棒球？开篇题的回答可以有很多种，但多元的答案像是轨迹，又或是百川。他们汇成的是属于这支队伍独有的温暖，一个属于家的答案。

训练从阳光灿烂的正午开始，又在暮色四合里结束。队员们一块前去晚餐，这已经是训练后的传统。墨绿色的铁门缓缓地关上，绿茵场上恢复了属于秋天的宁静，大地上似乎还回荡着刚训练时挥棒击球的声音，那是每一位棒球人跳动的脉搏，那是属于"家"的、代代流淌的血脉。

（2018年12月13日）

了无遗憾的青春　如静静的山冈

陈　蕾　　王新艳　　赵　杰

> 真正的青春啊，他是一种坚强的意志，是一种想象力的高品位，是感情的充沛饱满，是生命之泉的清澈常新。青春意味着勇敢战胜怯懦。青春意味着进取战胜安逸。
>
> ——《青春》[美]塞缪尔·厄尔曼

如果人生是一次漫长曲折的旅行，大学生活应该是这旅途中的一个精彩多姿的驿站，有着宜人的景色和无数的诱惑。然而，它也是一个无情的潜在的分水岭，很多人以大学为依托和重要的起点，从大学校园起飞，取得了事业和人生的巨大成功；与此相对，也有很多的人没有抓住机遇，徒劳地丢掉了最宝贵的青春，与美丽人生失之交臂，留下终生的遗憾。同样是四年，有人在迷茫和抱怨中度过，有人在懵懂中浪费了宝贵的时光，有人仅仅沉溺于花前月下的甜蜜，还有人在奋斗中让青春无悔，坚守了四年的执着，充实了四年的岁月，也让生命中最美好的年华永远的亮丽和明艳，富有意义和价值。

孙卫东是中国海洋大学数学系2000级信息与计算科学的一名优秀学生。虽然家境贫苦，但从入学的第一天起，他就抱定了"让青春在拼搏中闪光"的信念，积极向上，勤奋刻苦，锐意创新，取得了优异的成绩。不菲的成绩背后，凝聚了他不凡的付出，无须吹捧他，我们只是想从学长的经历和体验中获取一些启示，引发些许的思索。

品·校园

勤奋　刻苦　整体规划

学习是一个学生永恒的主题，是成为一名优秀大学生的核心要求。孙卫东从入学开始就努力拼搏、刻苦学习，对所学专业产生浓厚兴趣，使他坚定地选择了继续深造之路，树立了人生的目标——成为一名数学家，并对大学学习做了整体规划：建立以数学为核心，以计算机、英文为两翼，以计算数学为发展方向的知识结构。整体规划的建立，使得他学习的目标更明确，过程更理性、清晰。

"宝剑锋从磨砺出，梅花香自苦寒来"，他的勤奋刻苦和有效规划换来了优异的成绩。连续三年成绩名列专业第一名；以91.5分的成绩通过了国家英语四级考试，在全国大学生英语竞赛中获得全国三等奖，校英语竞赛获得三等奖；通过了国家计算机三级考试和国家英语六级考试；获得校"五四青年"奖章和"优秀学生标兵"称号，并被推荐为免试研究生。

认真　创新　全面发展

学习不是迈向优秀大学生的充分条件，大学生在学习知识的同时，还应具备实践所必需的各项能力。孙卫东积极参加社会工作，曾参加系学生会、数学建模协会、班级、校广播站、校爱心社、《海大学子》等处任职，并努力实践着以下两个工作原则。

第一，认真负责。同时担任多项工作，必然分散精力，但他总是以最大的热情投入到每项工作中，真诚地付出，使得各项工作相得益彰。数学系学生会2000年初具雏形，在他任秘书长期间，建立健全了学生会的例会制度、值班制度和"三簿一档"制度，带领系足球队夺得首届"校友杯"冠军，获得校"优秀学生会"称号。在校广播站和《海大学子》工作期间，广泛了解同学们的需要和心声，采写的"食堂价格与质量关注·与食堂工作人员面对面"和"访海之子论坛，做文明海大人"等报道得到广大同学的好评和认可。班级是他的家，同学是他的兄弟姐妹，为了同学们的共同进步，他多次组织学校经验交流会，使班级学习风气日渐浓厚，英语四级一次通过率达到87.2%，名列学校前茅，并获得"先进团支部""优秀班集体"等称号。

第二，锐意创新。他发展并完善了数学系独有的与学生会平行、互相监督、互相促进的组织——学生代表大会。学生会干部全部由学生代表大会选出，学生代表大会常务委员会长期专门负责收集同学的意见，监督学生会工作，甚至享有召集学生代表大会罢免学生干部的权力，使得学生会工作完全在同学的监督之下，"想同学之想，急同学之急"的工作宗旨也就有了体制保障。

孙卫东发起成立了数学系建模协会并出任主席，邀请数学建模竞赛全国优秀指导教师和获奖同学出任指导员，组织建模知识普及竞赛宣传活动，拟定经典题目供大家集体讨论，在自由、激烈的辩论中迸发出创新的火花，使得该协会成为学术气氛浓厚的组织，并且提高了数学建模竞赛在学校的影响和参赛成绩，协会会员参加2003年竞赛取得两项全国二等奖的好成绩。

凭借突出的社会工作，他连续三年获得"优秀团员"和"三好学生"称号，大二、大三时获得"社会工作"奖学金，并光荣加入中国共产党。

钻研　磨炼　科技创新

突出的科研能力，是成为优秀大学生必不可少的要求。因此孙卫东积极参加课外科技创新活动，不断地培养自己的创新能力，打造科研品质，为日后的科研工作打下良好的基础。

2002年6月，孙卫东组建了"海泊河污水处理厂污水处理情况"调查小组，经过调查数据和查阅资料，论文《污水控制的规划与计算问题》被推荐到期刊《数学的实践与认识》。

2002年9月，他参加了"高教社杯全国大学生数学建模竞赛"，完成的论文《车灯线光源的优化设计》获得全国二等奖、山东省一等奖、学校"工行杯"科技成果大赛一等奖。2003年9月再次参赛，论文《露天矿生产的车辆安排》获得山东省二等奖。

2003年暑假，他建了"'非典'传播及控制建模小组"，参加了中国海洋大学第一届社会实践活动的答辩，并获得校团委的全额资金支持，完成的论文《控制后的SARS传播模型》获得校优秀社会实践论文二等奖。

品·校园

乐观 自强 奉献爱心

心怀感恩，回报社会也是作为一名优秀大学生应有的素质。孙卫东家庭条件非常困难，但乐观坚强的他，凭借自己的努力解决了经济困难，并且始终怀着一颗感恩的心，努力回报国家和学校的关爱。他从所获国家奖学金中，拿出很大一部分向灾区和困难生捐款，又积极支持建立"数学系困难生基金"。他还多次到青岛五中义务辅导，参加校爱心社与青岛盲校的联谊活动，并获得全校只有三人的"校爱心活动积极分子"称号。

在采访过程中，孙卫东一再说到自己的运气特别好，遇到了许多好的老师和同学，他们对自己的影响很大。法国著名生物学家巴斯德说："机遇往往青睐于有所准备的人。"不可否认，他本身的努力才是他取得优异成绩的最主要原因。孙卫东四年的奋斗过程让我们看到了一名优秀大学生逐渐成长的轨迹。过硬的思想素质、优异的学习成绩、出色的社会工作、突出的科研能力和回报社会的精神，是培养优秀大学生的目标，这些方面孙卫东是我们的典范。

席慕蓉有这样的诗句，"了无遗憾的青春，如静静的山冈，沉稳而坚强"。未来的事怎样，无法预测，今天的我如何，却可以把握。四年了，你的大学生活是否真的了无遗憾？

（2004 年 6 月 26 日）

从生活中改变世界
——访杰出青年志愿者得主锡复春

矫馥蔚

  记者联系了锡复春四五次,他终于抽出时间在宿舍接受了采访。一进锡复春的宿舍,开朗的他就对记者开玩笑地说:"最近在做能改变世界的大事呢!"接着他对记者解释,这几天他在研究些法律条文,所以有点忙。他刚刚跟着赵立波老师参加了青岛团市委关于《志愿服务条例》立法的座谈,从学生的角度提了12点建议。"因为马上奥帆赛就要在青岛举办了,志愿者会很多,而青岛在管理志愿者方面的规章制度不是很完善,希望通过立法来消除可能产生的瓶颈。"他还向记者透露,他现在在做的本科生研究项目(SRDP)"青岛市奥帆赛志愿者管理问题的研究",也是与这相关的。

一个人做不了什么事情,主要靠团队

  记者注意到,锡复春得到的杰出青年志愿者奖牌放在书架上。当记者提及他获得的荣誉时,他很谦虚地对记者说:"其实只有我一个人做不了什么事情,主要靠团队,是青年志愿者协会给了我这么好的机会。"
  锡复春向记者介绍:"我们社团内部工作机制和程序比较合理完善,在环保、社区、儿童福利院、养老院都有人在践行着志愿服务。"

虽然学习重要，还要注重社会实践

他向记者表示，现在已经大三马上就要大四了，自己主要负责志愿者活动的前期联系工作，具体的事情是让大一大二的人来做，尽量锻炼他们的能力。"当要联系别人谈事情时，如果与上课产生冲突怎么处理？"记者问。"一般都挑双方都有空的时间，实在协调不好就要牺牲一下上课的时间了，不过回头我会看书补上的。"他又补充说："关于学习，主要看你怎么做。我认为大学生虽然学习重要，但还要注重社会实践，增强人际交往和心理素质两方面的能力。我很喜欢交朋友，在校内每个学院、社会上我都有很多朋友。我认为，与人交往既要谦虚又要不卑不亢。"

凡事预则立，不预则废

在采访期间锡复春接了一个电话，和他联系一个志愿者协会的活动。"要是明天有活动，今天一定要规划好！"他很认真地对着电话那头说。放下电话后，他有感而发："组织活动给我最大的收获就是——做事要有计划性。凡事预则立，不预则废。我有个小本子，每天晚上都会记下明天要做的事情，有个大概的计划。当然，记下的事情就一定要严格执行。"

做事情要么不做，要么做到最好

当记者问他的做事原则是什么，他不假思索地说："做事情要么不做，要么做到最好。"他又笑着对记者说："我是个比较挑剔、苛刻的人。但我从小一直很自信。可以说，自信是我战胜一切的法宝，是我做任何事情的前提。"

志愿者的工作已经融入了我的生活中

"当你退出协会以后，志愿者的工作就这样搁置下来吗？"记者问。"志愿者的工作已经融入了我的生活中，所以会一直做下去。比如说，在公车上给老人、小孩让个座位，平时节约水电和粮食等，只要我看到，我能做到的我就会去做。"他很认真地回答。

记者问他："平时忙碌的时候怎样缓解压力呢？"他说："我比较喜欢做体育运动锻炼身体，经常早上起来跑步。对了，强健的体魄对志愿者的工作也很重要。"

要多站在别人的立场考虑一下

当记者问锡复春周围人对他的看法时，他由衷地说："我挺感谢我的舍友们，他们都比较支持我的工作，平时也参与志愿者的活动。通常，找我的人比较多，不管打电话还是到宿舍来找我，舍友们都没什么怨言。我忙的时候会晚归，舍友们都挺理解我的。打扰了他们休息或学习我挺不好意思的，平时我会多做一些事情，比如说，宿舍里好几天没有人收拾了，就主动打扫一下卫生。你做了什么不一定非要说出来，别人都会看到的，要多站在别人的立场考虑一下。"

（2006年5月30日）

海大情缘　海之骄子

孙世栋　　陈符森

>"李帅？他有北方人的豪爽，幽默而不失沉稳。"
>"我非常崇拜我们主席，因为他没有一点架子，还和我们一起干活。"
>"李帅做事很认真，'能做十分不做九分'就是他的做事标准。"

十一年前，一个小男孩初次来到青岛，也许是缘分的指引，与海大第一次邂逅便在他心里埋下了一颗金色的种子。"那时的我并不了解海大，但我对妈妈说，将来我会在这里上学。"

四年前，他郑重地在志愿表上写下"中国海洋大学"，并被行政管理专业顺利录取。那从小就深藏在心底的种子，终于在多年寒窗苦读的汗水中抽芽。小时候的无忌童言犹绕耳旁，白驹过隙，梦想已经挣破岁月的枷锁成为现实，等待着他的未来更是充满惊喜。

现在，他谈笑风生，谈与海大、与学生会说不尽的"缘"。从当初的青涩男孩到如今的翩翩青年，他完美蜕变，这只来自北方草原的雄鹰终在黄海之滨搏击长空，书写属于自己的辉煌。他是校学生会主席李帅，与海大有着不解情缘的一代海之骄子。

学生会就是我大学生活的全部

高中时，在一次市广播操比赛中，一种"星"型队列散开方式令众人耳目一新，评委会特地为他们颁发"创新奖"，而这正是李帅的创意。作为代学生会主席，他成功举办过"五月诗会""十月歌会"等一系列学生活动，出色的工作能力得到众人认可。与学生会的缘分种子,在高中时代便已经在他心中扎根发芽。

一腔热血,满怀憧憬,初到海大的李帅亦毫不迟疑地选择了学生会。法政学院学生会生活自律部是李帅起步的地方。在这里,他开创了法政学院品牌活动"宿舍形象大使",并自主解决了11300余元的活动经费,以自己的严谨态度和优秀的工作能力赢得了师生的好评。

可是,"天将降大任于斯人也,必先苦其心志,劳其筋骨,饿其体肤,空乏其身"。大一竞选班长失败,大二竞选院学生会主席失败,这些别人眼里讳莫如深的经历,他却毫不避讳,说起时反而像炫耀自己所独有玩具的小孩子——也许,这些失败也是他宝贵的财富。"每次失败后我都会总结原因,尽力弥补自己的不足。"他用自己的行动诠释"失败是成功之母"的含义。李清照的《夏日绝句》是他最喜欢的诗,"生当作人杰,死亦为鬼雄"。他说真的男子汉不应胜骄败馁,而应能屈能伸,"狗熊"经历并不能掩盖英雄的光辉,只会让其更受人崇敬。"江东子弟多才俊,卷土重来未可知。"对李帅来说,他更乐意接受挫折的磨炼,因为这种收获要远远大于成功,困难让他与成功的距离更加接近。

在学生会,他有着独特的工作方式——不是事必躬亲,而是知人善用,团结上下。"我就是你们的后盾!只要是对的,就放手干!"他这样告诉麾下的部长,"学生会是挑选人才、培养人才的地方,你们不仅要发现问题,更要学会解决问题。""大家从来不叫他主席,只叫帅哥!"这位能在活动现场满头大汗地跟大家一起搬桌子布置会场的"帅哥主席",以"平民理念"凝聚着偌大的学生会组织。在他的带领下,"迎新杯"篮球赛、"校庆杯"足球赛、音乐节、女生节,学生会的各项活动百卉千葩。同时,开办"真情·责任·发展"座谈会、筹划社团活动月,他在大学生权益委员会主任、社团管理中心主任这两个岗位上更是尽情施展自己的才华。当被问到学生会占据了他大学生活多大比重时,李帅笑着说:"全部,几乎是全部。"

"能有今天的成绩,我最感谢的就是学生会。在我最迷茫的时候,是她让我找到了方向。"在这里,他获得了能力,获得了朋友,也获得了别人的认可。"下一步我要去西部支教了,去那里传递海大的情怀,站好学生会的最后一班岗。"虽然言语中流露出一丝不舍,但李帅将带着对学生会的感激

品·校园

上路，为西部的孩子倾入他的全部热情。"背起奉献的行囊，去丰收希望的果实。"

"学生会给了我家的感觉，她冲淡了身在异乡的恋家和迷茫，她就是我第二个家。"李帅如是说。在春天雨露的滋润中，那金色的芽已经长成参天大树，银色月光下，树影婆娑。

学习是学生神圣的天职

李帅有一个引以为豪的记录——大学四年从未无故逃过一堂课。谈到学习，他一直挂着笑容的脸上也浮现出一丝严肃。"作为一名学生，如果你连最根本的去上课都做不到，那还能做好什么呢？"尽管身边同样有着不少沉迷网络游戏的人，但是他从未动摇自己因渴求知识而不断学习的心。四年从未无故逃过一堂课，这在平常大学生看来只有用"不可能吧！"来感叹的事情，但是李帅却做到了——即使在他担任大学生权益委员会主任、社团管理中心主任、学生会主席，每天要处理种种纷繁的事务的时候。

繁杂的学生会工作固然会占用他很多时间和精力，但他总能平衡"鱼"和"熊掌"之间的关系。每到期末，学生会工作告一段落的时候，他就会开始自己的紧张的期末学习计划：早上8点准时到自习室开始学习，到12点吃饭，中午回宿舍休息1小时，下午到晚上10点就一直钻在自习室。"没有大量的时间学习，就只能好好利用学习时的一分一秒。"于是乎，效率加时间，优异的成绩便成了理所当然的事情。

大二第一学期，他拿到了第一个奖学金——学习优秀二等奖学金。他依然记得自己当时的激动心情，他迫不及待地拨通了家里的电话，但是妈妈的一句"为什么只拿到二等没拿到一等呢？"让他的心瞬间沉静下来。此后，他便努力向一等奖学金发起冲击。他是一个一直在追求更好的人，"即使不成功，也不至于成为空白"，三毛的这句话就是他的写照。

问及除了学习和工作还有什么娱乐活动时，他摇了摇头，说："没有其他娱乐了，工作忙时，学习就是娱乐；学习任务重时，工作就是娱乐。"就这样勤勤恳恳，他连续三年获得"学习二等奖学金"，多次被评为"优秀学生"，并以全年级第七名的优异成绩被保送攻读法律硕士，为大学四年画上了完美的句号。看啊,那茂密的树上已经挂满果实,秋风中,你仿佛能听见它们欢快的笑声。

我要做党和国家的"守门人"

　　一名大学生党员应该做到什么?应该具备什么样的思想?当大学生们由于种种动机争相入党的时候,当大多数人认为上党课是走形式的时候,他却真正投入对党的相关知识的学习中。他笑着说起一件让他自豪的事:一次党课时课堂提问,老师问了两个问题,全班100多人除了他没有一个人能答出来。他烂漫的笑中,记者看到他孩子般的纯真,也看到了他对共产主义信念的坚守。

　　"我认为上党课除了学习理论知识以外,最重要的是你能学到共产党人的美好品质:坚毅、责任、奉献。你要真正学到心里去,渗到骨子里去,而不是仅仅局限于背过。"这些品质一直伴随着他,并且影响着他的学习工作。他时刻不忘培养自己的历史使命感和责任感,倾尽全力欲将学生会打造成为海大学生服务的精英团体,他不断创新,丰富海大学生的业余生活,他不懈追求属于自己那金色的梦。他还说,是"海纳百川,取则行远"的校训塑造了自己的理想信念和民族精神之魂,让他真正拥有了"海"魂。

　　谈及未来的发展方向,李帅说想成为一名检察官,做一个党和国家的"守门人"——打击贪官污吏,为国家廉政建设贡献自己的力量。果实纷纷落入黝黑的泥土,新的种子又在萌芽,它们将结成一片森林,守住身下的水土。

起航·做最真实的自己

　　学习累了,放下书本,专心投入学生会的工作中;工作累了,品一杯香茗,捧一卷汗青,细细品读,感悟书中的人生。他就这样平静而忙碌地度过大学的每一天。

　　不像那些纠缠于世事而迷失自我的人,他有自己明确的目标,有坚定的信念,有不断创新的勇气,还有与海大、与学生会的不解情缘。他那孩童般的微笑,清澈的眼神,让人难以想象这位邻家大男孩就是海大学生会主席。

品·校园

一路走来,他一直坚持着做最真实的自己;抛开环绕身边的荣誉,他还是当初那个对青岛、对海大一见钟情的人。

"我的光环已经成为过去,海大的明天还要靠你们啦!"阳光温暖着他的笑脸。海大和学生会带给他的光辉即将成为历史,插上翅膀,这位海之骄子又将启程,开始一段崭新的如歌岁月。

(2010年4月19日)

议·校园

经验·能力·素质·人格：
你如何增加成功的筹码？

王新艳　　陈蕾　　赵杰

随着大学生就业观念的不断转变，读完四年大学后踏入社会是更多同学的选择。然而求职的过程是艰辛的，尤其是在今天，就业压力不断增加，竞争愈来愈激烈，无疑更是加大了求职的难度。采访中信息科学与工程学院2000级张森豹向记者讲述了他为谋到一个职位而"三易简历"的故事。

他在上海的谋职生涯有一个月。一个月中他跑遍了上海所有有关信息领域的招聘会，毕竟如果把所有的精力都投入一个企业太过冒险。每天早起晚归，奔波于各个招聘现场，没事的时候就买报纸搜集信息，毛遂自荐的时候也有。但更多的公司不欢迎刚刚毕业的大学生，他们要的是经验和能力。最初他做的简历是四张纸，而有的同学竟能做到十几张。第一张是封面，最后一张是成绩单，第二张是自己的经历、荣誉之类的东西，第三张是自己的工作经验，可以说是一份非常规范标准的简历，结果很多单位连简历都没有留下。于是只好对其做了第一次的调整，将工作经验提到第二张，但还是接连碰壁。最后他不得不进行了第三次的改动，只保留两张，首先是自己的经验，一条一条列出，做到条理清晰，然后是一些零碎的经历，去掉封面和成绩单，收效很大。

当然，张森豹也提到一点，找工作有时也需要机遇和运气。最后他深有感触地总结道："经验和能力在求职过程中很重要，用人单位看的是你能够为他们提供什么，而不是以前你取得了怎样优异的成绩，虽然这在一定程度上也具有说服力。因此在大学期间应更多地接触一下社会，尤其在自己的专业领域内。"

对于这个问题，英语系2003级研究生王浙宁也有着同样的观点："大学四年中，学习是很重要的，但尝试不同的生活方式，试着走出校园接触社会，丰富自己的人生经历更为重要。或许现在并不能看到它们的效益，但这是一种人生经验、财富和底蕴，是在社会上立足的重要资本。"

谈到这里，我们会注意到这样一种现象，因为在求职中受经验的限制，很多同学不得不向用人单位提出不要工资只要岗位。那么，与其找工作不要工资，何不如在大学期间积累经验？

当然，经验和能力并不是决定求职成功的唯一因素。5月24日《青岛日报》刊登了这样一则事例，则从另一角度阐述了这一问题的答案。

一位刚毕业的女大学生到一家公司应聘财务会计工作，面试时却遭到拒绝，因为她太年轻，公司需要的是有丰富经验的资深财务会计员。女大学生却没有气馁，一再坚持。她对主考官说："请再给我一次机会，让我参加完笔试。"主考官拗不过她，答应了她的请求。结果，她通过了笔试，由人事经理亲自复试。

人事经理对这位女大学生颇有好感，因她的笔试成绩最好，不过，女孩的话让经理有些失望，她说自己没工作过，唯一的经验是在学校掌管学生财务，找一个没有工作经验的人做财务会计不是他们的预期，经理决定收兵："今天就到这里，如有消息我会打电话告诉你。"女大学生从座位上站起来，向经理点点头，从口袋里掏出两块钱双手递给经理："不管录取与否，请都给我打个电话。"经理从未遇到过这种情况，竟一下子呆住了。不过很快回过神来，问："你怎么知道我不给没有录取的人打电话？""你刚才说有消息就打，那言下之意就是没录取的就不打了。"

经理对这个年轻女孩产生了浓厚的兴趣，问："如果你没被录用，我打电话，你想知道什么呢？"请告诉我，在什么地方不能达到你们的要求，我在哪方面不够好，我好改进。""那两块钱……"女孩微笑道："给没有录用的人打电话不属于公司的正常开支，所以由我付话费，请你一定打。"经理也微笑道："请你把两块钱收回，我不会打电话了，我现在就通知你，你被录用了。"

就这样女孩用两块钱敲开了机遇大门。细想起来，其实道理很清楚，一开始便被拒绝，女孩仍要求参加笔试，说明她有坚毅的品格，财务是十分繁杂的工作，没有足够的耐心和毅力是不可能做好的。她能坦言自己没有工作经验，显示了一种诚信，这对搞财务工作尤为重要。即使不被录用，说明她有直面不足的勇气和敢于承担责任的上进心。员工不可能把每项工作都做得十分完美，我们可以接受失误，却不能接受员工的自满。女孩自掏话费，反映出她公私分明的良好品德，这更是财务工作不可缺少的。

可见良好的素质和高尚的人品有时比资历和经验更为重要。

总之，求职是一个双向选择的过程，你选择社会，社会也在选择你。你希望社会为你提供生存的条件，而社会需要你为它提供价值和财富。能否双赢，其中包含的内容和要求是广博和严格的。这也是大四求职族的深刻体会。

笔者从北大新闻网上摘选下面一篇关于求职简历三大误区的文章，供读者参考。

"长篇累牍"≠吸引力

"博士生一张纸，硕士生几页纸，本科生一叠纸，中专生一摞纸。"这是用人单位在多次招聘中总结的所谓"规律"。

的确，在各种招聘会现场你不难发现，毕业生递上来的简历一个比一个厚，有的动辄就是长篇累牍的"心路历程"，有的干脆就是一本书：前言、致辞、目录、学校历史、学院介绍、专业说明、能力评价、成绩列表、证书证明、人生信条、整页的联系方式、英文简历。

英语专业的小张拿出的就是这种"重量级"简历，洋洋洒洒63页，"我以为只有够'长'才能引起用人单位的注意。"小张说。抱有他这种心态的毕业生还大有人在。

据了解，如此花团锦簇但拖泥带水的自我介绍是技术单位或部门的人事主管最不能容忍的，他们的思维方式都是很务实的："那些又厚又长但不知所云的简历我们基本都不怎么看的。"

"无所不能"≠竞争力

学中文的小张今年大四，他说现在已有不少同学在忙着做简历，有的还把自己吹得天花乱坠，这让他颇为反感，"简直就是在'吹水'嘛！"

小张所述现象在当前的求职者中还为数不少，不少毕业生为了显示自己的"竞争力"，把自己描述成"知识无所不懂，技能无所不通"的全能人才，极尽夸饰之能事。

在某财经大学举行校园招聘的一家投资公司人事部门工作人员就说："让我们眼前真正一亮的是简历的实际内容，而不是它的包装、用词。有些同学的英文简历做得顶呱呱，但面试时英文却说不上几句，这样的毕业生我们会要吗？"

其实，脱离自身能力的虚夸，往往适得其反，招聘者一看就留下了不诚实、不踏实的印象；尤其到了面试时，张口结舌，露出狐狸尾巴，落得个"聪明反被聪明误"。

简历只是一块敲门砖，关键还在于要有真才实学。用人单位也告诫求职者，在简历中一定要有把握的才写，没有把握的不要写，要实事求是，千万不要夸张。

"深情款款"≠亲和力

"给我一个机会，我会还你一个惊喜。""本人团结同事，能吃苦耐劳。"诸如此类的语句是否也出现在你的简历中呢？如此表白果真能让用人单位动心？

用人单位则反映，很多求职者在表现个人能力时，总爱用一些抒情的句子，要不就是"团结同事、能给公司带来如何如何的效益"等等的空话、虚话，甚至有的在结尾还不忘加上一句"我热切期待着一个大展鸿图、共创辉煌未来的良机"之类的口号。这样的表达看起来充满激情，实际上等于白说。

"无谓的抒情显得多余，还是实在一点的好。"这是大部分用人单位的忠告。

（2004年6月26日）

大一新生的六门"必修课"

董 星 郭 萃

充满硝烟的高考在黑色的六月结束了,新生们带着各自的梦想来到了校园,面对着新环境、新面孔以及一种新的生活方式,当最初那份新鲜感消失后,难免会有不少的问题困扰着他们。该怎样面对并且解决这些问题呢?记者专程采访了多位新生,总结了一些困扰同学们的问题,让我们带着这些问题一起从高年级同学和专家那里寻求帮助吧。

你学会学习了吗?

晓静是一个来自山东烟台的女孩,从小学到高中学习成绩一直名列前茅,从未出过班级前十名,但来到大学后,她发现周围高手很多,而自己只是一个再普通不过的学生,尤其是英语上的差距让她很苦恼。现在她特别担心将要面对的考试,考不好不就会很丢脸吗?没了头上"优等生"的光环,晓静不再像原来那样开朗自信了。

高年级同学和专家建议:进校的成绩存在差距那是必然的,不用为此苦恼,你既然能考上大学,就证明你是有能力和潜力的,只要自己不放弃,学习成绩一定会达到你的理想水平,我们身边就有很多同学刚开始成绩不好,但经过自己的努力最终赶了上来。至于考试,其实也没有大家想象中那么难,平时一定要好好听课,掌握好书本上的知识,认真完成作业。这些话听起来很老套,但却是保证你成绩好最直接的方法。中学生在学习知识时更多地是追求"记住"知识,而大学生就应当要求自己"理解"知识并善于提出问题。对每一个知识点,都应当多问几个"为什么"。一旦真正理解了理论或方法的来龙去脉，大家就能举一反三地学习其他知识，解决其他问题，甚至达到无师自通的境界。在大学里，有个好的学习方法是最重要的，因为老师在课堂上讲得又快又多，所以一定要提前做好预习，在下课后还要及时复习，听课时一定不要光顾着记笔记，那样很容易让你跟不上老师的讲解，课后你却需要花上更多的时间去弥补。

你会独立生活了吗？

来自江西的王强家境较好，是父母的掌上明珠，以前从未离开过家。来到海大后，叠被洗衣等生活琐事让他头疼。更让他烦恼的是他不知如何管理钱财，原打算一个月用完的800元钱不到半个月就用完了。因此，这些生活琐事搞得他焦头烂额。

高年级同学和专家建议：自己已经不是小孩子了，离开家人的保护是理所当然的，所以要学会自己照顾自己。首先，学会自己制订用钱计划，并严格执行。规定好每月花钱的数额，不可以随心所欲的用钱，如果一个月超支，那你只能下个月节衣缩食来弥补啰。至于生活上的琐事，则需要你自己慢慢来摸索。你也可以向你身边的朋友求助，或者去请教老师，但最重要的是要自己养成坚强独立的性格，这个美德会在以后的人生道路上带给你很多的益处。

你学会与人相处了吗？

马菲是个农村姑娘，由于家境贫寒，她以前从未来过城市，对城市的一切都感到陌生。在宿舍里，当同学都在讨论时尚流行话题时，她只能在一旁保持沉默，她甚至找不到话题与别人交流，这使本来就文静的她变得更加内向，甚至自卑。

高年级同学和专家建议：拥有真正的好朋友，比拥有任何财富都要有价值。新生们刚来，首先一定要和你的舍友们培养好感情，大家要在一起生活四年，就应该像一家人一样团结友爱。如果现阶段你和她们的关系不理想，也不要担心，你应该努力去培养自己和大家的共同话题，在一起时间久了，大家的关系慢慢就会好了。在人际交往中,自己一定要真诚热情,主动帮助别人,相信你的努力会使你拥有真正的朋友。如果你是个性格内向的人,就应该多参加社团,扩大交友范围,培养自己的交际能力。

爱情来临,你准备好了吗?

郝风是一个有些腼腆的男孩,他很渴望大学中爱情的来临,但他却不知该如何与异性相处,每当和女孩说话时,他就显得尤为紧张——脸红、甚至结巴。为此他感到很苦恼。

高年级同学和专家建议:每个人都会有这样一段时间,其实只要你走出自己的蜗牛壳,就会发现一切并没有你想象得那么难,自己多主动开朗地去和异性接触,慢慢地你会发现你已拥有了很多异性朋友。在接触过程中一定不要害羞,大胆地表现自己的想法,记住:自然就好!

梦想与现实,你如何选择?

活泼开朗的星星,喜欢参加各种社会活动,十分向往当一名记者,但在大学里她所学的专业却是她并不喜欢的生物——学校的强势专业之一。在反复思量后,她选择了转系,但身边的人都很反对这个做法,没有人理解她支持她,在现实与梦想间她很难选择。

高年级同学和专家建议:虽然你没有"选你所爱",但你不妨试试"爱你所选"。有些同学后悔自己在入学时选错了专业,以致于对所学的专业缺乏兴趣,没有学习动力;有些同学则因为追寻兴趣而"走火入魔",毕业后才发现荒废了本专业的课程;另一些同学因为在学习上遇到了困难或对本专业抱有偏见,就以兴趣为借口,不愿意面对自己的专业。这些做法都是不正确的。在大学中,转系并不容易,所以,大家首先应尽力试着把本专业读好,并在学习过程中逐渐培养自己对本专业的兴趣。此外,一个专业里可能有很多不同的领域,也许你对专业里的某一个领域会有兴趣。现在,有很多专业发展了交叉学科,两个专业的结合往往是新的增长点。因此,只要多接触、多尝试,你也许就会碰到自己真正感兴趣的方向,毕竟转专业不是一个小问题，在你还没有找到自己真正兴趣的时候，先好好地学自己的本专业，从中去培养兴趣。要是实在不喜欢，可以去请教老师，考虑成熟后，问清楚情况再转系。

课余时间，你要如何度过？

陶聪是一个要强的男孩，但因为各种原因，他所报的社团没有一个录取他，每天，当他看到舍友们都忙于各种社团活动，过得快乐充实，而自己除了上课就是自习，他感到空虚和寂寞，甚至觉得生活无聊。他不知该怎样度过课余时间。

高年级同学和专家建议：这些空余时间是很宝贵的，你可以利用这些时间去多看看书，扩大自己的知识面，这对自己的前途很有帮助。你还可以多做运动，毕竟身体是革命的本钱嘛。你也可以到处去青岛美丽的地方转转。其实丰富自己课余生活的方法很多，关键是要摆正心态。在下一次社团纳新的时候勇敢地表现自己，争取进入自己喜欢的社团。

采访过后记者发现，很多同学入校时都是第一次离开父母，离开自己生长的环境。进入校园开始集体生活后，如何学习、生活及如何与同学、朋友、社团的同事相处就成为大学生活的重要部分。进入社会之前，大学是大家最后一次可以在相对宽松的环境中学习、培养、训练如何与人相处的机会。所以，我们要好好把握机会，在增加知识的同时培养自己的交流意识和团队精神。

最后送上大学生心理健康教育与咨询中心主任王萍教授的一句话：大学是人生最为精彩的片断，智者、强者在这精彩中描绘属于自己的明天；愚者、弱者却常常会在这精彩中失去自己。老子说过：知人者智，自知者明，胜人者有力，自胜者强。希望同学们能够超越自我，多一点努力，多一点尝试，在大学里书写自己生命的精彩！

（文中人名均为化名）

（2005 年 11 月 1 日）

英语试点教学：决胜口语交际

黄立哲　　杨跃峰

近日来，英语试点班的推行成为中国海洋大学大一的学子茶余饭后议论的热点。这一措施的实施不仅仅标志着海大的英语教学在课程改革中的突破与创新，而且对学生学习英语的能力提出了新的要求。能否适应以听力和口语为核心的英语试点教学，对于长期埋首于大量习题、为大小英语考试成绩所困扰的同学们来说是一大挑战。而学生在充足的学习时间中如何平衡课内与课外的知识，任课老师如何在课堂上因材施教、课后如何对学生进行监督，也是大家普遍关心的问题。为此，记者采访了浮山校区英语试点班的任课老师魏蕾，并通过自己的亲自体验对英语试点教学情况做一番了解。

教学目标与方式：大胆突破　致力于提高学生的综合能力

在谈到推行英语试点班的目的时，魏蕾老师介绍说："多年来由于升学考试的巨大压力，学生的学习一直都是课堂上直接灌输，应试能力得到提高的同时却导致了学生的口语交际水平比较薄弱，许多语法知识却不会运用。学生多年来一直习惯于被动的学习形式，英语教学普遍呈现出'输入多、输出少'的局面，在我看来这是弱点。作为教育部英语教学的试点院校之一，海大有能力在这个方面做出一些改变，让同学们的口语交际水平有本质上的提高。"

教学前瞻：老师一丝不苟 学生积极踊跃

英语试点班在我校的三个校区都开始实施。据了解，在浮山校区开课的老师是刘秀丽、魏蕾和李琳三位，而报名参加试点班的大一新生相当积极踊跃，约360人。英语试点班开课之后，学生上课的时间由每周4学时减少到每周2学时。但是上课时间的减少会不会导致学生学习积极性的下降呢？魏蕾老师的回答消除了我们的困惑："我们几位开课老师已经做好计划，用不同的形式监督学生的学习情况。课后的选词填空、翻译句子等练习我们会在课堂上检查。而课文和单词的背诵就很大程度上靠同学们的自律，但老师也会不时进行抽查。在课堂上我们把精力集中到口语的学习中，所以我们希望同学们能在课余时间用好多媒体资源和教学参考书，师生一起配合，让学生的学习和老师的教学都能上一个新的档次。"

考试方式：一视同仁

以前，学生们最关心的莫过于英语期末考试以及大学生英语四、六级考试。根据魏蕾老师的介绍，在英语试点班推行之后，英语期末笔试的试题与普通班一样，试点班的同学是否要加考口语现在还没有确定。而四、六级的考试试题所有考生的是一样的。根据最新的消息，英语四、六级考试的成绩不再与同学们的学位挂钩，这无疑减轻了学生备考的负担，有利于学生摆脱应试学习的被动性，让学生有更多的时间提高英语口语交际水平。

亲身体验：学生为主体 教师为主导

从本学期第6周开始，英语试点班教学全面开通。而作为参加试点班的一员，记者也对试点教学进行了"零距离接触"。记者所在的班一共30位同学。上课的时候老师安排学生尽量往前排坐，各个同学的位置相对固定，教师按照座位将同学们分为几个小组，每组4~5名同学。在课堂上，老师精心准备了各种实用性强、难度适中的情景对话，每个对话结束之后都请同学起来复述或按照关键词和提示编一个新的对话。课本知识的学习则由同学们的小组讨论为主，各小组采用"头脑风暴法"，对一个问题各抒己见，畅所欲言。同时，小组各成员之间在合作中形成了默契。讨论结束之后，学生踊跃举手发言。一节课下来，每个同学基本上都有至少一次发言的机会，这在以前的大班教学中是难以实现的。而同学们积极主动争取发言的场面也彻底改变了以前由老师亲自灌输的学习模式，这一切都体现了魏蕾老师所介绍的"学生为主体，教师为主导"的课堂教学目标。

学生感慨：受益颇多

记者在课后采访了几位参加试点班的同学，让我们一起来听听他们的心声吧。

观海听涛：作为课程改革试点班的学生，你是怎么看待这次英语教学的改革的呢？

魏玉：英语教学改革的出发点是相当好的，能让学生不再单纯地为学习而学习。但是我觉得这项改革应该是一个循序渐进的过程，不能一下子就做很大的变动，这让学生很难很快地适应过来，毕竟以前的那种"听课"式教育已经影响了我们很多年，观念和想法很难立刻转变过来，所以会有点不适应。再者课下虽说可以自学，但是毕竟有一些学生自控能力不是很好，自学效果也不见得怎样。

张丽红：我觉得英语改革的初衷是很好的，改革后能给学生营造一个活泼、自由的课堂氛围。在老师的带领和引导下，同学们可以用口语表达自己的意思，课堂上播放的英语短片可以提高听力水平，小组讨论更加强了我们的口语练习，不过英语课堂只有互动才能达到预期效果，学生作为改革的实验对象，若拘泥于传统，不敢说、不愿说或不好意思说英语的话，那就达不到教学改革的目的，讨论反而成了浪费时间。而有的学生就是这样，这点我深有感触，我们组就出现过那种现象，大家不能用英语思考问题，经常会说出汉语。

晁宇：参加试点班让我的口语水平和交际水平都有了一定提高，老师的讲课很有激情，我感觉到自己的合作意识和自主学习水平都在进步。

观海听涛：课改后书本内容不再是课堂上的主体，自学则显得愈为重要了。你觉得学生课下自学的效果怎样？

张丽红：我觉得课下可以利用资料书了解语法、词汇，在网络教室或电子阅览室看 CD 片、练习听力、早读练口语等，效率还是很高的。但是自学在于自我控制，我想只要能控制好自己，应该比在课堂上听讲要好。

观海听涛：学校为试点班的学生开通了网络课堂，你认为这个网络课堂开设后效果怎样？

张丽红：很好啊！在那里可以自由地练习听说，而且给人的感觉很好，按照自己的学习情况拓展知识面，多媒体的教学平台让我能自主地开展学习，我觉得自己学习的积极性比以前强多了。

英语试点教学无论对于学生还是老师都是一次崭新的尝试。在试点班开始推行的这几个星期以来，每一个学生都能感受到自己在口语交际上的进步。在课堂上以听、说、读为重心的教学，让语言输入、吸收与技能转化有机地结合在一起，使学生真正地受益。从精心设置的情景对话、丰富多彩的课堂活动以及一丝不苟的发音纠正之中，也能深切地体会到开课老师辛勤的付出。不仅仅在课堂上，在实际生活中也充满了各种各样的问题值得去讨论、去交流、去思考，而英语试点教学中具有真实感的交际活动就教会了如何运用英语这一工具去解决现实生活中的问题。尽管还需要一定的时间去适应，去改变、去学会自我控制和约束，但在将来的日子里，有理由相信，英语试点教学会在学生和老师的共同努力下走得更远。

（2007 年 4 月 29 日）

议·校园

曲径通幽 认识奔向科学殿堂的人

陈 博　孟 霞

从小学到中学，再到大学，文理学科没有一个阶段像现在这样分明过，学文的不知罗斯贝的罗斯贝波，学理的没听过 M·艾布拉姆斯的《镜与灯》。当你在一条路上走得越来越远时，却失去了与另一个领域大师们相遇的机会；当你在一片知识的海洋里流连忘返时，却错过了此时彼处的另一派旖旎风光。

鱼与熊掌不可得兼，即便如此，我们依然可以通过相互之间的交流和彼此关注，开一扇窗，看一看我们在对方眼中的模样。

文科生："理科生，我眼中的你"

文科的同学普遍反映，从着装上、谈吐上很容易分辨出理科男生。大多数理科男生着装比较正统，以单调的灰黑色为主（运动装、球服除外）。他们性格内向者居多，沉默少言，说话做事比较实际，直来直去，大大咧咧；而文科的男生显得随性和自由一些，他们衣服的款式、色调能体现出自己的喜好，在谈吐表达上他们也有得天独厚的优势，言辞丰富，幽默风趣，恣意豪情中更兼浪漫。在文科生看来，理科课程单调乏味、枯燥难啃，所以他们眼中的理科生有着坚忍不拔的毅力和百折不挠的干劲，看上去更精明强干、沉稳利落。

女孩子的着装都很注重时尚，差别似乎没有文理男生那样泾渭分明。但不少文科女生认为，在其他方面还是能看出差异。文科女孩爱幻想，多愁善感，容易跟着感觉走；而理科女孩想问题做事情略显稳重和条理，比较注重客观实际，但不善于表达自己。

外语系2003级研究生施蕾说:"理科班的男孩子普遍较多,在这种氛围下,学习理科的女孩子不仅拥有女孩天生的温柔贤淑,而且在与男同学的日常接触中又吸纳了男同学的热情、大方、果敢、干练等特点,使她们多了女强人的气质和能力。对于男孩子,我很羡慕他们对学术的深入研究,比如数学建模、计算机编程;在我看来有些高深莫测的东西,可他们玩得游刃有余。"

"文科生看问题容易感性化、细腻化,而理科同学更偏重于逻辑思维,看问题严谨、全面、深入、透彻。理科生比较看重成绩和知识的深层探究,但有些同学却不太重视社交能力的培养。"汉语言文学2003级的一位同学如是说。

另外,不少文科生对理科生毕业后的高收入很是羡慕,但又觉得理科生所学知识更新换代的速度比文科快得多,这就意味着理科生想要有所成就,就必须终生学习,始终站在学术前沿,跟上时代的步伐。而这点在文科领域里显得稍微弱一些。

记者还找到一位从理工科转到文学院的同学。她的感觉是文科需要的文化积淀比较深,有些课程的理解是需要有一些悟性的;而理科的继承性比较重,格外注重一个台阶、一个台阶地攀登。"文科生给你洒脱的韵味,而理科生则留给你稳重的感觉。"

理科生的自白

"城里的人想出来,城外的人想进去。" 对文科生理解的理科生的幸福,科学殿堂里的他们却满是无奈和苦笑。

"当我们为物理题、化学题、数学题忙得不可开交时,我就希望自己不是理科生,因为这些高深莫测的理论让脑细胞死得太快,太多了,想想都头疼。"一位理科生从砖头厚的物理课本上抬起迷茫的双眼说道。

小说,当然包括武侠、言情类,可以被文科生堂而皇之地列为学习书目,而理科生却有不少无奈:"像我这样,看看武侠小说和言情小说,对于我们这些把课余时间都奉献给作业的理科生,说轻了是不务正业,说重了简直就是犯罪。作业太多了,不过这也是必需的,因为你不做练习,根本无法将知识融会贯通。所以,文科生的享受到了我们这里成了无聊消遣。"

"另外,我们的就业也不是人人都乐观。用人单位永远只盯着那些功课优秀、成绩突出的学生。而这些优秀学生是在大家的残酷竞争中胜出的,所以并非每个人都有这样的好机会。所以我们也面临就业危机。"这位同学补充说。

考虑到诸多困难,大多数的理科生还是愿意让理想栖息在理性的枝头。2003级的阎泽娟同学说:"理科的生活尽管有些枯燥,但我还是喜欢理科,自己做出一道难题,或者找到解决疑难问题的方法,那种兴奋的感觉妙不可言,估计文科学生体会没有我们这么深刻。"

与阎泽娟同学有同感的理科生并非少见,2002级的一位同学觉得文科生活让人羡慕,但如果让他选择,他还是学理,毕竟理科的就业面广一些。而且不少人认为文科的知识比较容易掌握,以后如果需要用到可以随时补充,但是如果想从文转到理则难如登天,所以坚持选择学理。

化学化工学院张教授说:"文理科是密不可分,相互联系的,特别是理科学习对文科知识的渴求更显得突出。因为任何学科的学习都离不开语言表达和文字写作功底,只会做题却无法表述是一种悲哀。理科生平时也应该重视文学素养的提高,没事看看文学著作,写些文章。深厚的文学功底会让你在竞争中脱颖而出。"

清华大学的一位教授在《西方文学:心灵的历史》中谈道:"每一个不甘心沦为工具的青年,都应该去打破专业的'囚笼'。探天地之间,究心灵宇宙,悟人生哲理。"

(2004年5月27日)

点点成线　圈出世界
——致你我的四年青春

张婉祎　　杜青卓

生活是个点，点点繁杂些许忧

　　我叫王祎旸，今年十八岁。和大多数人一样，在我十八岁这年完成了人生中的一件大事——高考，我期待着开始一段新的旅程，并怀揣着对未来美好的憧憬踏进了中国海洋大学的大门。从北京到青岛，六百多千米的距离也许会阻断一些东西，但梦想从未断线。大一上学期我几乎没翘过课，上课也特别认真。宿舍、食堂、教室，每天几乎重复着像高中似的三点一线的生活。

　　后来的我试着打开自己的世界，认识更多的朋友。大一上学期我参加了三个学校社团，结识到许多新朋友，从他们身上确实学到不少。但毕竟还没有完全适应大学生活，三个社团繁杂琐碎的事务与排得满满当当的课程像两股缰绳不断拉扯着自己，不能两头兼顾，生活的步伐逐渐被拖慢，前方的道路大雾笼罩，我置身其中找不到前进的方向。

　　这样的日子像是被沿着直线切割成大小均一的块面，稳稳当当地码在每个地方，不温不火，上面见不着盛放的玫瑰或是鎏金的宫殿，生活是被每天琐碎的事情淹没的岛屿，在海面上看着飞机远远拖出的白色尾烟。

　　逐渐地，我发现这并不是我想要的大学生活，十八岁这炽热的青春应一怒而放，而非如此零碎。

　　既然不能改变环境，唯有改变自己，大一下学期我开始慢慢调整自己的生活节奏，逐渐明白自己想要的到底是什么。在大学你要做的就是不断充实

议·校园

提高自己，不仅要学好自己的专业，各方面的知识能力也是必不可少的。兴趣是最好的老师，学习素描一直是我儿时的梦想，上了大学也希望能选上素描课，认真学习一回。最终虽然没能选上，我还是坚持旁听，课余时间我也会用素描来丰富我的生活。记得那一次和同学在校园里四处溜达，想找一处能鸟瞰整个校园的地方写生。最终在工程学院院楼找到了那个地方，推开窗户，眼前的景色令我俩目瞪口呆，落日的余晖洒在一幢幢教学楼上，在夕阳的映衬下楼群更显雄伟。我俩二话不说就开始写生。太过专注以致十点半已过才发觉，于是我俩背着画板在校园里狂奔，所幸宿舍还没有关门。现在想来，这必然是大学回忆里值得回忆的一件事。做自己喜欢的事，过自己想要的生活，有梦可做，有目标可追寻，有朋友相陪伴。

那时的我，包括现在的我都一直坚信，如果要在自己年轻的时候做更多的梦，就一定要找到那些能和你一起做梦的朋友。在老乡会中我结识了一帮北京的朋友，我们一起谈天说地，分享彼此生活的乐趣。虽然身处异乡，熟悉的乡音、共同的记忆却给予我莫大的精神支持。

任何发生过的都是财富，就看你是否在意。从迷茫到坚定，生活要由自己掌控，未来的日子正是因为充满未知才引人追寻，要是知道以后的路，那就不叫人生了，那叫认命。那时的我对未来的四分之三的大学生活充满着期待。

生活是条线，找回自己，做内心的你

烈日当头，蝉鸣肆意，训练场上新生踢正步的声音久久回响，时光如白驹过隙，今年我已大二。

专业课增多，三个社团事务繁重，时常忙到凌晨才睡觉。许多不想做但必须做的事情牵绊着自己，让人窒息，我感觉快被淹没在这些琐事里面，迫切需要找回自己。

我是一个喜欢不断尝试的人，喜欢新鲜的事物，喜欢迎接新的挑战。人们常说外面的世界很广阔很精彩，于是我试着走出大学校园，去看看校外的世界。在国际经济学商学学生联合会（AIESEC）我找到了一个认识世界的机会，当然也让我意识到自己的不足。全程英文交流起初对我来说并不是那么容易，于是我开始恶补英文，从交流时的紧张到从容，从写英文简历时的手足无措到信手拈来，这无一不是一个成长的过程，其中的辛苦自然会有，但累并快乐着，做回自己找到生活的新方向原来并不难。

生活中不仅需要有敢于拼搏的冲劲，也需要有良好的心态做自己。我从来没有踩过高跟鞋，包括那次 AIESEC 舞会我穿的都是匡威。我觉得现在的女孩儿们大多缺少一种率性，做最真实的你，自然最美。大二的下学期我得到了一个去肯尼亚当志愿者的机会，但由于种种原因无法前往，遗憾在所难免，但更重要的是要调整好自己的心态不能永远为错过这一次机会而失落沮丧，我相信只要做好自己分内的事做好准备，天道酬勤，我相信，一定还会有机会。

生活是个圆，圆有多大凭自己

大学是一段认识人的过程，是心智成熟的过程，在这段过程中我能感到自己心态的改变，对待事情更加淡定。志愿者，对外交流，诸多活动让我认识到了不同的朋友。

不断成长的过程中我发现，生活圈子是需要划界限的。因为不同圈子的人生活习惯是不同的，比如我的舍友生活是很有规律的，而另外有的朋友便是每天都睡得很晚，有的人在做事前偏重先把理论基础打好，有的人更偏重实践。我想虽然他们之间有我这么一个桥梁，但是他们各自的生活习惯是没有必要去改变的，即使是我，也没有必要让他们在彼此相处中为难。在与他们交往的过程中我学到许多东西，我感到很快乐。除了班里的同学，要好的舍友，我还通过自己的努力认识到许多从国外交流回来的朋友，这种状态让我心里更加明确大学所存在的意义。我正在做着自己最喜欢的事情，交往着我最喜欢的朋友，我更加相信善良、阳光、自信、独立这些积极的正能量，我不断告诉自己，告诉周围的人，要相信在这个世界上是有存在很多温暖的力量的，只要相信就会拥有幸福最初始的味道。

朋友是大学生活中的很重要一部分，我在与他们的交往过程中也更加深谙把自己的事情做好有多么重要。通过大一大二对外界的了解，我逐渐确定自己去英国读研的想法，我希望能够感受不一样的文化氛围和教育体制，想把眼界放得更开一些。留学事情遇到的最大阻碍便是父母的强烈反对，他们是有他们的考虑的，大学四年平常都见不到他们，研究生又即将出国，我能深刻体会他们心里对我的不舍。这种想法让我心里非常纠结,一方面想陪在父母身边,他们年纪逐渐大了,另一方面我的梦想又让我不想退让,几经周折,我为了这件事情与爸妈平心静气地谈了一次,最终得到了他们的支持。接下来的时间里我联系中介,准备雅思考试。大一大二的学习成绩我并不满意,于是我在大三也加入了漫长的刷分岁月。这段时间过得简单而充实,连舍友都惊叹于我几乎每天从1、2节上到9、10节,节节课认真去听讲,我并不是故意把自己搞得这么辛苦,只是很简单的一个道理,我要开始为自己的梦想埋单。直到大三我才真正明白大学生最不该耽误的是学习,知识本身的重要性是任何事情都无法匹及的,每天的认真自习,早出晚归,果然换来了我还算满意的结果。直到现在我回想起自己的大三依旧感到很幸福,那种充实感是别的事情所无法代替的。

如果说友情、学习、社团锻炼是大学的必修课,那么还有一门课我至今还未修过,所幸,上天是眷顾我的,让我在心态最为平和的状态下撞见了爱情。有人曾说过,在对的时间遇到对的人,那是童话,在错的时间遇到对的人,那才是青春。我想,我只要遇见了童话,那么青春便终将不朽。

我们两人其实之前就认识,只不过一直交流不多。那次是省级老乡会篮球赛,我去场边加油,当时只是很单纯地觉得这个男孩儿打球真帅,中场休息的时候他一个人坐在那里,很安静的样子。我把水递给他,简单说了两句话,然后他就继续上场打球了。那次应该是我关注他的开始,后来我们经常一起游泳,假期的时候非常巧一起坐车回家,在北京的时候他因为是个技术宅便坐了很远的地铁帮我解决手机的问题,就这样一来二去,我们很自然地走到了一起。网上有句话说,无论是男生主动追女生,还是女生追男生,可能都会因为各种原因分开,反而是那种你情我愿自然而然的两人最终能够天长地久。在我心里,我永远坚信有情人终成眷属,当然,我也更加坚定我们之间的感情,这种细水长流的感情,于我而言,便是爱情本身最富有魅力的地方。

大四的我,经常在北京实习,一方面是为了锻炼自己,更重要的是为了多陪陪爸妈。我拥有更多的时间回顾之前三年的大学生活,这真的是一笔宝贵的财富。我不断总结自己,其实我的身上还存在许多问题,比如做事拖沓,定力不够,这也是我在读研的时候给自己选了一个最难的专业的原因,我想我已经拥有这个能力知道自己该做什么了,即使周围环境再喧嚣我也可以甘之如饴。大学四年,舍友情真的很珍贵,走了四年,回头看看,与自己相处时间最长的还是舍友,我们互相彼此包容,彼此接纳。现在大家只要一回来有时间就会聚在一起聊聊天,打打牌,这是一种难得的默契。老乡情对我来说也有着别样的意味,他们是我在最痛苦无助的时候最坚实的肩膀,我们一起疯,一起闹,有了他们,我的大学才更加精彩。

  知识的储备还在继续,生活是个世界,我们都是不断旅游的少年,游历的过程中我们收获到亲情、友情、爱情,收获知识、经历、思维的拓展,我们也失去了一些东西,譬如年少轻狂,譬如对梦想的无畏追求,但终究在绕来绕去的过程中我们逐渐明白,原来我们穷极一生所追求的,不过是在达到目的地那一刻时的满足感。而支持我们前进下去的唯一动力便是那份由内心散发出的追逐梦想的渴望,海子的诗告诉我们,我们要有最朴素的生活,和最遥远的梦想,即使明日天寒地冻,日短夜长,路远马亡。

  原来"相信未来"这四个字最美丽的不是"未来",而是"相信"。

(2013年6月16日)

议·校园

行远未远　静候君至

黄影飞

诸事琐碎，却被安排得井井有条；课程多而杂，却不曾降低要求标准；任务接踵而至，却未语一言埋怨。这般孜孜矻矻而从容淡定的态度也不为陶征卓独得，而是所有行远人引以为傲的标志。

从一份课程表谈起——

课业进行到第九周，尽管一些课程已在第八周结束，行远书院三期学生陶征卓的课表仍然"五颜六色"。下课铃响，共同奋斗了一天的专业课同学纷纷长舒一口气，为今日繁忙的课程作结。而陶征卓却并未由此放松，他匆匆整理完书包，不紧不忙地迈向下一间教室，以赴"行远之约"——周三晚的"世界文明史"。

构成陶征卓课表的不单是本专业与行远书院的众多课程，大量的预习、复习的自学安排也占据了课表的"半壁江山"，社团活动和兴趣小组只能从少得可怜的余下时间里"抢夺一杯羹"。这般充实的生活不仅属于陶征卓，也属于每一位行远人。

博雅教育即行远之道

行远书院最为神秘也最为吸引人之处即在"博雅"二字。"'博'指的是广博的知识、开阔的视野和开放的胸襟。'雅'指的是高尚的品位、严格的标准和认真的态度，"行远书院院长钱致榕先生解释道，"博而雅的人才能真正适应未来 30～50 年的社会需求。"得此结论，钱致榕院长是出于多方面的考量的。

首先，目前中国大学普遍存在严重的应试现象：学生平日疏于学业，临考突击复习，考后基本忘记。大学教育的落实程度堪忧，如此模式培养出的学生"专"都难保，更难致"博"，自然无法行远。更何况，就目前就业形势而言，大多是毕业生所从事的职业与本科专业并不相关，精于一隅的人更难以胜任。

其次，中国各所大学专业划分细致，每一专业的学习内容过窄，即使培养出专业精尖人才，也难逃管窥蠡测的局限。而且当下的大学教育亦主要停留在对教材课本讲解的基础上，记与背仍然是获取分数的捷径。但随着社会发展的速度加快，知识理论也处于不断更新换代的阶段，大学培养出的学生如果强于记背功夫而欠缺思辨与自学的能力，那么当大学时代所记的理论知识过时以后，他们也难以在社会立足。

更重要的是，当代青年本该秉持的家国情怀和担当意识实则难觅踪迹，对于个人、社会、宇宙的宏观把握不够，在具体事件处理时难免显得捉襟见肘或急功近利。

由此可见，博雅教育势在必行。

"博雅"教育首先关注"博"，故学院历来以宽口径课程打造宏观框架：具备广博的知识才会有过人的胆识和开阔的胸襟，胆识和胸襟造就宏观的视野，在此基础上才会有学习具体技艺的高效能力，才会有悲悯淑世的关怀，这是钱致榕院长所秉承的观点。故而行远书院依托中国海洋大学的优质师资和海内外名师，共开设八门文理兼备的大口径通识课：大学之道、宇宙大历史、世界文明史、日常物理、数学天文与物理、全球化与人类社会、大海洋、行远专题。从宏观的角度阐释世间运行的准则，用量化分析的方法培养人文情怀。

比如，在宇宙大历史这门课上，行远书院二期学子段伯睿的收获，远超获取大量天文知识的层面上："这门课从 138 亿年前的宇宙大爆炸讲起，广阔的画卷瞬间撑开我的视野，重新构建了我的世界观。而此时我发现，眼前所面临的利益得失在这幅宇宙的图卷中显得多么微不足道。书院的课程内容

议·校园

虽然不存在观念的具体教化,但我的三观却着实受到巨大的滋养,在这之中我找寻到作为人类的意义和责任。"

"博雅"二字中的"雅"的重要内涵之一是高标准的自我要求,故而行远书院一向以"教与学兼具质与量"著称。对比学校本科通识课程教育,行远书院自行一套完整的理论教育,以高标准要求老师与同学,力求同学们收获能够受益终生的知识。

在课程设置上,文理兼备对于高中以来经历多年分科学习的同学们而言已是一个不小的考验,而对各科知识通透深入的理解与运用更是多数人不易达到的要求,但咬牙坚持下来的行远人正含笑收获着。"在书院的学习经历让我坚信人的潜力是无限的,从书院结业以后,我对经济、法律、哲学、心理等等一切人类知识都孜孜以求,学习真的使我快乐!"行远书院零期学子朱芮谈及行远时难掩兴奋之情。

学院聘请校内外优秀教师为同学授课,同时开设"行远"名家讲座,每月邀请海内外名家名师来校讲座。如 2016 年,学院邀请美国航空航天总署前首席科学家黄锷教授做了题为"地球气候史"的讲座。2017 学年,书院邀请了 11 位海内外名家名师来校讲座,讲座内容涉及考古、史学研究、城镇化等多个主题,还邀请哈佛大学东亚语言与文明系博士宋家复老师做了题为"通识教育中的传记阅读与生命思考"的讲座。

行远采用是"3+1+2+3"的课程模式,即要求学生课下进行约 3 小时材料阅读,课前进行 1 小时分组讨论,参与 2 小时课程学习,课下完成约 3 小时的反思作业。

如此强度的课程教学是本科通识课程难以企及的,也正是高强度高标准的教学模式使得行远人受益匪浅:在三小时的材料阅读中养成了自主学习的习惯与积极性,在一小时的思想交碰中发散了思维,在两小时的课上学习中体悟到老师的教学逻辑,更在三小时的课下反思中夯实了知识的根基。

此外,行远书院还从每期学生中遴选课程"小助教",课程老师每周与小助教开会讨论 1~2 次,指导"小助教"做好课前讨论、作业批改、追踪汇总学生学习情况等工作。经过培训之后,"小助教"可以有针对性地自学及带领同期学生进行知识的深入探讨与学习,学习的纵深程度便在一次次机会中得以实现。

夫古人云："行之愈笃，则知之益明。"除去课堂内的教学，走出校园的实践与交流也是行远教育的重要组成部分。

例如，书院目前开创了"学习型三校交流"模式，联合台湾政治大学博雅书院、西安交通大学启德书院，每年开展学术互访活动。2017年2月25日至3月3日，行远书院和西安交通大学启德书院共赴台湾政治大学博雅书院开展访问交流活动。交流团在博雅书院学生的组织下参与了"探索台北"活动，博雅书院也安排了课程观摩、小组讨论等一系列开阔眼界、碰撞思维、深入当地文化的活动。交流团与台湾政大领导、老师及博雅书院学生进行了交流座谈，参加了团膳、博雅讲座等一系列特色活动，并参访了台北故宫博物院等文化单位，圆满完成了此次交流活动，拉开了西安交通大学启德书院、台湾政治大学博雅书院和行远书院的第一次三校联合交流活动的序幕。返程后，中国海洋大学行远书院组织学生反思沉潜，将交流感悟沉淀为文字，形成三校交流报告手册《2017·行稳致远须躬行·台湾》。

再如，2017年行远书院赴江西婺源展开了为期两周的暑假社会实践交流活动。同学们在流水线上帮工，在偏远学校支教，在特色企业参观，在敬老院里尽义务，体味百样人生。书院带队老师每晚组织学生集体反思交流，碰撞思想，深入思考。返校后，学生将实践交流中收获的人生思考和感悟总结成文字，形成行远书院首期社会实践报告专题手册《行稳致远须躬行·婺源》。

在具体深入的实践交流中，行远同学不仅逐渐摆脱了刻板成见的束缚，体悟到现实运作的方式规律，更学会了如何将所学知识运用在解决实际问题上。凡此种种，皆不是一次走马观花式的"实践课程"所能达到的。

盼君共行远，敢为天下先

"君子不器"，行远所追求的不是各科细枝末节的零碎知识，而是力图通过广而宏的知识体系培养开放的胸襟、认真的态度、思考的方法、人生的目标。

行远之才是勤勉自律的人，是海纳百川的人，是心系天下的人，是书写时撇捺有力的"人"，是行进时身正不歪的"人"，是国家和社会能真正有所托付的人。格物致知,正心诚意,而后修身齐家治国平天下,是谓此理。

行远招生不为分数所制,对知识的渴求、对自我的规束、对家国的担当等皆可成为加入行远的理由。行远书院给予一切可能以最大可能,只盼君来。

"知识决定视野,视野决定格局,格局决定未来。"钱致榕院长所言,引人深思。

(2018年6月20日)

敢问路在何方：海大版"西游记"

崔东宇　　高　远

"**在**国内的人天天想着出国留洋，而在国外的留学生却梦想着回故乡。很多留学生像是站在围城的城墙上，看看城里，再看看城外，却不知道哪里是自己的家。"腾讯教育新闻网上一篇关于"出国热"文章中这段意味深长的话，一针见血地指出了如今潜伏在出国大浪潮底的矛盾。

教育部的一组统计数字显示：2009 年我国出国留学人数达到 22.9 万人，比上一年度增长 27.5%；与此同时，全年留学回国人数 10.8 万人，同比增长 56.2%。教育部国际司司长张秀琴透露："近几年，我国留学归国人数几乎每三年翻一番。"

近年来在全国范围内形成的这股出国大浪，如今也悄然拍到中国海洋大学的岸上。随处可见的 GRE、雅思培训宣传单，热门的小语种培训班，经常开办的留学讲座……出国留学已如一股浪潮席卷而来，很多学子都或主动或被动地卷入其中。面对越来越火热的留学潮，作为新时代大学生的你，是否也会仰天长叹一声"敢问路在何方"？

出国留学知多少　"家花不如野花香"

在海大校园中，许多同学为了出国而"衣带渐宽终不悔，为伊消得人憔悴"，实际上他们出国留学的方式较多，既可以自行参加各种认证考试考取外国大学入学资格，也可以通过中国海大开展的国际交流项目，如中法班、中美班等进行交流学习。面对诸多选择，同学们见仁见智。

经济学院 2010 级陈天元，在学期初报名参加了中法班交流项目，并且选择了经济管理为留学专业。他坦言道："我在选择专业时虽然会考虑就业问题，但还是会以自己的学习兴趣为主。毕竟出国的意义更多的是在于了解国外的生活环境与社会风貌。并且接受新环境中独具一格的特定思想文化的熏陶和洗礼，是一种难能可贵的学术交流机遇和不同寻常的人生体验。"当谈到留学结束后的去向时，陈天元表示打算在国外继续考研深造，但如果难度较大，就会直接回国就业。

"法国独特的文化气息与悠久的历史都十分具有吸引力，因此我想利用去法国留学的机会开拓视野，增长知识和阅历。"同为中法班一员的计算机科学与技术系2010级阮哲楠如是说。

"虽然也有在大学阶段出国的打算，不过我更希望通过自己申请留学大学的方式出国。而在国家的选择上，我更倾向于亚洲国家，因为在与中国相似的环境中学习，我才能更好更快地适应。"经济学院2010级李文德认为，亚洲国家比欧美国家更具有吸引力。"谈到留学目的，我是希望利用留学经历给自己'镀金'，方便回国找工作。"

综观以上海大学子出国留学的基本出发点，"国外的教学体系完备、教学质量一流""国外的文化氛围浓厚，理念先进""留学能增加日后竞争就业筹码"等为主要因素。同时还有很多同学在接受记者采访时表示，自己虽然有出国的想法，但仅仅是停留在"想法"的阶段，是否付诸实践还是个未知数，尚未纳入未来规划蓝图中。

不仅如此，为了通过出国必经的语言测试，"准留学生"们热衷于参加各种语言培训学校机构。对此，青岛新东方语言培训学校老师赵娜表示："来上托福雅思班的大学生学员中，有一半左右来自海大，他们的学习积极性都很高。"另外，赵娜就海大学员们的反馈信息分析道："中外文化在语言习惯、思维方式、生活理念、人文习俗、礼仪风范等诸多方面都存在较大差异，因而体验国外文化新鲜感和多样性成为留学生们选择出国的一大着眼点。尤其是国外教学体制的系统性、开放性和自主性，有别于国内填鸭式的应试教育体系和思维定式教育特点，无形中为有出国意向的大学生创造了一股巨大的推动力。"

留学问题不容忘　"家事国事天下事"

在"准留学生"们心动于众多出国留学益处的同时,真正深入考虑过其中潜在问题的人寥寥无几。"很多学生的留学目标模糊不清,留学深造方向摇摆不定,这种随波逐流的盲目性出国心态会对个人和家庭造成很大的负面影响,"外国语学院英语二系讲师张凯在采访中说道,"如果没有明确目标就选择出国,那样就会在留学时缺乏必要的学习动机和动力,个人自控能力也会明显减弱,最终真正能从国外先进优秀文化中汲取到的知识微乎其微。显而易见,这样的留学得不偿失,不仅浪费时间和青春,更会对家庭造成额外的经济负担,是不负责任的表现。"不仅如此,留学生们在踏上出国之路后,同样会面临很多错综复杂的问题,正如赵娜所言:"很多留学生到了国外之后,会在相当长的一段时间里感到孤独无助、难以适应,极度缺乏安全感和归属感。文化差异造成的身心不适则会造成前期学习阶段性成果几近为零。"

出国留学不仅是一个学生乃至一个家庭的大事,对国家的影响也不言而喻。提到出国留学,不可避免地就要提到人才流失的问题。就记者采访所得的答复结果来看,打算留学后回国的人占四分之三以上。对此,张凯认为所谓出国留学导致人才流失的说法太绝对化:"从另一个侧面来看,'人才流动'的说法更为准确。当今社会是个包容、开放的社会,在海外的中国人可以通过其他方式为国家做贡献,比如在国外通过努力工作来提高社会地位,从而增强中华民族的民族自豪感,维护我国国家尊严和形象。但必须强调的是,无论身在何方,每一个中国人都应有一颗不变的爱国心,效劳于祖国是我们责无旁贷的光荣使命。"诚然,人才流失的问题即使存在,也是不可避免的。我们应当在经济全球化的大背景下纵览全局,权衡出国热潮的利弊得失孰重孰轻,更多地关注学术交流带来的发展机遇,而不能因一叶障目而否定全局。

师生协力来解惑　"拨开云雾见天日"

既然留学之路如此漫长而曲折,那么"准留学生"们应该怎么做,才能把所谓的culture shock(文化冲击)对自己的负面影响降到最低呢?

张凯老师倾力给出以下四点建议:首先,最重要的是要明确自己的出国方向和长远目标。不同国家大学的偏向和特长不尽相同,如美国的大学理工科和医学类等专业十分强势,但论及顶尖文学专业深造的最佳选择,当然非英国莫属。因此要根据自身主客观条件和家庭经济条件,合理选择国家、学校及专业。否则即使出了国也未必能学有所成,那样预期的出国学习效果也会大打折扣。

此外,必须打好专业课和英语语言两方面基础,尤其是语言听说读写中中国留学生的两大弱项"说"和"写"。还有一点不可忽视,要在本科四年学习生活中广泛涉猎政治、经济、文化等多方面的知识,以提升自身接受新知识的能力,尽其所能地充实自我、提高涵养,从而为自己在更激烈的国外竞争中增添一分优势。最后,平时应多与出国经验、经历丰富的学长学姐交流,多多关注国外高等教育和留学走向,事先了解将前往国家的文化背景和人文习俗等,万万不可忽视文化差异,这样才能在日益深入了解外国文化之精髓的过程中受益匪浅。

正在筹备出国的法政学院2008级某学长给予大家如下忠告:"出国需要你学会和不同文化背景的人相处,因此平日要注重锻炼人际交往能力。而留学是个系统的整体规划问题,决不能盲目从众,应当三思而后行。只要把它当成一种事业去筹备和奋斗,就一定会收获颇丰。"

"出国留学生活中最不可或缺的要素是个人的独立性,你必须懂得如何学会独立自主和成长。"曾赴新西兰学习的管理学院2008级的一位学姐,热心给予有志于留学的学弟学妹们这样的建议,"你得有足够大的勇气和充足的心理准备,去主动融入异国他乡的陌生文化环境;你还要能吃苦耐劳,抓住一切机遇,在打工等社会实践活动中锻炼得更加成熟。"

出国留学固然是一种不同寻常的人生体验,但是风光背后的经济成本和文化碰撞也让很多人犹豫不前,望而却步。尽管如此,仍有越来越多的同学前赴后继地投身留学的人潮中:清晨湖边的走廊上放声背诵单词的背影,深夜自习室里深埋在书山题海中的身影,无不为了自己的梦想而坚定前行。就像那首歌里唱的:"一番番春秋冬夏,一场场酸甜苦辣。敢问路在何方?路在脚下。"

(2010年12月5日)

用心感受高雅艺术

刘智芳　　崔宏亮　　尚珍宇　　春　苗

激情高亢的歌声，推动了看台上手机屏幕汇成的荧光波澜；宏大唯美的舞蹈，激起了观众们用热情的双手击响的阵阵声浪。这一夜，中国海洋大学体育馆内，"中国东方歌舞团"的演出，器乐合奏、名家独唱、舞姿翩跹，将高雅艺术高调带入大学校园。然而当华灯已逝，离席散场，随着大型演出的落幕，关于高雅艺术的热议却并未终止。高雅艺术是会低调地归于沉寂，还是会以其他的形式，在兼收并蓄的大学校园内找到扎根的土壤呢？

高雅艺术进校园，是做客还是作客？

何为高雅艺术？从记者的采访中，我们了解到，在大多数同学心中，高雅与"专业""正统""严谨"总是形影相随。"高雅"二字，给艺术带上了一张严肃的面具，究竟吓退了多少喜欢艺术却又担心自己不够"资格"去欣赏的学生。"我觉得高雅艺术太崇高，自己欣赏不了，去了反而显得很卑微。"法学2010级卢永媛道出了很多止步"高雅"殿堂门前的学生的心声。

但是，与此同时，高雅艺术又以它的神秘感和深厚的底蕴吸引着一批自愿前来观看的同学。"高雅艺术是在人们安静下来的时候满足人们的一种需要，我们应该静静地去体味去感受每一个音符，"海洋地球科学学院2007级高佳说道，"这种艺术可以陶冶情操，让我们更加放松，提高我们的艺术修养。"看来，对于高雅艺术暂时"做客"还是长期"作客"校园这一探讨，双方各有支持者。

哑剧表演、新年音乐会、民族舞蹈……近几年，高雅艺术在学校的传播

议 · 校园

方式有很多，也的确有一定受众，他们希望能够通过接受高雅艺术达到近朱者赤的目的，陶冶情操。然而，当记者采访一位高雅艺术欣赏者时，他说，如果一场高雅艺术表演和流行音乐演唱会同时在校园内举行，他还是会选择去欣赏易于理解、贴近生活的流行通俗艺术。那么，在风靡校园的街舞等流行风潮面前，高雅艺术还能否独善其身，继续"作客"校园呢？

高雅艺术与流行，是你胜还是我赢？

"高雅艺术"在体育馆陶醉着无数听众的当晚，仅一墙之隔，伴着激烈的韩风音乐，轮滑社的一群同学享受着速度和极限的快感。"喜欢轮滑，因为可以展示自己，秀出个性。"计算机科学与技术2007级周恒告诉记者。

当下，流行校园文化在学生中风靡一时。不仅是轮滑，在近期举办的"校园歌手大赛"中，参赛曲目也基本都是耳熟能详的流行曲目。学生社团中的动漫社，各院举办的诸如"礼仪风采大赛""达人秀"等活动，流行元素"含量"十分丰富。流行通俗文化是随性的，是可以彰显个性的，而高雅艺术则是阳春白雪。正是因为它不为大多数人了解和熟悉，不容易接触到，才造就了它高处不胜寒的美丽。历史地理学2008级研究生金轩在接受记者采访时说："高雅艺术气势宏大、精美，但形式有些板，不过这才是高雅艺术啊。"在很多拒绝高雅艺术的人看来，高雅就等同于刻板和保守，然而流传百年的高雅艺术岂会仅仅是空有皮囊的招牌。正如当晚参与演出的著名歌唱家崔京浩所说，歌曲是把自己内心的感受表达出来，先自我陶醉后才能陶醉别人，感受到的人越多越好，但并不强求每个人都接受自己的艺术，只要享受到过程即可。歌曲如是，高雅艺术亦然，这种只可意会不可言传的精神洗礼或许正是高雅艺术的魅力所在。也正是因为与同学们的距离，才使高雅艺术拥有了一种花隔云端般朦胧而无法企及的美。

用心演绎，高雅自在心中

即是如此朦胧模糊，那"高雅"究竟离我们有多远呢？高雅艺术并不是正式呆板的演奏，不是晦涩难懂的音乐剧。高雅，并不只是华丽的歌舞，典雅的剧场，并不只是高山流水、琴棋书画。"我并不觉得自己演出的是高雅艺术，我也不认为艺术有高雅低俗之分。"崔京浩在被问及何为高雅时这样说，"现在很多学生都对高雅艺术存在误区，认为表演难度高的艺术就是高雅艺术，流行的校园文艺并不高雅。其实，现在有很多流行歌曲也很高雅，关键是看观众是否能从艺术中的到自己内心想要的，高雅艺术的定义在观众的心里。"作为经常接触演出的校大学生艺术团曲艺部部长王然对高雅艺术也情有独钟："艺术即高雅。对于高雅艺术，一般人可能不明白，但是它吸引着我，让我能感受到它的无法表达的美，从而对它肃然起敬。"

简单大众的形式并不会掩饰高雅的艺术内涵，无法传达感情，打动人心的艺术，不管外表形式多么华丽都只是空壳而已。

高雅艺术其实并不遥远，只要表演者用心演绎，观众用心感受，心有灵犀，艺术作品所表达的情感通过表演为观众所懂得，流行校园文化亦可以成为高雅的演绎。不望高雅而却步，每个人都有享受和造就高雅的资格。高雅艺术，或许就在我们身边。

（2010 年 11 月 4 日）

议·校园

教育路漫漫　在线修远兮
——浅谈在线教育现状

卢思娴

现代社会，学生的学习方式除了埋头于文山书海，接受传统师授生学的课程，也可通过台式电脑、平板电脑等电子产品进行网络学习，称为在线教育。在线教育，或称远程教育、在线学习，现行概念中一般是指一种基于网络的学习行为，与网络培训相似。近年来，国内外在线教育行业可谓如火如荼，同时，各种问题和争议也接踵而至。

各路争锋，虚实难辨

近几年，在线教育已成为中国互联网产业的一股新力量，网络的覆盖，网速的提升，以及智能手机、平板电脑等移动设备的普及，成为在线市场顺利运行的基础。如今在线教育平台的几家龙头产业屹立不倒，市场也持续地被新兴力量所冲击，各路在线平台团队都拿出浑身解数去吸引有需求的人。某网站把在线教育平台分为实力派、技术派、革新派，虽然这些只是冰山一角，但足以看出在线教育平台的市场竞争激烈。

而如今发展得越来越快的在线教育也暴露出很多弊端，如某些网站在线人数虚构，在线费用收取不合理，教学内容不够全面，教学质量不能保证，互动问题无法解决等。在广告的包裹下，一些平台的实质无法看清，在信息量充盈的页面上，内容的准确度和区分度也无法百分百保证。

"快速推广品牌，快速找加盟商，快速回收一笔钱，包装一下，找几个投资人，花钱买用户，造个好看的报表，上市抛售，钱就到自己口袋里，至于当初的理念与追求，都抛之脑后了。"有网友这样评论中国上市在线教育的生产流程。

且不谈是否偏激和绝对，仅从这熟练的程序中分析，中国现阶段在线教育市场的风起云涌与此不无关系。

化学化工学院张婧老师说道："面对鱼龙混杂的在线教育现状，第一，需要政府部门加强监管力度，第二，需要我们自己去判断，去甄别，跟网购相似。"

水产养殖2013级二班涂瑞峰认为，应完善法律，保护知识产权，定期找程序员维护系统，给用户更好的体验，对每个课程写清其介绍，并显示用户反馈，方便用户的选择。

斟酌消费　理性选择

在线教育如雨后春笋般涌现，智能手机上的学习APP也让人应接不暇。据最新数据分析：教育类APP在2014年底已超过7万个，占据应用商店中应用类型第二位，占比超过10%，仅次于游戏类应用。上线的教育类APP在一定程度上反映了人们对于便捷式教育的需求。据调查报告显示，56%的用户愿意为手机在线教育APP付费，可见在线教育获得越来越多的认可，其市场潜力巨大。

"平时自己会看网易公开课TED和Coursera，对于在线教育的接触是挺多的。"生物科学2014级二班伍洋说道。

水产养殖2013级一班郑鑫烨也谈道："自己比较关注的TED课程是海洋类和与娱乐产业有关的。偶尔也会看看'知乎'，但是其中的内容还是需要自己区分的。"可见网络教育涉及广泛，且需要自己区分和选择。

2015年3月5日，李克强总理在今年的政府工作报告中，强调"要重点推进职业教育"的观点："面对749万历史最高的高校毕业人数，职业教育在就业指导和促进方面，当有重要作用……另一方面，在线教育也在为教育的出口做出一定努力。只要支付较少费用，就能在求职中增加获胜的筹码，可谓价廉物美。"

在当今社会，竞争的取向决定产业的取向，若在求职前接受相关的职业培训，对自身求职大有裨益，而这种培训资源多可在网络上获取，由此市场涌现出大批量在线职业教学，在线学习人数日益累增。

张婧指出："国内的在线教育尽管功利性强，但对于报考司法考试、环境影响评价工程师、造价工程师等在主流人才教育市场中没有普及的职业教育，一些有质量保证的在线教育无疑会起到很大作用。"

源"远"能否流长

撇开职业教育，面对主流的师生教育，"在线"一词同样带来冲击。在国外，以 Coursera、Udacity 和 edX 为代表的三大平台已经独领风骚。近年来，它们或以自身丰富的素材资源或以免费教学的优势在在线教育平台上三足鼎立。国内在线教育平台如网易云课堂、百度教育、新东方等亦在市场上独树一帜。

2013 水产养殖二班涂瑞峰认为，在线教育方便、多样、适应性强、价格实惠，但也存在缺点，如不容易保护知识产权，质量参差不齐，考验人的自觉性等。

生物技术 2013 级一班丰圣伟谈道："我觉得对于学习模式的改变，在线教育是一个补充式的拓展，弥补学校因资源缺乏而无法为学生提供某种特定教育服务的不足，而且当前的很多公开课都是由名校名师录制，课程质量还是有保障的。在整个教学过程中，学生的自由度是相对较大的，这体现在他们可以自己决定什么时候学习，什么时候休息。"

"这种教育方式先进有用，相信它是今后发展的趋势之一。它能够冲破传统课堂的束缚，同时跨越各种学习的门槛，让更多的人都能够接受优秀老师的教授，促进教育的公平性。我能够灵活安排自己的学习时间。同时，我希望它的规模能进一步加大，涵盖更多课程内容。"水产养殖 2014 级二班钱嘉文补充道。

李克强总理在十二届全国人大三次会议上肯定了"互联网或为教育事业助力"的观点后，"通过教育改变自身命运"的箴言也被再次提起。在本次备受瞩目的政府工作报告中，除了教育问题受到重视以外，互联网也成为一大焦点。近年来，互联网收益持续增加，2015 年度再创新高，李克强总理提出"'互联网+'行动计划"，致力加强互联网与经济活动的联系。

国家的肯定与支持也体现出在线教育的价值。在群众间流行的在线教育，提供了多元化成才之路，供更多人选择、汲取、进步，其以思想和价值为重的传播理念更是受高校青睐。

慕课初实践

慕课是大规模的网络开放课程，其简写"MOOC"的四大字母分别为Massive(大规模)、Open(开放)、Online(在线)、Course（课程）。MOOC模式在教育中最大的转变，在于让课堂从"以教师为中心"真正转变为"以学生为中心"，学生可以免费自主学习心仪的课程。

中国海洋大学自2014年推出慕课，"思想道德修养和法律基础""西方哲学智慧""西方文明史导论""演讲与口才""认识地球"等，慕课开始进入学生的选课系统。近一年来，对于这种网络教学方式同学们有不同的感悟。

"我选了'西方哲学智慧'的慕课，觉得有好处，比如老师没有口音，上课时间比较自由，师生也会有固定时间交流。" 生物科学2014级三班颜晓书有这样的感受。

"这个学期选了一门'西方哲学智慧'MOOC。"2014生物科技二班伍洋提到，"在线学习方便快捷，不受时空限制，不用跑去崂山校区上自己喜欢的课。尽管丰富度提高了，效率却不是很高，自己也没有进行传统的师生交流，在电脑前学习容易分心。"在问及是否对电脑式学习不感兴趣时，他答道："对自己选的课挺感兴趣的，只是没有处理好时间分配问题，使得课程没有善始善终，后期的课自己不认真，打算重修。"

"我选了'西方哲学智慧'和'认识地球'两门慕课。不过，课程都是电脑在播放，而我在做其他事情。如果碰到喜欢的部分就认真听。" 2013级生物科技一班丰圣伟回忆。

张婧指出在线教育的缺点："学习，不仅要学如何解决相关课程问题，还要学习解决与课程无关的问题，做到这一点，很重要的是学习老师的思维方式。这是需要学生通过语言交流去捕捉信息的过程，这点，在线教育是达

议·校园

不到的。"

  在线教育已然成为时代的产物，产业的宠儿。一方面，给学生提供更多资源，减轻老师的教学负担，甚至是求职者的救命稻草，适合如今的快节奏生活。另一方面，它的弊端也在逐渐暴露：网络学习环境复杂，学习者的自觉性不够高，教学质量有待提高……路漫漫其修远兮，在这条在线之路上，有陈旧与创新的捭阖，有泛滥与丰富的矛盾，有本心与利益的碰撞，世人将上下而求索。

（2015年4月4日）

走近校园"课桌文化"

桑维涛

大学是提升个人素质的殿堂，也是文化的集散地和传播地。在 21 世纪的今天，充斥于大学校园中形形色色的文化已经让人目不暇接、难辨良莠。随着时代的发展，网络已成为校园中信息传播的重要平台。大学教室是重要的文化传播地，连沉默的课桌也似乎正逐渐成为引领校园文化的重要先锋。遍观校园"课桌文化"，或让人若有所思，或让人忍俊不禁。其传播的很多东西却又在悄悄影响着大学生。不管"课桌文化"能否称为一种文化，它的存在本身就似乎已经说明它的不可忽视性。

形形色色的"课桌文化"

说起"课桌文化"，大家一般认为是以课桌作为载体来表达同学们思想、情感的一些文字、图片等文化形式。校园"课桌文化"形形色色，内容和形式多种多样。有抒发感情的短文小诗，有排遣郁闷的信手涂鸦，有发人深思的人生感悟，有引人发笑的各色幽默，还有摘抄名家的美文片段。记者甚至在某教室的课桌上看到了一个篇幅不小的调查问卷，让人感叹同学们的"创新"能力。在另一张课桌上，赫然写着一篇"征婚启事"，内容详细，要求明确，不失专业水准。

关于"课桌文化"的是是非非

"课桌文化"，一直以来都备受关注。关于它的是是非非也不断引起大

议·校园

家的讨论，但似乎一直没有一个统一的观点。

"'课桌文化'本身能被称为一种文化，自然有其道理。大学校园中的'课桌文化'不外乎同学们对爱情、学业的看法和一些内心感情的表达，虽然有损公物但是真实感情的表露，不反对。"国际贸易2003级某同学的话为一部分同学所支持，有的同学明确表示自己喜欢"课桌文化"。这种观点表达了许多同学对这种现象的理解方式。

同时也有很多同学对此持反对态度。他们认为，这种"文化"以课桌作为载体固然有其传播的广泛性，但大学的课桌毕竟不是某个人的固有财产，而是所有同学学习的公共场所，在课桌上写写画画满足了自己的欲望，却给其他同学造成了不便，引起他人的不满甚至反感。而"课桌文化"也不全都是积极健康的，鱼龙混杂的状况也会让人厌恶。社区服务中心值班室何大爷对记者说："大学生应该都具有较高的素质，在课桌上乱写乱画破坏公物，是不应该的。"

对于这个问题，社科部王枚老师认为，"课桌文化"很大程度上反映了大学生自我要求不严格，集体意识淡漠。"课桌文化"中的很大一部分内容不积极、不健康，是不文明文化的传播。同时也会造成其他同学上课注意力不集中，甚至还有为考试作弊服务的内容，助长了不良风气。

"课桌文化"：多元化生活的产物？

不可否认，大学是一个多元化的空间和舞台，单一的应试教育已经不复存在，大学生都试着去展示自己的个性，表达自己对生活和世界的看法。大学课程的宽松性和自主性，加之校园中个人思想和行为的多元化，很多同学在上课或者自习的时候产生一种"无聊"的心理，写写画画成为他们表达自己思想的一种方式。而课桌这一学习工具虽然无法移动，但可以不断迎接流动的人群，因此"课桌文化"因其思想传播的快速性和广泛性颇得同学的青睐。他们可以表达自己对生命的理解、对学业的看法和对爱情的向往。也可以说，"课桌文化"是大学生一种心中感情宣泄的方式。不善与人交际的同学选择这种方式吐露心中的情感，无聊的同学以此打发郁闷的时光，还有很多同学的"精言妙语"在这儿与大家分享。而欣赏"课桌文化"，也成为不少同学紧张学习之余的一种消遣方式。

在采访中,王枚老师对记者说:"大学生正处于生理已经成熟而心理尚未成熟的时期,思想活跃,感情丰富但不稳定;社会各种思潮对他们思想造成冲击,他们渴望与别人交流,需要一种途径把自己的思想、情感宣泄出来,引起他人注意。同时,由于主流文化占据生活中的主导地位,现代大学生很难找到一个表达自己多元化思想的渠道,从而转向了课桌这一载体。而'课桌文化'的匿名性,满足了他们宣泄情感又隐藏自己的要求。"

"课桌文化",应该走向文明

王枚老师认为,让"课桌文化"走向文明需要学校和大学生自身的共同努力。学校要加强学生的思想道德教育,掌握学生的思想动态,积极加以引导。可以在教室中张贴醒目的标语,提倡同学们保持课桌的洁净;同时创造一定的途径给学生提供表达自己思想的场所,如创办宿舍刊物,给学生一种表达自己思想的舞台,积极容纳多元化想法。大学生也应该加强自身修养,提高公德意识,多为他人、集体着想。

王枚老师还提供了解决这个问题的另外一个方法:寻找课桌的替代品。比如在教室里放置本子,同学们可以自由匿名表达自己的思想,发表自己对爱情、学业等方面的看法,别的同学可以在后面发表评论。这样就保证了同学们多元化思想的表达。

总之,"课桌文化"作为大学校园中的必然现象,值得引起思考与探讨。象牙塔毕竟是文明的传播地,任何不文明的事物必然要经历一番改造,从而走上文明的道路。同样,"课桌文化"的良好转型,需要大学生们共同的努力。

(2004年4月11日)

议 · 校园

大学是人生加油站

杨 艳　王 枚

一位著名诗人曾经说过:"人生的道路虽然漫长,但要紧处就那么几步。"对于刚踏进大学校园不久的莘莘学子来说,已经跨过了人生路上十分重要的一步。这也是另外一段新生活的起点。大学就是人生中途的一座加油站,在这里加油的数量和质量将决定我们将来能走多远。

从中学到大学,环境的改变是一个不争的事实,但这并不意味着大学生的认识和心态也能迅速、自然地跟上并适应这种改变。半年新鲜的入学生活结束了,这个学期是个新的开始,每个人都在思考,对大学、对自己有了不同的看法和理解,正是这种思考,让我们慢慢学着长大。

对过去一个学期的总结,或许经过一个寒假的沉淀才更有分量。

2003级海管的李静同学用仍带东北方言的口音说:"来到大学,经过了上个学期,我是深深感觉到了'郁闷'一词。用赵本山的一句话——本来本村还是明星呐,到这儿就不认识了!"

2003级军海的李守宏说:"我觉得我上学期的成绩不是很尽如人意。记得刚入学那阵子,对大学很新鲜,很是努力地干了一阵子,后来,因为自制力不强,泡了网吧,还逃过课,没能把初来时的热情坚持下去。"

2003级生态的方清说:"我的上学期用一句话总结就是——东西学了不少,有用的不多;事情做了不少,正事不多。因为中学时学习太累了,我的第一学期算是堕落了一把。虽然我是青岛本地人,但还是非常想家。甚至每周五晚10点钟回家,周一早赶回学校。我觉得中学和大学之间的差异很大,要求自身具备很强的独立性。"

2003级化学的司华斌同学说:"我对我的上学期还是挺满意的。我觉得大学的学习不像高中那么枯燥。我也参加了很多活动,我最骄傲的事就是没有上网,也没有逃过课。校园里似乎很流行'郁闷',但我并不喜欢这个词。我们这个年龄能够上学是件很奢侈的事,国外这么大的孩子都已经自立了,我们还需要父母的供养。所以我认为,我们应该珍惜这样的机会,更努力地学习!"

2003药学的侯彩琳说:"来到大学,我也很想家。但我努力让自己忙一些,这样就避免了空虚。我想对大家说,对自己狠一些,生活就会好一些!"

当我们走出了迷茫

新的学期又开始了。度过了大学生活的第一个寒假,重返大学校园,同学们有许多新的感受。转眼之间,大学生活已流逝了八分之一。大学生活,由陌生变为熟悉;同学们也将由新生变为老生。过去的一学期,你可能对自己的表现不太满意,留下了诸多的遗憾。但暂时的失误并不代表着以后的失败,关键是要认识到自己的失误,分析它们产生的原因并努力避免它们的再次发生。所以,同学们有必要回顾一下自己上学期的得与失,总结经验,吸取教训,以便使以后的大学生活更加顺利,更加充实,为美好的未来打下一个坚实的基础。

回想刚刚入学的那段日子,同学们带着成功的喜悦和向往,带着社会和家长的重托与期望,抑或带着几分疑虑和忧伤,置身于新的、陌生的环境之中,独自承担起了自己的生活、学习重任。离开了父母的管束,有一种突然长大了许多的感觉:从今天起,一切都由自己来管理了。但大学并不是我们想象中的乐园和殿堂,由于自身知识与能力的欠缺,理想与现实的冲突,主观与客观的碰撞,带来了心理上的失衡与重压,从而陷入了深深的彷徨迷失之中。人总要学着自己长大,现在经过一个学期的艰难求索,大部分同学已经解决了自己在适应阶段遇到的各种问题,建立起了新的平衡。

记者采访到一位老师,她有三句肺腑之言寄语大一的学子:首先,应该对自己有了一个明确的定位,大学四年转眼即逝,有了明确的目标,才有了前进的方向。其次是要摆正学习和实践活动的关系,实践活动固然重要,但学习永远是你的主要任务,千万不要忙着参加各种各样的活动而荒废了自己的学业。最后,她告诫那些沉迷于网络的同学,正确对待并利用网络。纵然,读大学不上网是不行的,专业方面的信息和资料,以及校园里各种活动信息都汇集在校园网上,通过网络能节省宝贵的时间。但是,要懂得从网上下来这才叫真正会上网。整天泡在网上聊天、打游戏是极浪费时间的,不会上网的人过"网络生活",而会上网的学生把网络只当作工具。

后记:

大学里之所以要加油,是因为我们要不停地前进,前进的途中回头看看自己的足迹,有深有浅。如果自己一直踏踏实实地走每一步,足迹会很有规律,成功了才知道自己做过了什么。

(2004年3月17日)

青春与梦想没有国界

肖葳加　　杨　琳

在海大校园里,你曾多少次与留学生擦肩而过?或许你曾和他们修同一门课,坐在同一个教室;或许当你在学生餐厅坐下来时,发现隔壁是一桌谈笑风生的外国朋友;在超市、在车站、在水果摊、在学校外面的小吃店……我们每天都会去的地方,一样活跃着留学生的身影。

有些时候他们带着强烈的异域印记,皮肤、发色、语言、文化……能让你一眼就辨认出他们的特殊身份;有时候他们却又隐藏在人群之中,学习、实践、锻炼、社交……在大学的"象牙塔"里,他们默默努力着,为未来迈向社会积攒能量。

"我们"和"他们"……

如果在你投向他们的眼光中有一丝好奇,一丝遐想,那就让我们一同去追寻他们的足迹。

不同的脸庞,同样的际遇

从"你好""谢谢"……开始学习中文,到通过汉语言考试,再获得本科、研究生等更高的学历。这些来自异国他乡、有着不同肤色的留学生们,在海大书写着他们的求学历程。

这些留学生中,有来自韩国、德国、日本、英国等国家的。他们当中不仅仅有主修汉语的,还有一些学习国际经济与贸易、海洋生物科技、日语等其他专业的同学。

议·校园

韩国女孩金秀真

金秀真是经济学院国际经济与贸易专业2009级学生。她的家乡在韩国首尔。因为父母的工作关系,一家人在两年前就来到中国。出于对国际经济与贸易的喜爱,她毫不犹豫地选择了这个专业。专业课对普通中国学生而言已有难度,再加上语言障碍,金秀真叹了口气:"我们韩国学生在中国学习,入学容易毕业却很难。"

来到这个可爱韩国女生的宿舍,我们终于领略到韩国人席地而坐的风俗。留学生宿舍是木质地板,但脱了鞋子走上去还是觉得冰凉,主人却是连袜子都没有穿。可见即使到了全新的生活环境,她们的民族习惯也并未因此而改变。据说,她们因为喜欢光脚在宿舍里走动,脚常常冻得通红。

"吃得惯中国菜吗?"秀真不好意思地摇摇头,笑笑说:"还是喜欢韩国料理。"秀真告诉我们,她和她的韩国朋友经常打电话叫韩国菜,虽然价格比较高,但还是禁不住家乡菜的诱惑。好在她的父母和妹妹都住在青岛,周末的时候就可以回去与家人团聚。

因为她活泼开朗的个性,金秀真交到了很多中国朋友。她很开心地讲起与朋友们相识的故事:有的是因为带她找到上课的教室,有的是打排球时的搭档,有的在微积分课上主动借她笔记……这些细微的关照成为一段段友情的开端。平凡的小事因为跨越了国界更显珍贵。秀真说,她希望以后能多和她的中国朋友去学生餐厅吃饭,到她们的宿舍串门。年轻人之间本来就没有语言和国界的障碍,相信这份温暖的情谊能帮助金秀真抹去那一缕淡淡的乡愁。

日本男生加贺飞硫

加贺飞硫来自美丽的名古屋。他在日本读完大三后,来到海大进修一年汉语。当被问及为什么选择学习汉语时,他仔细想了想后说道:"中国,有趣!"稍微停顿后,加贺脸上流露出难为情的神色:"但是,汉语,很难呐!"

告别了家人,加贺飞硫独自一人来到中国求学。作为9月进校学习的新生,他在海大认识的朋友并不多,交往的圈子也比较小。除了熟悉的日本同乡,只有外国语学院几个日语专业的学生和他做过一些交流。

"对自己的未来有什么打算吗?"他满怀向往地告诉我们,希望将来能够留在中国工作。来海大学习之前,他对自己的人生目标就做了具体规划。

进修期结束以后，他将回到先前的大学继续学习，准备毕业以后到日本一些跨国公司驻中国分公司工作。虽然陌生的国度、崭新的环境对加贺来讲是很大的挑战，但正因为他明确了自己想要的人生，就有了让梦想照进现实的勇气和执着下去的动力。

加贺才刚刚接触中文2个月，还不能熟练运用。采访过程中，他一直很认真地用手势比画着，有时还要借助英文。"那个，等一下！"采访结束时，他突然在纸上写下"不会……听……说"这几个字眼，用手指着，向我们投以抱歉的目光："对不起，我的中文……不好。"虽然还不能写下一个完整的句子，但他的那种真诚与细致让人感动。

德国女孩Tina和Wiebke

"你好！"两个金发碧眼的漂亮德国女孩向我们打招呼。

Tina和Wiebke在人来人往的食堂欣然接受了我们的采访。她们表情丰富，热情洋溢，丝毫不担心自己蹩脚的汉语，并高兴地和经过的朋友打招呼。不难看出她们已经累积了颇高的人气。

Tina和Wiebke是作为交换生来到中国的，同来的德国学生还有三个。她们觉得中国文化很有趣，也想要尝试一种全新的生活方式，因此积极申请来海大作交换生。虽然刚来才短短六个星期，两人已经结识了很多中国朋友。在她们眼中，中国学生非常有礼貌，而且英语很棒。当Tina和Wiebke问路时，总会有人热情地帮忙；在超市里也常有人主动与她们聊天，好奇地问起她们在海大的学习和生活的情况。学校专门为德国留学生配备了英语教师，为她们消除学习上的语言障碍。但同时她们也希望在校园中能有更多接触中国话的机会，因此十分盼望和中国学生之间的交流。

虽然语言上还有困难，需要用手来比画，但这丝毫没有减少Tina和Wiebke对中国生活的喜爱。她们不常去学校外面吃饭，最喜欢的就是食堂的包子，也很享受用筷子的乐趣。对中国饮食文化情有独钟的Tina和Wiebke常常一下课就加入食堂排队打饭的人军中。

看到学校里漂亮的展板和火热开展的各式活动，Tina和Wiebke禁不住也想参加。无奈活动的海报全是用中文写的，实在难为这两个刚到中国六个星期的德国姑娘了。当然她们也有自己的休闲方式。来到海大以后，这两个看似温柔的女孩子意外地迷上了篮球。她们经常会利用课余时间上篮球场小

议 · 校园

练一下,也因此结交了不少中国朋友。

采访过后,这两位德国美女的身影又出现在超市的水果摊旁。Tina 正在饶有兴味地和老板比画着要买一块西瓜,并做出切西瓜状,Wiebke 则拿着钱包准备结账。她们怀揣着对这种全新生活方式的好奇与热情,正逐渐地融入海大这个大家庭,品味属于她们的"中国式生活"。

我们是如此不同　我们又如此相同

他们只是我们对留学生群体的一个匆匆掠影,他们有着不同的脸庞、不同的性格、不同的思维方式;但是他们脸上绽放着同样的笑容,洋溢着同样的自信。

"我们"和"他们",是如此不同,但又如此相同。他们来自遥远的国度,我们中的大多数同样来自远方,离开熟悉的故土,来到海大,做一群追梦的人。"他们"和"我们"一样,已经或将要在这里挥洒青春汗水,于是,在这里,我们的人生有了美丽的交汇。

在对中国学生的采访中,虽然大多数人表示出对留学生的好奇,却对他们缺乏接触,没能抓住走近他们、与他们沟通的机会。其实,留学生并不是一个遥远的存在,不是一个独立的群体。"我们"和"他们"的界限可以很模糊。有时,只是见面时的一个微笑、一声"Hello",就能拉近彼此的距离。

来自世界不同地域的橄榄枝,穿过高山,飞越重洋,汇聚在美丽的海大校园。在这里,我们一同畅饮眼前这杯春醪,体味独属于青春的苦乐。

(2009 年 11 月 12 日)

转专业，独行者的战斗

王　洁　　钱果立

冬日的清晨，北方的天空灰蒙蒙一片，湿冷的空气弥漫四周。大部分人还在酣梦中，生物技术2013级方勇涛却已经开始他新的一天。整理行装、步履匆匆地赶到校车点，车辆刺眼的前灯划破氤氲的雾气，上车、打卡，然后在颠簸的校车上沉沉睡去。浓重的夜色还没有散尽，东方刚刚显露出一丝鱼肚白。

"6点起床，6点20分赶到校车点，排队等头班的校车。"谈及从去年开始的漫漫转专业之路，方勇涛依然记忆犹新。如今已将宿舍搬到崂山校区的他，回想起那段跨校区上课的时光，感慨颇多。"吃早饭都是一个很大的问题，有时候早餐店不开门，去食堂又没有时间，饿着肚子上课也是常有的事。睡也睡不醒，倘若去得早，还能找到一个座位在车上补一觉。"这一细节仅仅是他生活中的短暂一瞥，作为转专业大军中的一员，方勇涛是孤独的。一个人穿梭于岛城的大街小巷，崂山鱼山两校区辗转，尝试融入陌生班级的尴尬，构建新知识体系的艰难以及与舍友生活节奏迥异造成的困扰……如此种种不仅考验着方勇涛，也考验着这庞大军团中的每一位成员。

行路难，不止难在路途遥远，更难在前路茫茫、毫无定数。"这对我来说就是一场赌博"，胜负不明，输赢难定，前路漫漫，他们心底的压力重比千钧。"最坏的打算是转专业不成功回到原专业从头开始修。"他咬了咬下唇，无奈地说道。担心有之，犹豫有之，但还是咬咬牙，硬着头皮走下去。

溯源转专业　理想与现实之壑难平

为什么要转专业？

议·校园

"被调剂到这个专业,学了一段时间发现确实不喜欢,综合考虑过后感觉近年来火热的金融专业似乎更适合自己。"教育技术学2013级张凡菲这样回答道。"不想每天待在实验室中""实在不喜欢解剖小动物"……在采访过程中,还有许多受访者明确表达了自己的无奈。选学校还是选专业,这恐怕是横在许多准大学生心里的一道坎,高考分数擦边儿,专业信息了解不充分,以至于文科生被调剂到工科"实在读不下去",理科生被调剂到文科专业兴趣动力不足,如此这般,"被调剂"渐渐变成这个群体中的高频词汇,而转专业也顺理成章地成为"曲线救国"之举。与此同时,着眼于国际化道路的ACCA班、中法班等特色班级及其背后的巨大竞争力也让一些学生毅然放弃原专业,就业形势和预期薪酬作为更现实的问题逐步演变为专业选择的首要因素,家庭影响与对物质世界的向往让越来越多人放弃了以个人兴趣为出发点的学习方式转而投身热门专业,然而近年热门专业就业形势的持续低迷却让不少人燃起的希望再度破灭,这无疑又是新的问题。

尽管理想在远方发出召唤,现实却又常常布满荆棘。但这其中也不乏苦中作乐者,正如管理学院14级王淑靖所言:"在此过程中,尽管也有不满意的地方,但就算现实不比想象美好,也要学会承受,毕竟这是自己想要的。"

转专业之局,考验多方智慧

根据教务处于2014年12月29日公示的《关于2015年春季学期学生转换院、系班级学习有关事项的通知》,在校期间修读取得的课程学分中,拟转入院、系的专业类课程学分数与该专业相应年级开出的专业类课程总学分相差不超过10学分,学生入学在校学习时间满五学期(不含夏季学期)以后,可以申请转换院、系班级学习。

这种转专业体制历时长,操作复杂,似乎远不及部分高校现行的通过考试转专业的方式便捷:考试通过,则转专业成功,干脆利落。以北京大学为例,招收转专业学生的权利下放到各院,除了各院自主举行考试外还可以通过对拟转入院系学习的同学提出其他的要求实现进一步筛选,如原专业成绩绩点等。转专业学生只需提交申请,通过考试,便可以转入理想专业学习。

海大转专业制度也有众多可取之处。只要有胆量赌,就可以抛开原专业不学，全心投入拟转入专业的学习，在学业上与拟转入专业同学起点相同、资源相同、修习学分相同，避免了无用功。若没有破釜沉舟的勇气，则可以兼顾原专业专业课，一旦转专业成功，原专业即可根据所获学分差别视作双修或辅修，即使转专业不成功也可以继续在原专业学习。

然而学生在转专业的过程中究竟对此了解多少，在此期间又有多少困惑呢？

谈及转专业一事，外国语学院负责学生工作的团委副书记王明峰表示，学生个人的表现至关重要。鉴于转专业学生身份的特殊性，学生需要对此有一个清晰的认识。"举个简单的例子，一个学生在转专业的过程中，学籍档案并没有调走，但上课是在另一个院系或者校区。很可能会出现原专业班级认为你已经转走，拟转入的班级认为你还没有转进来，一旦有重要通知需要传达，就会出现漏掉转专业学生的情况。"王明峰讲道。此外，素质测评和奖学金如何评定也是问题。对于转专业学生而言，因为所学内容不同及各专业难度差异的存在，奖学金评选过程很难做到公平公正。在实际操作过程中，各院系一般采用经百分比换算后降一档领取奖学金的方式，对一些立志要拿奖学金的同学来说，这似乎有些不通情达理。不过近年来，各院系都在尽其所能地为转专业同学的正常学习生活提供方便，如体检等一般性事务，均可以同拟转入院系一起进行。

在对转专业学生的管理方面，王明峰表示，"学生对原班级的认同和参与程度"也是一个问题。的确，行政层面上学生的归属十分清楚，但学生自身的认识却模糊不清。"有些大一的学生认为自己已经不属于这个地方，正常班级活动也以转专业为由不参加，这给组织者或者班级负责人造成很大不便。"从学生角度来看，一方面由于失去太多与原来同学朝夕共处的机会，导致对原班级归属感不足；另一方面，在拟转入专业班级编制之外的转专业生除上课外与其他同学交集较少，想要融入新集体变得难上加难。"上课时像是一个局外人"，或许很难说清，他们究竟是原专业和拟转入专业的交集，还是补集。

议·校园

转专业之难，输不起的"战役"

抽样调查显示，87.47% 的同学认为转专业过程中最困难的就是选课。一般来讲，本专业学生基本无须投放权重分即可选中课程，而转专业学生的优先级排在本专业本年级、重修和高年级之后，选中专业课经常要"碰运气"。新闻专业 2014 级陈斯坦言，能否选上课要看学院给定的上课名额，"能不能选上真的不好说，我一个转海洋科技的同学投了 100 分也没选中专业课"。不仅选课时永远处于劣势，加课时也是困难重重。"当时加课期限快到了，老师的态度又没有松懈，自己很紧张，"汉语言文学专业 2014 级张璇回想起秋季学期加课的场景依然历历在目，"我去找了老师两次，还好老师帮助了我。"

由于学生与学校之间的沟通渠道不畅，学生对于教学资源配置的情况仍然存在误解。而学校在现有教学资源不足的条件下，考虑到教学质量，也无法贸然加课或者增加听课人数。每学期，教务处都会根据往年情况，通过科学计算确定出某门课程的限选人数；同时为保证教学质量能一直处在高水平，任课教师也会与各院系教学秘书针对所授课程选课人数进行沟通协商。在采访过程中，一位不愿意透露姓名的老师介绍道："转专业存在困难，很大程度上是学生在前期选课过程中的贪多、急躁所致。因为本身外来院系学生选课优先级较低，应把权重分集中起来，选投一门或两门专业课。但现在很多学生把权重分平均分摊，在某些公共基础课上花费过多的权重分。"老师的话语透露出一丝无奈，"这些内容和技巧在新生入学教育时都有介绍，学生实际操作起来却不是这样。"

那么，对转专业尚且一知半解的学生们来说是如何获得相关经验信息的呢？据调查，大多数转专业学生在选课时都会咨询学长、学姐或者去贴吧询问，也有一些学生会从专业培养方案中寻找答案。但学校的专业培养方案年年更新，某些经验并不具有普适性和长效性，单纯求助高年级学生或闭门研究培养方案并不能一劳永逸地解决所有问题。正如老师所言"从学院获得指导，摆正心态"，这才是打破选课坚冰的不二法门。

针对转专业方面出现的诸多问题，学生与学校双方都在努力搭建沟通桥梁，让声音传递更为清晰。2014 秋季学期，很多同学疑惑为何今年加课更加容易。将加课权力下放各院，无疑是学校在转专业制度改革路上迈出的新步伐。尽管现有制度仍有些不尽人意，但不可否认，它的先进性已超越国内许多高校，且良性的改革正逐步实行。近期校方正在积极筹措的"四学期制"也与转专业形势变化息息相关，改革过后，选课自由度将得到大幅提高，势必使转专业中的"老大难"问题——选课问题得到本质上的解决。

转专业之路，绝非单行道

当一部分人坚定地走在转专业道路上的同时，另一批人却选择了另辟蹊径。"条条大路通罗马"，毫无疑问，转专业并不是解决"被调剂"或"被抉择"问题的唯一途径。首先，从行政层面来说就有"转专业"和"转专业毕业"两种不同的方式。作为一位成功转专业的"过来人"，管理学院2011级白静妮对转专业问题有独到见解："转专业有很多种方式，包括最近的考研也可以算是其中的一种。我身边就有很多跨专业考研的同学。"的确，漫漫转专业之路并不是画一条简单的分割线，与原专业完全作别。她表示"退掉原专业的课，可能会导致学分不足被学业警示的情况。其实把自己的原专业作为一门辅修也不失为一种选择。"选择辅修虽然可能更加辛苦，但不失为一种"双保险"的举措，目前这一战略正被越来越多的同学所接受。"看你原专业是什么，我的原专业对现在的专业是有帮助的。"英语专业2014级杨尚鑫说。他准备双修水产专业。"要做好可能会延期毕业的打算"，双修或辅修需要付出的要比单纯地转专业更多，但为求心安的学子也心甘情愿地承受双倍的劳苦。

上述做法尚可以归为"有所为"的范畴，但实际仍不乏一些"无所为"的人。当转专业军团的成员费尽千辛万苦达成理想目标的同时，另一些人则在原专业中找寻乐趣。接受或改变，都是面对现实的可取方式。在调查中，一部分同学表示虽然自己也由于高考失利等一些因素没能进入理想专业，但是"任何领域在你真正了解之前都不能评判它的好坏"，于是他们选择了接受并且通过一段时间的学习发现了其中的乐趣和闪光点，以至于将这一新领域变为自己的崭新目标。理想并不是定数，通往理想的道路也不止一条，更何况，据2014年《中国教育报》所做的一项调查显示，仅有26.83%的毕业生在从事与本专业完全对口的工作,从这一层面上讲,专业似乎并不是决定未来职业走向的首要因素,非功利地把握好最后一次系统学习的机会才是在大学中实现个人价值增值最大化的重中之重。

选择转专业是一个辗转千次的抉择。坎坷也好,惊险也罢,经历本身就是一种成长。转专业在一部分人看来是探险,是"战役",是携起勇气才能走上的路。"当时也是下了很大的决心,但是我就是愿意赌一赌,有些事情就应该自己去冒险。"海洋技术2013级杨修安说,"转专业只是比平常走的路多出来一两个坑,我更在意的是路上的人和风景。"转专业并不是盲目的战斗。不一样的路,一样的辛酸,每个人的故事都有交叠。这样的队伍,有人一直在走,有人半路加入,有人不堪路途险远默默离开。

坚持到最后的是少数,但曾经有勇气踏足的都是"战士"。

(本文部分受访者为化名)

(2015年1月21日)

莫让浮云遮望眼
——大学生"兼职"面面观

刘 斌　王 慧

  一位优秀的大学生同时做五份兼职工作，积劳成疾最终离开人世。央视《社会记录》栏目对事件进行了报道。

  主持人阿丘：单亮，今年22岁，是西南交通大学外语学院大四的学生。今年6月4号，因突发高烧被同学和老师送入医院，6月13号凌晨3时35分，他离开了人间。

  周医生：他当时来的时候，我们接触他，已经是一个深度昏迷，然后高热，体温最高可以到41℃，有肾功能的损害，还有呼吸功能的衰竭，最后来了以后，我们给他气管插管，呼吸机辅助呼吸，另外的话，积极救助肾功能的衰竭，然后在这个治疗的过程中，这个情况逐步加重，多器官功能衰竭，所以来的时候，病情相当危重。

《社会记录》2004年7月6日

  这位来自山东省高密市的大学生的猝死，曾引起一场关于大学生"兼职"话题的讨论。本应鸿图大展的一生嘎然而止，本应灿烂绚丽的未来悄然湮灭，尽管我们不能说这都是"兼职"惹得祸，但至少可以让我们静下心来对"兼职"进行一下思考：它得以经久存在的原因，该如何正确认识这种现象，大学生做兼职工作应注意哪些事项等诸多问题。

议·校园

兼职成为一种"校园潮流"

　　走在校园路上，一份宣传单会悄无声息地送到你的手里。来到青岛书城，大学生家教队伍在翘首等待。学校布告栏上，几乎一半的版面被招聘广告覆盖。有的大学生则穿上时尚的衣服做真人模特，做宣传广告。

　　目前，大学校园中"兼职"已成为高频率出现的词汇。据中国社会调查事务所（SSIC）调查显示，我国四大城市的高校学生都存在着暑期兼职或从事社会实践的现象，其中北京大学生在暑期兼职的比例为21%，天津的比例为29%，上海的比例为26%，广州则为28%。其实，不仅是在清闲的假期，在繁忙的学习期间，甚至在考试复习期间，"兼职"族们仍奔波不停。好多"兼职老同学"将其列为生活中的一部分，"每周我会花四天晚上去辅导一个初中学生，各科都辅导，"中文系2003级孙彬说，"我领人家一份工资，就应对人家负责，我认为兼职不仅是单纯的工作，也是做人，而做人也是生活的一部分。"

　　刚踏入大学，一些新生也迫不及待地加入兼职族。来自管理学院2004级的新生陈晨是一位爱好时尚的女孩，在去年12月份她为"焦点形象设计"发屋作中介者，负责为发屋介绍一些时尚女性，在一个月中转遍了大半个青岛，也认识了很多时尚人士，令她感到兴奋。兼职对大多数新生只是一种概念，也可当作一种对生活的尝试，开始独立地面对有别于校园的社会环境，独自处理随之而来的问题。"看别人脸色的工作让我不禁感叹上学真好，"宋蓉蓉是新闻学院2004级的一位活泼的女生，假期在一家饭店做销售早点的钟点工，"从早4点到早8点，工作了4天，收入是50元，这份工作真的好辛苦！"

兼职动力何在

　　兼职成为"潮流"的背后有一股什么力量？学习要求？经济利益的需求？未来工作的要求？人们对此大多存在以下两种意见。

正面声音：

　　大多数人们认为，经济利益是大学生做兼职的主要动力，这当然是一项重要的因素。在现今的社会中，活跃着一群特殊的"白领"，他们都是提前踏入这一阶层的在校大学生，很多学生可以月入千余元。做兼职的大学生多为"小打小闹"，但月后清理荷包，也是所得颇丰。上文提到的陈晨对此颇有感触，"工作不忙，一个月有近一千元入账，这是我进大学以前不敢想象的。"她将这些钱用在平时的生活中，包括女生喜欢的购物。"如果明年有机会，我还会做兼职工作。"

　　大学生做兼职终要有相关单位接纳，而大学生本身经验的缺乏势必会成为他们工作的"掣肘"，难道这些单位甘心做大学生成长的"铺路石"，难道他们真的没有顾虑吗？其实不然，很多用人单位经理人认为，如今，不少有一定技术含量、又不需要专职人员来从事的工作，可以交给那些专业知识扎实的大学生。最重要的是，他们精力充沛，时间自由，所要酬劳也明显低于社会专业人士。

　　此外，将兼职当作锻炼自己能力对报酬不大在意的学生也不少。据中国社会调查事务所（SSIC）的调查显示，15%的大学生做"兼职"是为了准备下个学期的学杂费，30%的学生是为了赚取生活费，而将兼职当作锻炼自己能力的学生比例高达55%。大多数被采访者的说法也鲜明地印证了这一观点。他们普遍认为，大学生兼职工作，不仅可以提高他们的应变能力、心理承受能力及人际交往能力，同时也可丰富他们的人生阅历。公司对应聘者经验的要求也使得兼职日渐成为大学生的必修课，不做兼职反而成为一种"反潮流"。

反面声音：

　　很多大学生将"兼职"经历当作应聘的砝码，为此不惜耽误学业多"揽活"，大学生频繁做"兼职"工作就意味着他们会更受用人单位的"青睐"吗？招聘说明中"有经验者优先"真的那样重要吗？

　　雅芳（中国）有限公司副总裁赵国简认为，"兼职"丰富只能说明这个学生有一定的能力，较为活跃，但如果频繁做"兼职"工作就会影响学业，

议·校园

就成为不务正业了,而这会让人对他的能力产生怀疑。他说:"在招聘中应考虑毕业成绩和综合素质,而非有无兼职经历。在大学中学习无论如何也比兼职重要的多。"现在的企业在招聘时越来越谨慎,对大学生的要求更多体现在基础知识的考察上。"如果家庭条件可以,尽量不要做兼职工作,现在研究生找工作都难,做兼职肯定会影响学业,将经历过多地放在兼职工作上,将是得不偿失的事情。"我校黄盛老师如是说。

单亮的悲剧,使得"兼职"变得更具争议。单亮通过自己超乎想象的辛劳平衡了学习与工作,但也付出了生命的代价。如果不能处理好两者之间的关系,结果必然是"竹篮打水一场空"。电子信息工程学院2004级的陈同学在与记者交谈时明确地说出了自己做"兼职"的底线——坚决不能影响学习。她认为找"兼职"无可厚非,但不可与学习本末倒置,获取奖学金也可缓解自己的经济压力。

赚钱要当心"陷阱"

当笔者向王帅询问兼职的事情时,这个电子信息工程学院2003级的男孩一脸的无奈:"我被骗了30元钱,他们让我开学前给他们打那个电话,当我拨通这个号后,竟被告知是空号。"他说自己再也不相信所谓的中介了。

其实,像王帅的这种情况在兼职大学生中间已是屡闻不鲜。虚假的中介机构成为大学生心中的痛,雇主使诈手段也令大学生躲闪不及。"高薪聘请""急招,待遇从优"等许诺的优厚条件往往成为诱惑大学生的诱饵,雇主会用变相收费的方式预收大学生的押金及其他费用,之后再以大学生工作不负责或损害公物为由将他们辞退。更有甚者中介机构与雇主"一唱一和"。采访中很多同学表达了对"兼职"广告真实性的怀疑,但又"无门可投"。"我知道很多同学在找工作时发生危险,因此我到现在还没敢动这个心思。我希望在我们院内通过正规机构寻找工作,希望院里给予帮助。"外国语学院2004级英语专业的陈鹤玲在采访中表露出如此的想法。

笔者提醒,大学生应通过正当渠道寻找打工信息,不要轻信中介的不实之言,尽可能通过我校各院提供的中介机构信息找工作;与用人单位签订协议,对于协议的内容要注意,慎重签约;注意个人安全,尤其女大学生应寻找安全可靠的工作；不要从事触犯法律规定的活动。

平衡得失，再做选择

最后，我们不妨听听老师和专家的意见。

我校社科部王萍老师说："我的意见是三个词即'有必要、适可而止、因人而异'。'有必要'是说做兼职工作能增加大学生的成熟度增强他们的心理承受能力，使他们变得乐观。'适可而止'是说大学生做兼职工作时应避免盲目性，应该有目标，寻求与自己未来前途相关的工作，不然就是舍本逐末。'因人而异'指得是立志从事理论研究的学生应用心在深造上，要花大力气学习，能避免兼职的尽量避免，希望提高自己社交能力的大学生可以考虑做兼职工作，但前提是搞好学习。"

武汉大学教师童乔慧博士认为，学生多参加一些社会实践无可厚非，关键是要摆正心态。现在学生中有一种急功近利的心态，表现在校园兼职者的身上，就是追求以一些"短、平、快"的东西来获取名和利，简单地说就是浮躁，这种心态很不利于学生的学习和成长。大学生正处于受教育阶段，没有打牢根基，没有深刻的社会体验，对一些问题的看法还不准确，边学边"卖"，有人甚至不学就"卖"，短期内虽然能给自己带来一定的收入，但从长远的发展来看，不利于自己的心智成长。当然，如果大学生能放弃浮躁的心态、抱着平常的心态去兼职创收的话，一定会学到许多书本上无法学到的东西。

湖北工业大学教师童亚菲则认为，大学生兼职应该尽可能地选择一些与自己所学专业对口或是相联系的岗位。这样的兼职既能对课堂所学知识加深理解，又是进入社会之前的一场"热身"运动。

（2005年3月27日）

背起梦的行囊一路踏歌而行
——浅谈中国青年背包客

张若晨

> 一个背包，装载着一条有梦的路。背着行囊的梦想家坚定而执着，他们被叫作——背包客。

自 20 世纪 70 年代初，欧美地区许多年轻人不甘于享受平静生活，转而踏上了"背包"之旅。除沿途风景外，深入另一种生活，尝试另一种环境，旅途中的经历更是他们所关注的。这一新起的自助旅行方式，对于他们俨然已是一种自身价值升华的体验。

而在中国，背包客发展较晚。在国外背包客发展如火如荼之时，早期中国还处在着眼于解决人民温饱问题阶段，少数背包客走出家门，踏出国门，却极少有人相信这是中国人。

然而随着近年来中国经济的持续增长，特别是进入 21 世纪以来，国民有了"想要出去看一看"的念头，"背包客"一词越来越多地出现在人们视野中。短短十余年间，中国背包客从稀落逐渐发展起来。据世贸组织统计，至 2020 年，中国会有超过 1 亿的境外旅行者，中国将成为世界第四大境外旅行国。中国背包客正以延展之势走向世界。

你我身旁，不一样的旅途，同样的精彩

青岛—西安，一段在铁轨上行驶的 24 小时路程，一场酣睡玩乐的时光，一昼夜在铁皮屋子里错过的风景。

青岛—西安，一片载满希望的无际天空，一段段充满未知的际遇，一个背包就出发的勇敢旅程。

两段旅途，两种心境。

三天两夜的奔波，十辆车的转折，只源于最初那一个选择。

说起一年前的高速搭车之行，李由甲（食品科学与工程2011级一班）回忆起高中时看的纪录片《搭车去柏林》。谷岳说过的"有些事现在不做，一辈子都不会做了"，曾打动多少人，但却很少有人真正带着梦想出发。出发似乎要准备太久，多少人渐渐在准备中迷失了当初的热忱。

从高中就酝酿起的想法，终于在大一暑假实现。伴随着似火骄阳，7月的他们，行走在路上。

当被问及搭车旅行的收获时，李由甲和笔者分享了几段路遇司机的故事，"多数司机搭载我们只是为了想在路途中找个聊天的人"。因为陌生，所以敞开心扉；因为陌生，所以无所顾忌。长途漫漫中人与人之间的信任也许就在这几个小时的车程中建立。

李由甲谈道，除了提前制定好路线，他们只查询了从市区到济青高速入口的公交车次。会搭上怎样一辆车，遇见怎样的人，聆听一段怎样的人生经历，一切都是未知。正如他所说："只要你勇敢地迈出第一步，余下就有一路的惊喜等着你去体验。"

在未知的旅途，遇见更好的自己。或许这就是旅行的意义。

骑行滇藏——一段挣脱的自由旅途

格桑花是一种开在高原的花朵，阳光洗礼着，风霜捶打着绽放出最明媚的姿态。正如他们，迎着一路风沙，挥洒一路汗水，执着地蹬行，只为心中那个神圣的地方。布达拉宫前，饱经风霜的他们，眼神却散发着光芒。

"特立独行，对生活充满着无限渴望。"这是中国海洋大学海岩社考察部部长赵晨博（海洋技术2011级）对自己的描述。对从未经历过长途骑行的六个人来说，骑行滇藏无疑是一次极其危险的旅途。面对家人的极度不理解，赵晨博没有妥协，而是于一个明媚的早晨，向着梦中的那一方净土进发。

一路上不乏同样的梦想骑行者，有梦很简单，坚守不容易。有人途中放弃，有人抛开当初"骑行到拉萨"的承诺，半途选择搭车。赵晨博坦言："每

议·校园

个人都想过放弃,甚至第三天就有人说要退出。"然而梦想的道路上眼泪从来不是主旋律,即使骑行在弯度近乎180度的怒江边72拐。"我至今难忘当时僵硬的双手,这长达几十千米的漫漫长坡,在历经数小时捏闸这一姿势后,僵硬得好久都没有知觉。"一路的崎岖,一路的坚持,直到那漫山遍野的风马旗在眼前出现。"我们从来不是一个人在战斗,而是一群人。"

梦想的道路上,有你有我,并肩前行才走得更远。

问及是否未来还有骑行计划,赵晨博给出一个让笔者惊讶的回答:"我们和队友之间有个约定,会再一次踏上西藏之路。"不同于此前,他们筹划的是更为艰险的、横跨死人谷等险要地势的新藏线。他坦然的面容下是无比强大的内心。

有梦的人不孤单,有梦的人很勇敢。

韶华易逝,容颜易老。在最该疯狂的岁月里,为何不做一件让自己不后悔的事,追一个心中不朽的梦?

有梦是幸福的,追梦是回忆里隽永的诗歌。

遭遇现实,梦想何去何从

被现实搁浅的梦

外媒眼里的中国年轻人被太多东西束缚,焦虑而迷茫。西班牙《世界报》曾这样评价:"中国的高房价,毁灭了年轻人的爱情,也毁灭了年轻人的想象力。他们的生活,从一开始就是物质的、世故的,而不能体验一段浪漫的人生,一种面向心灵的生活方式。"

"物质化"似乎是我们不可避免的社会趋势,"梦想又不能当饭吃"等思想渐渐在人们心中种植,梦想在流年里渐渐化为荡漾在心底最深处的那一点水波,无痛无痒。

据调查,拥有"背包梦"的人不在少数,然而现实却将我们中多数打磨得无奈又不得不妥协。

旅行不是富人的特权,却诚然需要一定经济基础作支撑。在发展中的中国,有了说走就走的勇气并不足以将梦想装进背包。因而比起日韩等地,中国背包客更多的是已工作多年且有经济基础的中年人,经济因素阻拦着年轻远行者前进的脚步。

正如那一句歌词所唱,"有时间的时候没有钱,有钱的时候我却没时间",埋首于日复一日的工作、学习生活中,曾经的背包梦是否还存于心中晕染着温美光芒?多数人只有在春节、五一和国庆等小假期时才有机会旅行,然而无论走到哪里都人满为患,观赏美景已成妄事,何来体验生活?更令人望而却步的是假期呈几何倍数增长的食宿、交通费用。据笔者采访,多数同学表示偶尔尝试一次尚可,频繁则会出现"财政危机"。

采访中,孙丽娜(2012食品工程二班)则道出她最大的担忧——安全问题。或是险恶的地理因素,或是潜藏的不法分子,安全问题无可回避。

网络调查中,众多网友也表示,签证难办、语言不通等问题困扰着他们的背包之行。

兀自逐梦下的孤独

梦是一只纸风筝,摇摇曳曳,一线所牵。线的这头,是激情,是青春,是未完成的梦;线的那头,是压力,是生活,是满心的琐碎。

厌倦了千篇的绿茵,渴望更高远的天空,所谓的"理想主义者"扯断了这棉软一线,随风飘荡。或许暂时朝着预想方向急速前进,但失去线的牵引,又该飘往何处?

梦想是心中的小火苗,让我们更有热情地面对生活,却不是一个逃避生活的借口。随着背包客在中国的发展,"辞职去旅行""退学去旅行"行为屡见不鲜,其中不乏以此为业由此找寻到人生价值者,但更多人是试图在生活重重压力下找到一条通往乌托邦的道路,从此无痛无忧。更有甚者手握父母血汗钱,美其名曰"追逐梦想",实则在青春年华挥霍消磨生命。如此"逐梦",终会面对残酷现实,从遥遥高空中坠跌。

岁月很长,青春很短。当梦想照进现实,追逐梦想需要用现实织一张捕梦的网。

青葱岁月中行走,理性而感性的自由

不逃避,亦无妥协,梦想与现实交叠碰撞中并不一定是梦的破碎,也可能奏响青春乐章。

"间隔年"一词起源于20世纪的欧美,大约于2009年在我国兴起,现在则已成为一个很受关注的时髦概念,且含义广泛,主要指学生在高中毕业、上大学期间或大学毕业后通过打工旅行、志愿服务、公益创业等形式来体验生活,认识自我,了解社会。"间隔"是一种心态,是一份享受自由又甘于

平凡的淡然。

"我是学财务专业的,但更偏向于做市场。毕业后如果找金融类岗位,可能会有高薪,但自己不喜欢。做市场又怕没经验做不好,父母也不支持。因此我非常纠结。"2010年毕业于上海财经大学的陈宇欣说,她就是带着这种"得不到解决"的问题,决定到国外不同地方生活一段时间,就这样,大学刚毕业的她开启了自己的"间隔年"。

以芬兰为大本营,一份不是特别正式的工作,陈宇欣在一年多的时间里体验了当地的生活并游历了欧洲不少国家。回国之后,她找到了自己喜欢的市场营销类工作,并以间隔年经历写了《我就是想停下来,看看这个世界》一书。"我觉得'间隔年'不是纯粹的旅行,而是要深入到当地人的生活中,与他们进行交流。"

纵然背包旅行有多种形式,却只是取决于行者之心。把握心中理性与感性的平衡,所谓旅行,不过是一场随心的行走。

"我只是想不留遗憾地离开而已。""人的生命太渺小,世界太大,我不想要一辈子活在一个小圈子里。"于大多数背包客,背包旅行是一段走走停停的路,是带着向往走向未知的执念。

(2013年5月20日)

出国留学热背后的冷思考

牛 莹

曾几何时,提起出国留学,人们想到的只有一般家庭无法承担的巨额费用;而现在,据网络上数据统计,近年来我国出国留学人数逐渐攀升,自2008年开始,出国留学生人数每年保持在20万人以上,2012年出国留学人数高达39.96万人,再次刷新历史最高纪录,使中国稳坐全球最大留学生输出国宝座。

无法冷却的出国热情出自何处?

早在100多年前,出国留学就被定义为一种强国政策,直至今日,国家仍然拿出大笔资金派送大批学生赴海外留学,而随着经济飞速发展,越来越多的家庭选择送孩子出国留学,在"民间"自发刮起一股出国留学风。

然而,这股"旋风"来势汹汹,使部分学生和家长被蒙蔽双眼,盲目跟随大众,导致迷失方向,最终得不偿失。拨开迷雾见日出,从根本上来讲,越来越多的人选择出国的原因有两个:个人主观意愿和家庭客观因素。

从个人意愿来说,成绩好的学生不满足于国内教育现状,尤其在科学领域方面,国外的仪器设备、知识力量和人才储备都远远优于国内,所开设学科也更为广泛全面。杨中舟(药学2010级二班)在接受采访时说:"大一时我曾定下30年后成为药学领军人物的决心,而要达到这个目的,一条可行的方法就是中药现代化,而中药理论在一定程度上反映了生命运行的本质,然而国内对生命运行机制的认识还不清晰。"成绩一般的学生则想出国冲击名校,为自己以后的求职简历"镀金"。

从家庭因素来讲,父母对孩子期望过高,想送去国外深造。同时,国外

议·校园

学习过程也是对孩子人生的历练：出国留学是一个可以锻炼意志和独立性的绝佳机会，在一个开放性环境下，我们在一定程度上也可以更新思维方式、丰富人生阅历、收获精神财富。同时在国外的语言大环境下，也有利于英语的学习与掌握，这也对将来就业有所帮助。

出国留学热并不是暂时的"流行"，也不是人们的三分钟热度，它是一个家庭为孩子做出的重要决定。从近几年统计数据来看，"留学热"温度仍在急剧上升，我们需要及时冷静思考，为这"留学热"带来些许降温。

外面的世界很精彩，外面的世界很无奈

无限风光背后并不是一帆风顺的求学之路，更多的是艰苦的奋斗拼搏。

"比较遗憾的是我决定出国时已是大学四年级，规划得比较晚，'战线'就拉得长了。"律德恩（毕业于哈尔滨工业大学，现就读于新加坡国立大学计算机专业）在接受记者采访时无奈说道。

但想做一只自由飞翔的小小鸟，何尝不需逃出牢笼的奋力挣扎？

律德恩坦言，大四一年多时间内，他都在做出国前准备，考托福，考GRE。"前期工作始终离不开个'考'字，为了申请到好学校，托福与学分绩的分数都要很高。"律德恩说，他的大学课程成绩不错，但由于本身语言基础一般，已经考了两次托福，分数却都不尽如人意。考试，签证，学语言，琐碎之事充斥着他的生活。"我觉着现在大学生遍地，本科生找工作高不成低不就，而出国留学正可以提供一个深入学习、开阔眼界的机会，在国外接受更先进、更专业的学术熏陶，相信会有一番收获。失败过后，伤心总是难免，但在那过后，我想自己一定不能放弃，否则我的努力就白费了。"

或许你只看到他们璀璨夺目的"海归"身份，却不知这条道路布满荆棘。

纵使外面世界精彩无限，可再多新奇也无法"屏蔽"他们初来乍到的辛酸无奈。语言不通，沟通障碍，环境陌生，生活独立，人身财产安全问题，一个个难题接踵而至，可前往成功路上又怎能轻言放弃？人生不可能一帆风顺，平淡就如一潭死水，没有动力，没有信念。每经历一次坎坷，就应该从中学到些什么。人总要脱离依赖，解开内心所躲避的渴望，那便是成长付出的代价，挣脱往日的束缚，坚持隐忍，让小鸟于蔚蓝天际展翅翱翔。

出国不等于深造，留学不是万能法宝

留学"大众化"已经成为一种趋势，所谓"大众化"则意味其应成为民众能消费得起的"高端产品"。这就好比义务教育，在20世纪70年代，读书还是一件"奢侈品"，当教育被普及到所有孩子时，就也成为司空见惯的事情。同样，出国留学也是如此，当经济发展到大多数老百姓都有经济实力供孩子出国留学时，留学也就变得更加"平民化"。

接触全新理念，获得思想自由，拓宽视野，留学带来的益处纵然很多，只不过，那些不顾学习、经济条件而"盲从"的人，恐怕人生轨迹将会从此被改变。

"家花不如野花香"，是中国人惯有的心理，潜意识里认为别人的就是上等的，尤其是在中国教育制度被批评的今天，人们开始赞扬甚至盲目崇拜国外教育体制。实际上，国内中小学教育水平普遍高于国外，教材进度一般比国外同等级的超前；选择大学时也要慎重决定，国外也存在信誉和教育质量不高的大学，教育条件很差，生活设施简陋，不能保证学习质量，此类"高校"单纯以盈利为目的，只为赚取家长口袋中的血汗钱。

盲目出国留学，已成为消费误区。年轻人渴望自由，喜欢探索新奇事物，想要改变周遭生活环境，这些可以被理解，但冲动之余，是否真正考虑过出国是为了什么；父母望子成龙、望女成凤，本并无大碍，但关心之余，是否真正思考过子女出国将会学到哪些"真本事"。

无论家长还是孩子，面对如此"高温"的出国留学热，综合考虑各方面因素，结合自身情况，冷静思考，才是应有的态度和做法，切莫随波逐流，冲昏头脑，要相信，未来永远属于真才实学者。

（2013年5月24日）

议·校园

叹读书无用 不如觉自身之弊

党欣宇

在第六届全国数控技能大赛决赛开幕式上,周浩代表参赛选手进行宣誓,一举一动时刻吸引着媒体记者们的眼球。周浩有足够让人惊讶的经历。三年前,他从北京大学退学,转学到北京工业技师学院,从众人艳羡的高材生到普通的技校学生,从北大生命科学研究院人才储备军到尚未就业的技术工人。这样的身份转变,令人难以相信。然而,周浩谈起当年的决定:"毫不后悔,很庆幸。"

一时,"弃北大读技校"成为热议的话题,周浩也成为不少人心中的楷模。

管中窥豹,读书竟成无用

"现在社会上关于'读书无用'的呼声日渐高涨,我也认为学习一门技术并逐步积累社会经验或许能够比在大学就读的本科生更早地获得成功,而且提前步入社会更加能够丰富我们的人生阅历。"翟玮杰(2014级生物技术)这样说。

"我没有明确的目标,对未来很迷茫,为周浩的勇气折服。"

"我对自己的专业了解甚少,比起崇拜,对周浩更多的是羡慕,至少他已经有人生的方向。"

"甚至觉得自己选错了方向,也想像周浩一样大干一场。"

诚然,周浩的成功反映出学业并不是获得成功的唯一途径。但是仅凭某一人或几个人书写别样人生的范例是不足为训的,因此认为读书无用。倘若他并没有取得今日的成就,也仅仅被湮没在退学大军中,成为退学后默默无闻的一分子。然而只要有一个"周浩"的出现就立刻会被媒体作为炒作的话题,"读书无用论"也就再次被推到风口浪尖。

休学创业　拷问教育本质

不仅"读书无用论"在学生中盛行,不少家长也认为"创业休学"对个人发展更有利。

"我宁愿出钱资助孩子做点小生意,也不愿扔几万学费打水漂。"一位父亲固执地认为读书无用,即使女儿拿到某高校本科录取通知书,在他眼里也不过是无用之物,他一心希望孩子可以放弃在高校深造的机会,早日做点实事。

有人算过一笔账:大学高昂的学费再加生活费,确实是一笔不小的开支,不上大学与上大学,至少四年的一进一出,看似差别不大,对于普通家庭来说,细算起来,就很惊人了。而不少学生会选择读研甚至读博,花销更大。况且大学生就业难,所谓"三百六十行,行行出状元",精通一门技艺,在某个领域小有名气,生活比而立之年仍苦心读书的人更精彩也未可知。

这些言论虽然有些极端,却反映出"知识群体"的无奈,知识改变命运的理念正在被现实一点点无情吞噬。在很多人眼里,教育已然蜕变成一个单纯的市场,他们不愿意为"兴趣"或"自由而全面发展"这些奢侈的理由去读书。在这种追求效用最大化的思想促使之下,读大学自然而然就成了"无用之事"。

据报道,2015年高校毕业人数再创历史新高,就业问题更加严峻。政府赞成高校建立弹性学制,允许在校生休学创业。不得不说,自主创业可能会是一个新的人生起点。然而,创业需要创新意识,需要人脉关系,需要资金。对于步入社会工作多年的人来说,创业都举步维艰,更何况涉世未深的大学生呢?缺乏理论知识的支撑又不具备丰富的经验,创业似乎只是一个虚无缥缈的梦而已,成功又谈何容易。

错误定位　大学仅是避风港？

我校大三学生程凯鑫（药学 2012 级）称："之前确实有过创业的念头，特别是处于对本专业就业现状迷茫之际，但父母坚持认为只有读大学、掌握知识才是唯一出路，又基于现实考虑再三，这种想法就被扼杀在摇篮里了。"

显而易见，上大学是多数人心目中一种更为稳妥的方式。当被问到毕业后的发展方向时，他表示很迷茫，并没有明确的规划，甚至说等该做选择的时候，参考一下同学和父母的想法再做决定也不迟。这种观点早已不是个例，学生和家长只是将名牌大学作为临时避风港，却不知最终出路在何方。

也有同学表示："大学的学习并不局限在书本知识，更重要的是培养分析问题、解决问题的能力和丰富人的精神世界，这对我们自身的提高虽不是立竿见影，却是潜移默化的。如果始终抱以太过功利化的态度，那么所有不能直接带来经济利益的教育是否都黯然失色，毫无存在的意义？事实证明，并非如此。"

"知识服务仅仅只是知识完成后的自然结果，而不是知识研究之始就指向的皈依。大学服务社会也不是简单地服务经济增长，最根本的服务还是提供创新知识和创新人才。"一位老师在接受采访时如是说。

制度存在问题　改革正在进行

中国人口基数大，且由于一系列政策的不完善，大学生就业难的问题依然严峻。

由于中国仍处在发展中阶段，科技力量与西方国家相比较为薄弱，缺乏尖端科研人才，高端装备依赖进口。读大学本身没有错，而是大学和社会就业之间出现明显的断层，大学生正是处在这个断层中，达不到尖端水平，又不愿意"屈尊"做普通工人的工作，从而产生对读书究竟有无意义的错判。

其实，教育部联合其他部门每年都会针对应届毕业生的数量变化出台相应的政策，在中国这样一个人口大国，就业本来就是一个关乎民生的重大问题，它所涉及的社会层面广，遇到的问题也十分复杂，政府调节只能不断完善，难以取得立竿见影的效果。

同时，许多高校也在处于自我改革中，试图通过真正切实可行的措施，培养学生能力，而不仅仅学习书本知识。如我校的 SRDP 项目就是鼓励在校本科生进行课题研究，培养创新实践能力。一位正在做项目的同学称："这个项目不仅需要团队配合，而且要合理分配项目经费的使用，并且保证所做的课题研究能获得成果，对于同学们来说是个不小的挑战，能力会随之得到提升。"

转换心态　让命运把握在自己手中

有人说，大学就是半个社会。大学的意义不在于学到多少知识，而是作为过渡到社会的桥梁。部分学生仅仅是为得到学分而完成学业，浑浑噩噩四年，对他们来说，读大学自然而然成为一件毫无意义的事，那么毫无根据地抱怨"读书无用"也就不足为奇了。

如果只把读书当作一件迫于现实才必须要做的事，始终报以敷衍的态度，不能从本质上认识读书的目的，就不能提升自我能力。一些高学历毕业生不愿从基层做起，甚至有人以高学历自诩，认为凭借高学历头衔可以找到好工作，拿高薪，却没有意识到知识需要在实践中不断更新的重要性，从而逐渐被社会淘汰。

归根结底，国家和学校的改革是外在的推动力，大学生自身对大学的定位才是至关重要的，读书的价值不能仅以获得物质回报的多少作为衡量的唯一依据，读大学的过程就是在不断地创造把握命运的机会，只要做到循序渐进，做好当下的事，至少能够满怀信心地迎接未来。

（2014年12月30日）

后 记

——观海之"恋"

2002年，我选择学习广播电视新闻学，至今，新闻仍是我最喜欢的专业和职业。"针砭时弊、激扬文字，欢迎收听周一版的校园要闻"，当校园广播响起时，我背着书包，手里抱着一沓刚刚从图书馆里借出来的书，穿过开满丁香花的小路，听着主播在播报我写的校园新闻，那时的感觉很美好。

2009年，我带着这份美好来到中国海洋大学新闻中心工作，成为了"观海听涛"新闻网学生记者团的指导老师。一届届的优秀学生来到"观海"，又毕业离开，但是，就像他们说的那样，"观海"是个家，是一个"来过便不曾离开"的家。

"观海"最严格的就是进站这道门槛，需要二百三百里挑一，即使过关斩将，顺利地进入到实习期，接下来还有为期两个月的写新闻、拍摄新闻图片、写文字专题、掌握编辑技能等一系列的学习任务。想想都很苦的历程，因为有了高年级"师傅"的指导，有了同行小伙伴的加油和鼓劲，"九九八十一难"终会过去，成为一名"观海人"。

"观海人"，是勤奋的一群人。为了拍摄太阳冉冉升起时的海大园，为了记录早起的环卫工人、餐饮师傅、校车司机等后勤保障人员和晨读晨练的师生们，也为了留下海大园"一日之计在于晨"的影像，他们披星戴月，早早起来开始忙碌。为了站得更高一点，远眺海大园的特色建筑，他们登过八关山和五子顶，爬过鱼山和崂山校区附近大大小小的山坡。他们守候在樱花大道旁，为了观望樱花盛开的节奏，他们在风雨交加的夜晚，端着相机找寻那划破长空的闪电，他们在白雪皑皑的校园里艰难行走，力求拍摄冬日完美的雪景。

"观海人",是思考的一群人。他们前期策划选题、准备采访提纲、充分调研论证、采访相关师生,全面深入地将学校的通识教育、学分制度、跨专业选课、英语教学、网络与信息化等方面的新变化用文字专题的形式展现给读者,力争做到全面、客观、真实,内容也涵盖学校在教学科研、人才培养、服务社会、文化传承创新等多个方面。以小见大,他们还将视线和笔触延展到小动物救助、军训服回收、爱心图书漂流、关爱"星星的孩子"等,体现了当代大学生强烈的使命感和担当感。

　　"观海人",是热情的一群人。他们的热情源于对文字的热爱、对图片的精心、对"笔锋彰显慎思、镜头记录真实"这一记者身份的执着。每年11月8日的记者节,我们都会聚在一起,表彰他们当中的杰出代表,畅谈我们心中的新闻梦、记者情。很欣慰,由于"观海"这个大家庭和大学期间学生记者的实践,他们喜欢上记者这个职业。毕业后有的选择跨专业学习新闻学、传播学,有的就业于国内知名的报纸、杂志和新媒体单位,继续从事新闻相关工作。

　　走进崂山校区图书馆B区510的房间,一排整洁的电脑工位,一个长条的会议桌,几台单反相机,多个奖杯、奖状和获奖证书,这里就是他们的小天地。这里见证了学生记者为选题而争执的面红耳赤、为了写出好的新闻稿时的殚精竭虑、处理图片时的全神贯注,当然也有大家的欢声笑语、其乐融融。这里就是"观海听涛"。

　　谨以此书纪念"观海听涛"第一个十五年,也祝学生记者们"海阔凭鱼跃、天高任鸟飞"!

左　伟
2020 年 6 月